講談社文庫

いちまい酒場

池永 陽

講談社

目次

いちまい酒場

味噌の味

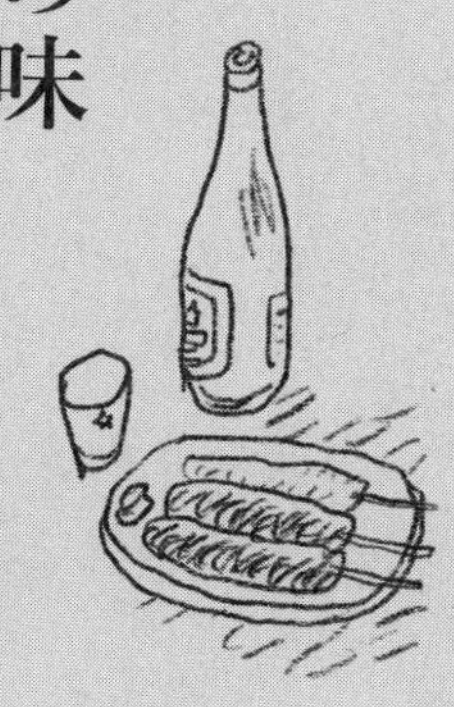

夕闇が夜になろうとしていた。

華やかな灯りも賑やかな声も、ここまでは届いてこない。辺りはひっそりと静まり返り、街灯のなかに古い家並がぼんやりと浮んでいるだけだ。

西武新宿駅（せいぶしんじゅく）に近い裏通り――。

理代子（りよこ）は『いっぱい』と染めぬかれた染みだらけの暖簾（のれん）をくぐり、古ぼけた硝子戸（ガラスど）をそろそろと開ける。

「いらっしゃい」

すぐに低い声が耳を打つ。

カウンター席だけの小さな店内に客は三人。知らぬ顔だ。理代子はカウンターがコの字に折れた、いちばん隅の席に腰をおろす。

「いつものやつで、いいかな」

低い声はこの店の主で、室井諒三（むろいりょうぞう）。濃紺の作務衣（さむえ）のようなものを着て、腰には真白な前だれを締めている。男っぽい顔立ちで背が高く、がっしりした体型だ。強面（こわもて）といってもいい風貌だが、それに拍車をかけているのが右目の下に走る長さ六センチほどの傷痕だった。が、それが何による傷なのか常連であっても誰もしらない。

年齢は理代子と同じぐらいの四十代半ばといったところで、この店にくるものはみんな、親しみをこめて諒さんと呼んでいる。

「そう。諒さん自慢のいちまいセット、お願いします」

小さくうなずく理代子に諒三はほんの少し顔を崩して顎を引く。強面が微かに笑うと案外可愛い顔になるということを、理代子はこの店に通い出して初めて知った。

しばらくすると理代子の前に、瓶ビールの大が一本と大ぶりの串揚げが四本、それに漬物の小鉢が並んだ。揚げ物は串カツ三本と野菜が一本ということにきまっている。今日の野菜の揚げ物は南瓜だった。

これでいちまい、つまり千円ということなのだから文句のいいようがない。さらに腹の空いている客には飯がつく。ビールの代りに焼酎でもよかった。炭酸割りの焼酎二杯というのが定番だった。

「どうぞ」

手がすいているのか、諒三がコップにビールを満たしてくれる。

「ありがとう」

理代子はコップに口をつけ、半分ぐらいを一気に飲む。ふうっと息を吐いてから皿の上の串に手を伸ばす。カツのほうだ。黒っぽい色のタレがたっぷりとかけてある。

このタレが問題なのだ。

東京では珍しい味噌ダレだった。

簡単にいってしまえば、諒三の揚げ物のメインは味噌カツということになる。甘さはひかえめで、味噌特有の塩気と辛味がほどよく利いていて、あとは肉汁でも加えてあるのか深みのある脂分が舌いっぱいに広がっていく。

最初にこの串カツを口にしたとき、理代子は不覚にも鼻の奥が熱くなるのを覚えた。懐かしい味がタレのあちこちに感じられた。子供のころに舌に染みついた味が、このタレのなかにはあった。文句なしにおいしかった。

理代子はたっぷりと味噌ダレのかかった串カツを頬張った。濃厚な味が口いっぱいに広がっていく。やはりおいしかった。が、いつものように幸福感は湧いてこない。

あのせいだ。あのために、おいしさを素直に心が受けとめてくれない。心にわだかまりがあるときは、何を食べても駄目なのかもしれない。肉を噛みしめながら、小さな吐息を理代子はもらす。しかし、何だって自分はあんなことを。軽率だったとしかいいようがないが、それにしてもこんな結果が待っていようとは。

　串カツを一本食べ終え、コップのビールの残りを口のなかに流しこんだところで、誰かの視線を感じた。ふと顔をあげると諒三が心配そうな表情で理代子を見ていた。

「今日の串は、口に合わないですか」

　困ったような口調で訊いた。

「そんなことないわよ。いつもと同じように、おいしいですよ」

　慌てていうと、

「食べたあと、いつもとはちょっと違った様子だったから」

　真直ぐ視線を合せて諒三はいう。

「諒さんの味噌カツは天下一品。おいしくないはずがないわよ」

　顔中で笑ってみせる。

「じゃあ、何か悩みごとでも――そういうことなのかな」

「当たりです。実をいうと、ちょっとした悩みごとがひとつ。だから、おいしい味噌カツを食べてもなかなか顔に表れない」

　少しおどけて理代子はいう。

「理代子さんの悩みごとなら、商売のことか一人息子の勇人君のことか――そのどちらかってことになるんだろうが」

「そう……世の中、まだまだ不景気で化粧品はなかなか売れないし、息子の勇人は長野の大学へ入ったきり、なかなか帰ってこないし」

頭を振っていうが、理代子の悩みごとはそんなことではない。だが、それを諒三にいうわけにはいかなかった。

「勇人君のことはともかく、不景気はうちの店も同じだから。ここはじっと辛抱するしかないな」

「あら、諒さんのお店は、けっこうはやってるんじゃないの。そんなふうに私には見えるけどな」

「うちの味を気に入ってくれるお客さんはいいけど、なかなか味噌っていうのは東京の人には馴染まないところもあるから」

諒三は軽く頭を振る。

「でも、いちまいセットは人気なんじゃないの。私たち庶民の味方で、いうことなしだわよ」

「いちまいセットは利が薄いから、沢山注文されたとしても困ったことになるなあ。他の物をどんどん注文して、酒もどんどん飲んでもらわないと」

諒三は顔をしかめる。強面にしかめっ面を加えると、まるで鬼瓦のような表情になるが目は笑っていた。

「それはどうもすみません。私はいつも、いちまいセットばっかり。この不景気では、なかなか他にまで手がまわりません。申しわけございません」

軽口を叩くようにいって、理代子がぺこりと頭を下げると、

「もちろん、今のは冗談だから気にしなくていいですよ。いくら利が薄いからといっても数が出れば大きくなる――とはいえ、こんなちっぽけな店に客がわんさか押しかけても、入りきれなくなって困ってしまう」

諒三はそういい、視線をゆっくりと動かして店内を見回した。

「しかし、汚ねえ店だねえ」

ぽつりと口に出す。

確かに『いっぱい』はお世辞にも綺麗だとはいえない店だった。天井はなくて梁はむき出し、おまけに揚げ物の油や煤で錆びたような黒褐色に変色している。まるで山奥にある、人目を避けた隠れ家といった雰囲気だが、それを楽しんでいる客がいるのも確かだ。

開店したのは三年ほど前で、以前は年寄り夫婦がおでん屋をやっていた。その店が潰れて二年ほど後に居抜きで諒三が譲り受け、『いっぱい』は開店したのだが、それ

まで諒三がどこで何をしていたのかは誰も知らない。諒三は過去を話したがらない男だった。

ヤクザ、刑務所帰り、右翼、逃亡者……と様々な憶測が常連の間に飛びかったが、どれもはっきりした根拠はなく、噂(うわさ)の域を出ていない。むろん家族はなく、諒三は店の二階で一人寝泊りをしている。

「その悩みごと、一人で持てなくなったらいつでも——もっともあんまり頼りにはならないかもしれないが」

照れたような顔をして諒三がいったとき、店の戸が開いてサラリーマン風の男が二人入ってきた。

「いらっしゃい」

といって客の前に向かう諒三の姿を見ながら理代子は一瞬、自分の抱えている悩みを話したい衝動に駆られた。話を聞いて諒三はいったいどんな顔をするのか、むしょうに知りたかった。

二人のサラリーマンが、いちまいセットを頼む声が聞こえた。噂で聞いて初めてこの店にきたともいった。

しばらくして二人の男の前に串が四本と漬物、それに焼酎のグラスが置かれた。二人はグラスを合せて乾杯をしてから喉を鳴らして中身を飲み、串揚げに手を伸ばした。理代子はその様子をじっと見る。初めての客が味噌ダレにどんな反応をするのか、それが気になった。

「案外甘くないな。味噌カツというと甘ったるいもんだと思っていたけど、これは別物といったところだな」

一人の男がそういい、

「これなら酒を飲みながら食べられるし、飯のお菜にもなるよな」

もう一人の男がこんな言葉を出した。

目を細めて串揚げを食べている。

理代子の胸に安堵感が湧きあがる。他人の店だったが嬉しかった。理代子はこの店の味噌ダレが大好きだった。

家に帰ると九時をまわっていた。

なかに入ると、ひんやりとした空気が体をつつんだ。まだそんな季節ではないはずなのに——理由は簡単だ。理代子はこの家に一人暮らし、待っていてくれる人間は誰もいなかった。『いっぱい』から歩いて十分ほどにある商店街の端っこに理代子の住んでいる『中島化粧品』はあった。

元々は薬剤師だった夫の茂夫と二人で薬局と化粧品の店を兼ねていたのだが、その茂夫が三年ほど前に心筋梗塞で呆気なく死んでからは化粧品専門の店にした。間口三間ほどの小さな店だった。

茂夫が死んだとき理代子は四十一歳。再婚の話はその後いろいろあったが、すべて断った。もう男では苦労したくない、そんな気持が体中を支配していた。茂夫の浮気癖とギャンブル好きには始終泣かされた。浮気相手の女が家にまで乗りこんできたこともあったし、ギャンブルのためにかなりの借金を背負わされたこともあった。

理代子の唯一の楽しみは、今年十九歳になる一人息子の勇人だったが、二年前に長野県の大学を受験して、この家を出ていった。

「なんとか、東京の大学にして」

と受験前に理代子は何度も哀願したが、勇人は首を縦には振らなかった。

「ごめん、俺は都会の生活が性に合わないみたい。だから暮すなら地方のほうが……それに俺は山が大好きだから、長野市内なら北アルプスの玄関口だから」

勇人は山が好きで中学生のころには山岳同好会をつくって、その会長をやっていた。

理代子が酒を口にするようになったのも、勇人が長野の大学に合格して、この家を去っていったときからだった。といっても精々がビールを一本ぐらい。『いっぱい』を見つけたのもそのころで、週に何度かは通うようになった。

安さはもちろんだったが、味噌の味が理代子を虜にした。懐かしさを誘う味だった。理代子の故郷は岐阜県の山間にある、徹夜の盆踊りと清流吉田川で有名な郡上八幡だった。高校を出て東京の大学に行くまで理代子はこの町で育ったが、いちばん忘れられない味が内味噌だった。

理代子の家には大正生れの祖母がいて、大豆を主原料に麹と塩を使って器用に我流の味噌をつくった。しかしこれはこの地方では珍しいことではなく、大抵の農家が、その家独自の自家製の味噌をつくっていた。

祖母の得意な料理にこの地方独特の味噌煮というのがあったが、これは残り野菜や茸、それに肉など、何でもいいので鍋にぶちこみ、味噌で味つけをして煮こむものだった。理代子はこれがけっこう好きだった。

その味に通じるものが諒三のつくる味噌ダレにはあった。諒三が自家製の味噌を使っているのかどうかはわからないが、少なくとも内味噌を主にした地方で子供時代を送ったことに間違いはないと理代子は思っている。

座っていた畳の上からのろのろと立ちあがり、体をしゃんと伸ばした。理代子にしたら少し飲みすぎた。あれからビールを一本頼み、串揚げも三本追加した。口のなかが粘ついているように感じられ、むしょうに歯を磨きたかった。

洗面所の鏡の前に理代子は立つ。

薄化粧だったが、年よりは若く見える顔が鏡のなかにあった。肌にもまだ張りがあるように感じられる。とても四十四歳のおばさんには見えなかった。

「三十九歳」

と理代子は鏡に向かって呟く。それから顔をほんの少し斜めにする。

「三十七――」

また数字が理代子の口からもれる。

今度は斜めにした顔を少し上向きかげんにする。

「三十三――」

叫ぶようにいってから、鏡に向かって思いきり笑いかけた。とたんに両の目尻に小さな皺がくっきりと刻まれた。鏡のなかの理代子の両肩がすとんと落ちた。

鏡のなかの顔が怒ったように変っていた。理代子は右手を伸ばして歯ブラシをつかみ、左手のチューブの中身を乱暴につける。無言で右手を動かし、歯を磨き始める。

一心不乱に磨く。そのとき歯茎がずきりと痛んだ。どうやら力を入れすぎて傷つけてしまったらしい。口のなかにたまっていた物を吐き出すと血がかなり混じっていた。

「一人で何をしてるんだろう、私は」

呟くように口にした瞬間、悲しみのようなものが理代子を襲った。涙が滴って洗面台のなかにこぼれた。小さな血だまりとひとつになり、赤い涙のように見えた。

幼馴染みの村橋豊と理代子が出合ったのは、十日ほど前のことだった。

その日の夕方、地域の化粧品店の集まりがあって理代子は銀座まで足を伸ばした。

会合が終ったのが七時頃。そのまま銀座の街をぶらぶらしていると後ろからふいに声がかかった。

「渡辺理代子じゃないか？」

中年の男が理代子の旧姓を口にして、顔を覗きこんできた。

「はい……渡辺ですけど」

訝しげな表情を見せながら、理代子はあっと叫んだ。

「ひょっとして、村橋君、村橋豊君！」

「そうだよ。小中学校で一緒だった、村橋だよ、同級生の」

村橋と名乗った男は怒鳴るようにいって顔中を綻ばせた。

当時の村橋は端整な顔立ちのうえに勉強ができ、女子にはかなりの人気があった。実をいうと理代子もその一人で、密かな恋心を村橋に抱いていたのだが、ほとんど親しく話す機会もなく理代子の初恋は片思いだけで呆気なく終った。

その村橋が今……しかし、様子は当時とがらっと変っていた。腹が大きく出て額の生え際もかなり後退していた。ただ、顔のほうは昔の端整さを残していて、それが理代子の心をわずかにほっとさせた。

「せっかくだから、その辺で食事でもして話をしようよ」

理代子が村橋の誘いに乗ったのは昨日勇人と電話でやりあった、その鬱憤からかもしれない。

昨日の夜、理代子は勇人のケータイに電話をかけて四十分ほど話をしたのだが、最後のあたりで喧嘩になった。

原因は勇人の将来だ。

「大学を卒業したら、ちゃんと東京の会社に就職してよ」

と何気なくいった理代子の一言に勇人が反発の言葉を口にした。

「俺、こっちで就職するよ。こっちにいればいつでも山に行けるし——だから、東京に帰るつもりはないよ」

青天の霹靂だった。

大学を終えたら勇人は東京に戻ってくる。理代子は当然のようにそう思いこんでいたし、疑うこともしなかった。不意打ちを食らった気持だった。

「何を莫迦なことといってんの。あなたは東京生れの東京育ち。こっちへ戻ってくるのが当たり前でしょ」

思わず怒鳴った。

「当たり前じゃないさ。俺の将来をきめるのは俺自身で、お母さんじゃないよ。生きていくのは俺自身なんだから」

「生きていくのは俺自身って――そのなかにはお母さんは入っていないの。勇人のこれからの人生に私は入れてもらえないの。お母さんの家族は勇人しかいないのよ」

悲鳴に近い声を理代子はあげた。

「そんなこと、いわれても」

勇人が困ったような声をあげた。

それからもいい争いはつづいたが、理代子の納得する言葉は勇人の口からは結局出ず、電話は一方的に向こうから切られた。

その鬱憤がまだ残っていた。

村橋が理代子を連れていったのは、並木（なみき）通りから二本ほど裏に入ったところにある居酒屋だった。

二人は生ビールのジョッキをぶつけて乾杯した。

「ところで村橋君は今、何をやっているの」

村橋は綿のズボンに型の崩れたジャケットをはおり、ノーネクタイだった。

「今は警備会社に勤めてる。従業員、十五人ほどの、ちっぽけな会社」

秋刀魚（さんま）の身をむしりながら村橋はいう。

「……村橋君って確か東京の大学を出て、けっこういい会社に就職したって噂では聞いてるけど」

呆気にとられた口調でいうと、

「六年前にリストラ」

村橋はそういって薄くなった頭をかいた。

東京の大学を出た村橋は中堅どころの鉄鋼メーカーの営業マンとして就職し係長まで いったが、おりからの不況のために会社は大幅なリストラを敢行。村橋もそのリストのなかに入れられ、あっさり首を切られて放り出されたという。

「そのために女房とは離婚。たった一人の子供も向こうに取られて、俺はそれまで住んでいたマンションを追い出された。それからは何をやっても駄目。今では江古田の安アパートで一人暮らし」

すらすらと村橋は淀みなく答える。意地も張りもないといった顔つきで存在感もかなり薄かった。

「女って怖いよな。駄目だとわかったら、さっさと見切りをつけられるんだから。まさか、即離婚とは思いもしなかった」

「そのときの奥さんの年齢って？」

何気なく口に出すと、

「俺より四つ下だから、三十四歳か――まだ若いっていえば若いよな」

そうなのだ。女の三十四ならまだ若い。充分にやり直しがきく年齢なのだ。沈んでいく難破船にしがみついている理由は、どこを探してもない。

「今はバツイチなんて珍しくもない世の中だから。運が悪かったのよ、村橋君は」

やんわりと慰める。

「そうか、運か。運には逆らえないからな」

村橋は小さくうなずき、

「ところで理代子は今、どうしてるんだ」

顔を真直ぐ見て訊いてきた。

「私は今、こんなことしてる」

理代子はバッグのなかから名刺を取り出して村橋に渡す。

「そうか、今は中島っていうんだ。『中島化粧品』か、一国一城の主なんだ」

羨しそうな声をあげた。

「一国一城っていったって、ほんのちっぽけな店だから。それにね——」

と理代子は三年前に亭主が死んだ話を皮切りに、その亭主の女癖の悪さや、ギャンブル好きで苦労したことを正直に村橋に話した。

「そうか、理代子も独り身なのか。何だか似た者同士のようなもんだな」

と村橋はいうが、そんなことはないと理代子は思う。根本的な部分が違うはずなのだが、あえてそれは口にしなかった。ついでに一人息子である勇人の薄情さをいうのもやめた。ただ、長野の大学に行っているとだけ村橋に話した。

それからは互いの女房と亭主の悪口に花が咲き、よくこれだけ悪口が出てくるもんだと感心するぐらいにネタはつきなかった。

理代子と村橋は大いに飲んで大いに語った。いい気持だった。日頃の苦労や憂さが晴れるようなひとときだった。

それが終ったら今度は中学時代の思い出だ。これも話がつきなかった。幼馴染みというのは便利なものだとつくづく理代子は思った。

店に入って一時間ほどが経ったころ。

「中学のとき、私、けっこう村橋君のこと好きだったんだよ」

何気ない理代子の一言に村橋が驚いた表情を浮べた。

「そうだったんだ——実をいうと俺も理代子のこと、かなり好きだった。あのころは何もいえなかったけど」

しみじみとした調子でいった。

「えっ、嘘でしょ。そんな素振り、全然なかったわよ」

「これでも男だから。そういうのを表に出すのは軟弱だと思っていたからな」

身を乗り出すようにしていった。

「そんなことといわれても信じられない。あれほどモテモテだった村橋君が私のこと好きだったなんて」

いいながら理代子も悪い気はしない。たとえ嘘だとしても、いい気持になっているのは確かなことだった。

「理代子ってジミだったけど、落ちついて見るとけっこう美人だったから。理代子が気がつかなかっただけで、ファンはかなりいたと俺は思うけどな」

やはり、いい気持だった。この前、人に褒められたのは、いつだっただろうと考えてみたが思い出せなかった。

「今でも、けっこう美人だと思うよ」

極めつけの一言を村橋がいった。

「駄目よ、そんなにおばさんを持ちあげても、何も出ないから。そんなことより、どんどん飲も」

二人が腰を上げたのは店に入って二時間ほどが経ったころだ。誰が待っているわけでもなかったが、そろそろ帰らなければならない時間だった。勘定は理代子が払った。一国一城の主だからと気前のいい所を見せた。

二人並んで外に出て、しばらく歩くとそれがあった。ラブホテルだ。ラブホテルが二軒並んで建っていた。隣の村橋が緊張するのがわかった。ゆっくりと前を通り抜けようとすると、

「理代子……」

泣き出しそうな声を村橋があげた。

立ち止まった村橋の顔を横目で見ると、こっちのほうも泣き出しそうな表情だった。

「駄目よ、村橋君、そんなこと」

掠(かす)れた声を出した。

「駄目っていっても、俺も理代子も独り身だから。誰に後ろ指を差されることもないはずだし」

村橋は正論をいった。

正論をいいながら、泣き出しそうな顔で理代子を見ていた。

「それはそうだけど」

低い声を出す理代子に、

「俺、一度でいいから理代子のことを。一度でいいから。中学生のころからずっとそう思っていた。ずっと……」

村橋はずっと洟(はな)をすすった。

今にも両目から涙がこぼれそうだ。

突然、村橋の体が小刻みに震え出した。

「世間から弾き出された、こんな俺だけど、だけど理代子のことはずっと」

体の震えがさらに大きくなった。

この人、壊れてしまうのでは……そんな思いが理代子の胸に湧きあがった。そう感じたとたん、村橋の顔に中学生時代の顔が重なった。村橋はあのころの少年だった。理代子の胸がぎゅっと締めつけられた。

「一度だけなら……」

こんな言葉が飛び出した。

村橋の顔がふわっと綻んだ。

村橋から理代子のケータイに電話があったのは二日後だった。

ケータイの番号は教えてないはずなのにと不思議な気持だったが、居酒屋に入って名刺を渡したことを思い出した。名刺にはケータイの番号が印刷されていた。ということは住所もわかっている。そういうことなのだ。迂闊(うかつ)だった。

村橋は近所まできているので会って話がしたいといった。断りの言葉を出すこともできたが、会って物事をはっきりさせておいたほうがいいという気持もあった。

商店街からはかなり離れた喫茶店を理代子は指定した。約束の時間にそこへ行くと奥の席にすでに村橋はきており、理代子の姿を見て手を振った。

前の席に理代子はこそりと腰をかける。

話は理代子が頼んだコーヒーが運ばれてきてから始まった。

「一昨日はありがとう」

という村橋の顔を見て嫌な予感が理代子の胸に湧きおこった。あの意地も張りもなかった村橋の顔が輝いていた。生気を取り戻した顔だった。

「話って？」

ぼそりと声を出した。

「特段の話はないんだけど、せっかくああいう関係になったんだから、やっぱりこれからも逢ったほうがいいと思って」

はっきりした口調で村橋はいった。

「ああいう関係っていっても、あれは一度だけという約束だったはずよ」

固い口調でいった。

「俺も最初はそう思ったんだけど、あのあと理代子も満更じゃない様子だったから、俺たち肌が合うんだと考え直したんだ」

「莫迦なこと、いわないでよ」

思いきり睨みつけた。

「あのときもいったけど、俺たちは独り者同士だから誰に遠慮することもないし。まさに神様が与えてくれた、最高のパートナーなんだと思ってさ」

「あれは、一度だけの関係で、私には村橋君とそういった関係を持ちつづけるつもりはまったくないから」

ぴしゃりといった。

「中学のころ、俺のこと好きだったんじゃなかったのか」

「あれは単なる昔の思い出で、今とはまったく次元の違う話よ」

「次元が違ったって、かつてそういう気持を持ったことがあるのなら、それは今でも充分に通用すると思う。少なくとも俺は理代子にとって嫌いな相手じゃないことは確かだといえるから」

村橋のいっていることは単なる屁理屈だった。何をこの男は血迷っているのか。たった一度関係を持っただけで、勘違いも甚だしい。理代子は段々腹が立ってくるのを感じていた。

「はっきりいえば、私は村橋君が好きじゃない。前に何をいったか知らないけど、この時点ではっきりいえることは私は村橋君が嫌い。そういうことだから悪しからず」

それだけいって席を立とうとすると、

「おい、理代子。話は最後まで聞くもんだ。俺はまだ肝心なことを理代子に話していない。帰るなら、それを聞いてからでも遅くはないはずだ」

立ちかけていた理代子の体が椅子に戻った。

「理代子も一人、俺も一人。そういうことなら、ただ単に逢って体を重ねるだけじゃなく、この際一緒になったらどうだろう。今の状況を考えれば、二人は結婚するのが一番。それが最善だと俺は考えるけど」

一瞬何をいわれたかわからなかった。が村橋の言葉をゆっくり反芻して何をいわれたかようやくわかった。

「莫迦なことをいうにも、ほどがあるわ。なぜ私があなたと結婚しなければならないのよ。頭がおかしくなったんじゃない」

大声でまくしたてた。

店中の客がこちらを向いたが、まったく気にならなかった。

「俺はこう見えても、サラリーマン時代は有能な営業マンだった。俺が理代子と結婚すれば店が大きくなるのは間違いない。いいことずくめの万々歳じゃないか」

この男は店に転がりこむつもりなのだ。

理代子の胸が早鐘を打ったように騒ぎ出した。ひょっとして、この男は……。

「村橋君、この間のことって、ひょっとして全部計算ずくだったの。最初から結婚を目的にして私に近づいてきたの。それで情けなさと甘い言葉を武器にして」

そう考えてしまうほど物事の展開が急すぎた。できすぎていた。

「そんなことはない。もしそうだとしたら、かなりの事前調査が必要だ。そうなれば、相手はもっと大金持ちの女のほうがいい。だから、それだけは考えすぎだ」

確かにそうだ。計画的ならターゲットは大金持ち。理代子のところの財産といえば、わずかな預金と家と土地。サラ地にして売ったとしていくらになるかは考えたこともないけど、それにしても大金持ちにはほど遠い。

「だから、この話に計算なんかひとつもない。俺はただ自然に、俺と理代子は結婚したほうが幸せになれる。そう考えただけだ」

淡々と村橋はいった。

「あなたは幸せになれても、私は幸せになれない。そういうことだから、もう電話はしないでくれる」

押し殺した声を理代子は出した。

「電話はするさ、これから何度でも。そして理代子は結局、俺と結婚することになる。予想ではそうなっているので、それこそ悪しからずといったところだな」

自信満々で村橋はいうが、いったいこの根拠のない自信はどこをどう叩けば湧いてくるのか。狐につままれたような話なのだが、理代子が村橋と深い関係になったことだけは事実なのだ。

「じゃあ、俺はもう帰るから。悪いけどここの勘定は払っておいてくれるか。俺は安月給の警備員だから」

さっと村橋は立ちあがり、片手をあげて理代子の前から離れていった。

「ストーカー」

理代子の口から言葉がもれた。

いったとたん、背中にさあっと悪寒のようなものが走るのを覚えた。どうしていいか、まったくわからなかった。それにあの妙に自信ありげな態度――あれはいったい何なのか。

理代子は大きな溜息をふっともらした。

「毎度ありがとうございます」

中年の女性客を店の外まで見送って、アーケードの隙間から覗く空を見上げるとすでに暗くなりはじめている。

これから夜にかけての時間帯が理代子はいちばん嫌いだ。客足は絶えるし、通りに活気はなくなるし……人恋しさがつのって、たまに体が震えてくることもある。

ふっと溜息をひとつついて店のなかに戻ろうとすると、ポケットのなかのケータイが音を立てた。取り出してみると村橋からだ。理代子はケータイのスイッチを切って、ポケットのなかにねじこむ。

村橋からの電話の数が増えていた。

一日に三十回以上かかってくるときもある。むろん理代子はすべて無視しているが、だからこそ数が増えているともいえる。警察に通報することも考えたが、それを思いとどまらせたのは村橋の自信満々の態度だ。あれが気になった。あの理由がわかるまで、事を荒立てるのはやめようと思った。

「変なのに、ひっかかっちゃったな」

理代子は男の子のような口振りで独り言をいい、肩を竦めて店のなかに戻った。

それから一時間、店にきた客は三人だけ。安売りのティッシュを買っていった年寄りの女性と、白髪染めを無言でカウンターの上に置いた中年男。あとは店内を一通り見回しただけで、何も買わずに出ていった高校生ほどの女の子だけだった。

理代子は早めに店を閉めることにした。

といっても、そのあとにすることといえば、たった一人の夕食だ。正直なところ、つくるのも食べるのも面倒だった。村橋の一件があって以来、理代子の精神が参っているのは確かだった。こんな夜は――。

理代子は『いっぱい』に行くことにした。都会の真中でたった一人で頑張って生活している身だ。それぐらいの小さな贅沢は許されるはずだった。

そう考えたとたん、わずかに体がしゃきっとするのを感じた。それが故郷を思い出させる味噌ダレの串カツのせいなのか、それとも厨房に立つ、頑健強面の諒三のほうなのか。どちらなのかは考えないことに、理代子はしている。

三十分後、古ぼけた硝子戸を開けるとすぐに、

「いらっしゃい」

という諒三の低い声が耳に響く。

軽く笑ってから理代子はカウンターを見回す。知った顔は誰もいない。いつもの端っこの席にすとんと腰をおろした。

「いちまいで、いいですか」

理代子の顔に視線を向けて諒三がいった。柔和な目だったが、理代子は諒三がもうひとつの目を持っていることを知っている。

「あっ、はい」

とうなずきながら、そのときのことをぼんやりと頭に浮べる。

あれは理代子がこの店に通い始めて、一年近くたったころのことだ。

席はほとんど埋まっていて、そのなかの男の一人が隣の若い女性に盛んに話しかけていた。むろん、知り合いではない。たまたま隣同士で座っただけで、二十代なかばの若い女性に連れはいなかった。理代子はちょうど、その女性の隣の席に座っていた。

「姉ちゃん、うまい焼肉でも食いに行こうや。こんなちんけな店の串揚げより、よっぽどうまい店を俺は知ってるからよ。こうして隣同士になったのも何かの縁だからよ」

三十すぎほどの男は若い女性にもたれかかるような格好でいうが、女性は引きつった顔をして下を向いているだけだ。無理もなかった。着ているスーツこそ普通だったが、ノーネクタイの胸元からは金の太いネックレスが覗いていたし、手首にも派手なブレスレットが光っていた。それよりも何よりも男の顔が悪かった。どう見ても悪相で堅気(かたぎ)には見えなかった。

「なあ、姉ちゃんよ」

声と同時に女性の体がびくっと震えるのがわかった。カウンターの下に目をやると、男の左手がスカートから覗いた女の太股に置かれて、そろそろと動いていた。

「あの、私は……」

女性が泣き出しそうな声をあげた。

「一緒に、行く気は、ありません……」

途切れ途切れにいった。

「行く気がねえだと。これだけ下手に出て誘ってやってんだ。筋を通して一緒にくるのが礼儀だろう。莫迦野郎が」

ドスの利いた声をあげた。

店中の客が男と女を見た。

そのとたん、男の左手が女の太股の奥に強引に差しこまれるのがわかった。「あっ」と女が声をあげた。

「こうなったら、意地だ。何が何でも筋は通させてもらうぜ。それとも、このままパンツを引き裂いて、床に転がしてやろうか」

男の左手がさらに太股の奥に入ろうとしたとき、

「そんな筋など無視すればいい」

　どこからか声が飛んだ。

　最初は誰がいったかわからず、その男はもちろん、客のすべてがきょろきょろとあたりを見回した。

「お客さん、ここはみんなが楽しく酒を飲むところだ。場所柄をわきまえてもらわないと困りますよ」

　声はカウンターのなかの諒三だった。

「てめえ、俺に説教するつもりか」

　男がゆっくりと、その場に立ちあがった。

「説教じゃありませんよ。俺はしごく、まっとうなことをいってるだけですよ」

　抑揚のない声で諒三がいった。

「いい度胸だな、てめえ。俺に向かってそんな大口を叩くとは」

「ここは俺の店ですから、どんなお客さんであろうと無体な行いを放っておくわけにはいきませんので」

　諒三はいつもの口調で淡々という。

「ほうっ。ということは、店の外なら何をしてもいいということだな。上等だ。そのほうが手っとり早いしよ」

　いきなり男は若い女性の襟首をつかんで立ちあがらせた。女性の顔は真青だ。体が小刻みに震えている。

「姉ちゃん、外に出ようか。外でなら何をやってもいいらしいからよ」

　諒三を睨みつけていった。

「いいかげんに、しねえか」

　ふいに声が響いた。諒三だ。大きくはないが、妙に肝が据った声に聞こえた。とたんに男の顔が赤黒く染まるのがわかった。女性の襟から左手を離し、右手を背広の内側にゆっくりいれた。何かを握りこんだ。

「要するに、てめえは俺に喧嘩を売ってるわけだな、くそ親父。買ってやるよ、思いっきり高くな。命のやりとりはこっちのお手のもんだ。あとで吠え面かくんじゃねえぞ」

　もの凄い目で諒三を睨んだ。今にもカウンターを乗りこえて襲いかかっていくような目だった。店中がざわっとどよめいた。そのあと、しんと静まり返った。

　そのとき諒三の顔が一変して、両の目に力が漲った。

　心の底を射竦めるような目だった。

底光りのする鬼の目だった。

二人はそのまま睨み合った。

どれほどの時間が過ぎたのか。

先に視線を外したのは男のほうだ。

無言で背中を向けて店を出ていった。一呼吸おいて店中に客の拍手が響きわたった。

「相すみません。とんでもないことになりまして」

カウンターのなかで、諒三が客に向かってぺこりと頭を下げた。顔は元に戻っていた。柔和な目だった。

「大将、度胸があるねえ。よほど喧嘩に自信があるんだねえ。あんな男を前にして一歩も退かないんだから」

客の一人がいうと、

「とんでもない、俺のはただのこけおどしで。いつ、あの懐から刃物が飛び出してくるかと、ひやひやしていました」

諒三はおどけたようにいって、

「すみませんでした」

襟首をつかまれていた女性に向かって、深々と頭を下げた。

このあとだ。諒三は以前、ヤクザの大幹部だったという噂が客のなかで飛びかったのは。それを直接諒三に質(ただ)す客もいたが、

「めっそうもないですよ」

諒三は笑って取り合わなかった。

「いちまいセット、おまちどお」

低い声と一緒に理代子の前に、串揚げ四本と野沢菜の漬物、それに瓶ビールとコップが置かれる。

「今日の野菜の串揚げはアスパラガスだから、味噌よりも塩をかけたほうがいい」

諒三が温和な顔で話しかける。

「あっ、それなら塩のほうがいいよね。そうします。でも、その前に諒さん自慢の串カツのほうからいただきます」

という理代子のコップに、

「まずは、一杯」

ビールを注(つ)いでくれる。

「そうよね。『いっぱい』にきたんだから、まずは一杯ですよね」

理代子は喉を鳴らして、コップのビールを半分ほど一気に飲み、その手で串カツを取りあげた。ひとくち頬張ったところで「いらっしゃい」という諒三の声。どうやら新しい客がきたようだ。

「ほうっ、うまそうじゃないか」

隣に誰かが腰をおろし、声をかけた。

顔を向けると、なんと村橋が笑みを浮べて理代子を見ていた。

「村橋君、なんでここへ！」

驚いた声をあげる理代子に、

「何度電話しても出ないから、理代子の店の脇で待伏せ――それで後をつけてきて、頃合を見計らって隣の席に座らせてもらったというわけさ」

何でもないことのようにいった。

「何度電話しようと出る気はないし、私はもう村橋君には会わないと心にきめてるから。だから隣に座られても迷惑なだけ」

理代子はぴしりといった。

「迷惑かもしれないけど、理代子はどうせ俺と結婚することになるから」

また、この言葉だ。

「結婚って、いったい――」

といいかけたところへ、カウンターのなかから「何にしましょう」と声がかかった。

「これと、同じ物をお願いします」

村橋は落ちついた声で答えてから、

「理代子は、ここの大将が好きなのか」

耳許でびっくりするようなことをいった。

「なんでそうなるのよ。いい加減なことといわないでよ」

内心の動揺を隠して、なるべく普通の調子で理代子はいう。

「店の前から、しばらくこの店を覗いていたんだけど。理代子と大将との様子を見ていて、ぴんときたんだ。理代子は大将に惚れている。だけど――」

ぽつんと言葉を切ってから、

「片想い」

村橋は嬉しそうにいった。

理代子はふいに悲しみに襲われた。

こんな男に、こんな大事なことを簡単に口にされるとは。嫌だった。泣きたくなるほど嫌だった。

「帰ってよ」

低い声でいった。

「そんなわけにはいかないよ。今、食い物と飲み物を頼んだばかりなのに。もったいないじゃないか」

村橋が当然のような顔をしていったところへ、いちまいセットが届いた。

「仲がよさそうですね」

それだけ諒三はいい、軽く頭を下げて前を離れていった。

「俺たちの関係、察したんじゃないかな」

「莫迦なこといわないでよ」

理代子はできるだけ低い声でいってから、

「いくら、幼馴染みだっていっても」

今度は叫ぶような声を出して厨房(ちゅうぼう)に目をやると、諒三が中年の男性客の一人と話をしているのが目に入った。理代子は段々自分が情けなくなってきた。

「お願いだから、それを食べたら帰って」

哀願するように村橋にいうと、

「そうするつもりだよ」

思いがけず、素直な言葉が返ってきた。

「本当に帰るの？」

呆気にとられた表情を理代子は浮べる。

「帰るよ。その前に、五分ほど理代子に話をしたいことがあるけど」

ほんの少しだったが、胸のなかにほっとしたものが湧きおこる。

「これって、けっこう懐しい味がするな」

串カツを頰張りながら村橋がいった。

「内味噌をベースに使ってるんだと思う。昔、村橋君のところも食べてたんじゃない。何でもかんでも鍋にぶちこんで火を通す、味噌煮っていう料理……内味噌を使った」

「ああ、確かに味噌煮の味に似てるな。といっても、これは揚げ物だから――この味噌の味はかなり洗練されてるし」

機嫌よく村橋はいう。

「それは、商売だから」

「しかし、懐しい味がするのは確かだな。理代子がいうように、多分内味噌をベースにしてるんだろうな……」

珍しくしんみりした口調でいい、それから村橋は食べることと飲むことに専念するように押し黙った。

「話って何？」

ビールを空にし、串揚げもすべて食べ終えた村橋に低い声で理代子は訊く。

「簡単なことだよ」

村橋はポケットからケータイを取り出し、指先で操作を始めた。いきなり画面に衝撃的な姿が映った。理代子の心臓が音を立てて鳴り出した。これは……。

理代子と村橋がベッドの上に並んで寝ている姿が画面に映っていた。二人を画面に入れた自撮りなので写っているのは上半身だけだったが、理代子の小ぶりな乳房は鮮明にとらえられていた。

「これって……あのときに」

上ずった声を出した。

「あのあと、ほんの数分ぐらいだったけど理代子が眠ってしまったから、そのときに急いで撮った」

迂闊だった。確かにあのあと、ほんの少しだったがうとうとした記憶がある。

「何枚撮ったの？」

まだ声が上ずっているが、これ一枚だけなら写っているのは乳房だけ。何とか対処のしようがあるように思えた。

「二枚――」

低すぎるほどの声で村橋がいった。

「二枚って。あとの一枚はどんななの」

声がざらついていた。

村橋が指を動かして、画面が切り替った。

理代子は声にならない悲鳴をあげた。

二枚目の写真に写っているのは理代子だけ。シーツが足元まではがされ、顔の部分から膝のあたりまで何もつけない全裸の理代子が写っていた。目を閉じた姿は無防備そのもので、薄い茂みもはっきり写っている。

「これを、どうするつもりなの」

村橋の自信満々の理由がようやくわかった。

「理代子が、俺のいうことを聞いてくれなかったら」

凝視するように村橋が理代子の顔を見た。

「郡上にいる、十人ほどの同級生にこの二枚を送信するつもりだ。そのために郡上にいる連中にケータイのアドレスも聞いた。たまには同窓会をやろうっていう口実で」

村橋はそういって十人の同級生の名前をあげた。三年のとき同じクラスにいた連中で、女性が三人まじっていた。

「警察にいうわ」

絞り出すような声を出した。

「好きにするといいよ。ただし、警察が踏みこんできた瞬間、俺は十人あての送信ボタンを押す」

「そんなことをしたら、罪が重くなるわ。実刑になるわ」

「構わないさ。俺は未来も将来もない身だから。刑務所に入っても一向に構わない。かえってそのほうが、あくせく働かなくてすむから楽なもんだ」

「そんなこと」

理代子は体中に寒気を覚えた。おそらく顔も真青なはずだ。

「どうかしたのか、理代子さん」

そのとき、中年男と話をしていた諒三が声をかけた。

「いえ、何でも——串カツを食べた村橋君が故郷の内味噌の味がするっていい出して、それで互いの家の味噌の自慢になって、そのためにもめてるだけで」

こんな嘘が口からすぐに出た。

「そうなんですよ。昔、俺たちの田舎ではどこの家でも内味噌を使った味噌煮というのを食べてたんですが。それを思い出したもので、けっこう二人ともむきになっちゃって」

村橋も理代子の話に合せてきたが、言葉の端々には昔を懐しむ気持も感じられた。

「それなら、いいけど……内味噌に味噌煮か、確かに懐しい言葉ではあるな」

諒三はそれだけいって顔を中年男に戻した。

「その写真って、今はまだ誰にも……」

恐る恐る理代子は村橋に訊く。

「見せてないよ。いずれ自分の嫁さんになる女のこんな写真を、誰かに見せる男はいるはずがない」

「そう……」

理代子は涙が出るのを必死でこらえた。ここで泣くわけにはいかなかった。泣くなら家に帰ってから。あそこなら、誰にも知られずどれだけでも泣くことができる。

「それで、村橋君の要求は私との結婚——そういうことなのね」

「そういうこと。よく考えておいてくれよ。数日中に電話するから、そのときは無視しないで出ろよ。もっとも、もう無視するわけにはいかないだろうけどな」

村橋はそういってからケータイの画面を消し、

「じゃあ、五分は過ぎたから俺は帰る。できるなら理代子を泣かせたくないから、いい返事を待ってる。二人で『中島化粧品』を守りたてて、いい家庭を築こうよ」

落ちついた口調でいい、笑顔を浮べてゆっくりと立ちあがった。

「ここの勘定払っておいてくれよな。夫婦なんだからな」

機嫌よくいい、理代子の肩をぽんと叩いて村橋は背中を向けた。

体の力がすべて抜けきっていた。まさかこんなことになろうとは。軽率だった。いくら懐しい思いに駆られたといっても軽率すぎた。そして、あの男は狂っている、何かが大きく外れている。そう思った。

諒三のほうを見ると目が合った。心配そうな目だった。ふいに涙が溢れそうになり、理代子は歯を食いしばって我慢した。

店を開けても仕事に身が入らなかった。

釣り銭の額を間違えたり、渡す商品が違っていたり――あの写真を見せられてから三日目、理代子は当分休業することにして店を閉めた。

それからは一日中パジャマ姿のまま焦燥感を胸に抱えて、イライラしながら過ごした。どういうわけか、村橋からの電話はあれからぷっつりと途絶えたが、そろそろかかってくるに違いなかった。いったい、どう対応したらいいのか。

居間に座りこんでいた理代子は、ふらりと立ちあがって洗面所に向かう。ここ数日、理代子は自分の顔を鏡で見ていなかった。見るのが怖かった。むろん、肌の手入れもしていない。そんな余裕はなかった。

それでも洗面所に向かったのは――化粧品屋の意地のようでもあったし、女としてのやるせなさからなのかもしれない。いずれにしても理代子は自分の顔を見たいと、このときむしょうに思った。

そろそろと大きな鏡に顔を映す。

老女がいた。

丸くなめらかだった頰がこけていた。それが理代子の表情を極端に老け顔にさせていた。目の下に隈があったし、豊麗線も目尻の皺も深くなっているような気がした。

「五十歳――」

ぽつりと理代子は呟いてから、

「五十五歳――」

と細い声でいい直す。

理代子の顔が鏡に近づく。

ああっという絶望的な声があがった。

「六十歳……」

吐き出すようにいってすぐ――。

しかし、あの化粧品で肌の窪み（くぼ）を消して、あの化粧品で皺を隠して、あの化粧品で肌の色をごまかせば、と理代子は忙しく頭のなかで計算をしてから、今度は睨みつけるように鏡のなかの顔を見た。

吐息がもれた。何をどう使おうと、若さが自慢だった理代子の顔は元に戻らない。

そんな気がした。胸のなかの諒三の姿が遠くなるのをはっきり感じた。

そう感じた瞬間、理代子のなかで何かが軽くなった。そして、すべてを諒三に話して救ってもらおうと思った。

あの目だ。あの目を使えば……すべてを話せば諒三から軽蔑（けいべつ）されるのはわかりきっていたが、それでも村橋から解放されればそれでいいと思った。仕方がなかった。あとが先決だった。

の写真が級友たちに送信されれば、死ぬしかないと理代子は思っていた。生き抜くこ

村橋から電話があったのはそれから三日後、あの写真を見せられてから、ちょうど十日が過ぎていた。

会って答えを知りたいという村橋に、理代子は『いっぱい』を指定した。そこで自分の思いをすべて話すと。村橋は了承し、明後日の開店前の午後四時に会うことになった。「いい返事を待ってるから」と優しげな声でいって村橋は電話を切った。

その日理代子は落ちつかず、約束の三十分以上前に『いっぱい』に行った。

「すみません、私の莫迦な行いのために、お店にご迷惑をかけることになって」

頭を下げる理代子に、

「開店前だから支障はないですよ」

いつもの温和な顔でいう諒三に、

「大袈裟(おおげさ)なようですが、私も生きるか死ぬかの瀬戸際に立ってますので。勝手なお願いとはいえ、とんだことに諒さんを巻きこんでしまったことは……」

理代子は頭を思いきり下げる。これぐらいしかできることは理代子にはない。

「それで、あの、お話しした、あの提案の件ですが、本当によろしくお願いします」
いい終えて諒三の顔を窺うと、大きくうなずくのが目に入った。結果はどうなるかわからないが、用意は万端整ったのだ。

一昨日、理代子は閉店までねばって客のいなくなった店で、村橋との一件をすべて諒三に話して聞かせた。

さすがに二人でラブホテルに入ったところはいいづらかったが、それでもつつみ隠さず理代子は話した。すべてを曝け出すのが諒三に対する礼儀のような気がした。ただ、この話を諒三にしたとき、理代子にはひとつの思惑があった。

理代子がラブホテルに行った件を知ったとき、諒三はいったいどんな顔をするのか。理代子はそれが知りたかった。この期におよんではあるけれど、気になって仕方がなかった。

その話を口にしたとき――。

諒三の顔が一瞬だったが硬直したことを、理代子は確かに見たような気がした。そのあと一言ぽつりと、
「それは……」
といって、諒三はほんの少し押し黙った。

勝手な話だったが理代子は嬉しかった。少なくとも諒三は理代子に対して無関心ではなかった。それがどんな意味での関心かは知る術(すべ)もなかったが、それでも理代子は嬉しく、一瞬胸が疼(うず)いて涙が出そうになった。しかし、たとえ大きな関心を諒三が理代子に持っていたとしても、今回のこの話を聞けば流れてしまうのは……。

すべてを話し終えたあと、理代子はうつむいたまましばらく顔をあげることができなかった。

「それで、その対策ですが」

と、いつもの低い声で諒三がいったとき、

「対策はちゃんとあります。でも、それには諒さんが協力してくれることが、不可欠なんです」

初めて顔をあげた。

諒三と目が合った。いつもの強面の顔だったが小さくうなずいてくれた。理代子は意を決してぼそぼそと話し出した。

あのヤクザを震えあがらせた鬼の目で、村橋を睨みつけてほしい――それが理代子の策だった。村橋は素人(しろうと)である。ヤクザを追い払った諒三の目に対抗できるはずがない。必ず軟化して無理難題は引っこめる。もちろん、ケータイの写真の件も含めてだ。

黙って理代子の話を聞いていた諒三が、

「俺の目は鬼の目か」

ぽつりといった。

「はい。私の目にはそう映りました。そして鬼の目は、神様の目でもあることに気がついたんです」

一気にいう理代子に、

「鬼の目は神様の目か、なるほどな」

呟くように諒三はいった。

「すみません、その大前提として、私は諒さんの大切な友達であるということにしてほしいのです。そうすれば、インパクトもリアリティも違うはずですから」

本当は恋人にしてほしいといいたかったが、そんなことはいえるはずがなかった。

「わかった。とにかく、その忌わしいケータイを何とかしないとな。理代子さんを死なせるわけにはいかないから」

諒三は忌わしいケータイといった。そして自分を死なせないためにもと。理代子は嬉しかった。諒三は頼もしい、理代子の唯一の味方だった。

村橋は時間きっちり、四時にやってきた。

理代子は村橋をいつも自分が座っている、カウンターの端に座らせ、その隣に座りこんだ。つまり、逃げられないように村橋を壁際に追いこんだ格好だ。

そのあと諒三が店の引戸に内側から鍵をかけた。それを見た村橋の表情が、さすがに変るのがわかった。自分の置かれている立場がようやくわかったようだ。

「まだ開店前なので鍵をかけましたが、他意はありませんので」

諒三がこういってカウンターのなかに戻ったのを見計らって、

「村橋君、私の本当の思いをいわせてもらうわ」

理代子が口を開いた。

「以前もいったように、私はもう村橋君と会うつもりも、まして結婚する気などまったくないから。だから、あの写真は消して、莫迦なまねはもうやめて。せっかくの幼馴染みなんだから。味噌煮を食べて育ってきた、かけがえのない同級生なんだから」

理代子の言葉を聞きながら、村橋の顔色が徐々に変っていった。蒼白になっていった。この前の理代子のときと、まったく逆の展開だった。

「そうか、その男に話したのか、理代子は……」

村橋は呟くようにいい、

「それで俺をこんなところに閉じこめて、脅すことにしたんだな」

嗄れた声を出した。

「脅しじゃない。これは頼みだ。俺たちはあんたに頼んでいるんだ」

初めて諒三が口を開いた。

「この人は俺の大切な友達だが、もしあんたが、その写真を郡上に送信すれば死ぬしかないといっている。それでもあんたは平気なのか」

温和な声でゆっくりいった。

「理代子が結婚してくれなければ、俺のほうが死ぬことになる」

村橋が叫んだ。

「なんで、村橋君が死ぬことになるのよ。おかしいじゃない」

今度は理代子が叫んだ。

「あんな暮しに戻るということは、死んだも同然だ。あんな一人ぽっちの生活に戻るのはごめんだ」

掠れた声でいった。

「そんな人間はごまんといる。俺だって同様だ。たった一人で、この店の二階で寝起きをしている。家族も恋人もいない。あんたの考え方でいけば、待っているのは孤独死のみ――でもそれでいいじゃないか。そのときがくるまで前向きに生きていけば、それで充分じゃないか。このうえ、いったい何を欲しがる必要があるというんだ」

嚙んで含めるように諒三がいった。

「あんたには、お客がいるじゃないか。俺にはそんなものはいない。本当の一人ぼっちだ。大違いじゃないか」

村橋が叫んだ。

かなり興奮してきているようだ。

「そうだな。客がいることは確かだ。だが、あんたにだって仕事場には仲間がいるはずだ。同じことだと俺は思うが――ただひとつ、違う点があるとしたら、俺は客に誠心誠意接しているが、あんたはどうなんだ。前向きな姿勢で接しているのか」

低いがよく通る声で諒三はいった。

「それは――」

動揺したような声をあげ、

「接してねえよ」

怒鳴り声をあげた。

「じゃあ、接しろ。仕事仲間にも行きずりの人にも、むろん、幼馴染みにも。そうすれば何かが変る。小さなことかもしれないが、必ず何かが変るはずだ。そうすれば前向きに生きていける。たとえ一人だとしてもだ。幸せなどというものは、みんなで分かち合うもんじゃなく、一人でひそかに嚙みしめるもんだ」

淡々と諒三はいった。

「幸せは一人で嚙みしめるもの……そんなことは、俺には、そんなこと」

村橋が声を絞り出した。

理代子の出る幕は、まったくなかった。

諒三と村橋の一対一の勝負だった。そして、もうすぐ極めつけのあれが出る。誰もが震えあがる諒三の鬼の目だ。あれが出れば、村橋は恐れいるしかない。理代子は両の拳(こぶし)を血が出るほど握りしめた。

が、村橋が意外な行動に出た。

ポケットからケータイを取り出して立ちあがったのだ。

「俺には未来なんてない。送信するぞ。死ぬなら死ねばいいんだ。送信するぞ。死ぬなら死ね」

声が裏返っていた。完全に逆上していた。

理代子の全身がすうっと冷えた。

「諒さんっ」

叫んだ。

「その前に――」

諒三が村橋を睨んだ。

しかし、鬼の目ではない。柔和な目で諒三は村橋を睨みつけたのだ。不思議な視線だった。厳しさと優しさと悲しさを一緒に宿しているような。

「その前に、これを食べてみないか」

諒三は焜炉にとろ火でかけてあった土鍋の蓋を取り、そっとカウンターの上に置いた。湯気と一緒に懐しい匂いが店のなかに漂った。この匂いは確か……。

「あんたたちの故郷の味の味噌煮だ。串揚げと違って、これなら正真正銘、あんたたちの子供のころに食べた味だ。けっこう苦労したが、味はかなり再現されていると思う」

諒三は二人の前に小鉢を置き、杓子ですくって入れてから、食べやすいようにスプーンをそえた。

最初にスプーンを手にしたのは理代子だ。ゆっくりとすくって口のなかに入れる。

懐しい味がさあっと広がった。入っている具は人参、里芋、牛蒡、白菜、椎茸……肉は鶏だった。そうなのだ。あのころ、肉といえば鶏だった。豚や牛肉などはめったに口に入らなかった。

「村橋君も食べてみたら。おいしいよ、肉は鶏だよ」

思いがけず素直な声が出た。

理代子は文字通り、小さな幸せをしっかりと嚙みしめていた。

村橋の持っていたケータイが右手から左手に移った。しかしボタンはいつでも押せる状態だ──右手のスプーンで小鉢のなかの具を震えながらすくった。ゆっくりと口に運んだ。嚙みしめた。こくりと喉の奥に飲みこんだ。うめくような声を村橋が出した。嗚咽だ。村橋は味噌煮を嚙みしめながら、すすり泣いていた。

「村橋君……」

理代子が掠れた声を出した。

村橋は泣きながら、左手に持ったケータイを理代子に差し出した。

「ごめん、俺……」

村橋はカウンターにつっ伏した。

ケータイを手に、理代子がカウンターの向こうを見ると柔和な目が笑っていた。

やはり、神様の目に見えた。

エアギターの嘘

新しい木の香りが心地いい。

立ち働いているのは若い二人の職人だ。

今はまだ壁や天井にクロス張りをしている段階だが、やがてここにカウンターが入って調理器具が入って、お客のための椅子やテーブルが入れば——。

「ねえ、あとどのくらいで、お店はできあがるの」

里美（さとみ）は悠也（ゆうや）の袖（そで）を右手で引っ張って、はしゃいだ声をあげる。

「内装なんてかかれば早いから、順調にいけばあと一ヵ月といったところかな」

鷹揚（おうよう）にうなずいて悠也は答える。

「そうすると、お店の開店は？」

顔を覗（のぞ）きこむようにして訊くと、

「何だかんだで、やっぱり一ヵ月半ぐらい後になるかな」

嬉しそうに悠也が笑う。

丸顔のせいもあるが、悠也は笑うと少年のような顔になる。

「一ヵ月半か。そこで私はお客さんの相手をして、悠也はカウンターのなかでお酒と料理をつくって、そしてあそこでエアギターを弾くんだよね」

店の奥に造られた一段高くなったスペースを里美は指差す。

「そうだな。でも、あそこのステージは本来お客さんがカラオケを歌う場所だから、俺が一人で占領するわけにはいかないけど」

ちょっと残念そうな表情を悠也は浮べる。

「占領しちゃえばいいのよ。そのほうがお客さんだって喜ぶはずよ。何たって悠也のエアギターの腕前は一流なんだから」

持ちあげるように里美はいう。

「興味があるお客は喜ぶだろうけど、普通のお客は自分で歌いたいばかりだから、そんなわけにはいかないよ。だから俺のエアギターはステージに空きができたときだけ」

小さな吐息をついた。

「だけど、ちゃんと場数を踏まないと全国大会で優勝することなんて……それに、その先にはフィンランドのオウルで開催される世界選手権もあるんでしょ」

発破をかけるように里美はいう。

「世界選手権なんて、まだ先の先だよ。日本の大会でも入賞すらできてないのに」

「入賞してないっていっても、出たのは去年一回きり。慣れてなかったから、本来の実力が出せなかっただけだと私は思う。悠也のエアギターの腕は天下一品！」

里美は大きくうなずいてみせる。

「そういってくれるのは里美だけ——だけど俺、エアギターが大好きだから。もっともっと練習して、絶対に日本一になるつもりだから。こうやって自分の店もステージもできて、音量を気にすることなく練習できるようになるし」

悠也はいかにもギターを弾いているように、空中で左右の指を動かす。

「そうだよ、その意気だよ。そして、狙うのは日本一じゃなく世界一。悠也の腕なら必ず達成できる。何度も悠也のエアギターの演奏を見てきた私がいうんだから、間違いなしの保証つき」

また大きくうなずいてみせた。

「褒めてくれるのは嬉しいけど、これもひとつの才能だから。その才能が俺にあるかどうか。百戦錬磨の連中たちとやりあって、俺の腕が通用するかどうか——正直いって疑っているのは確かだよ」

嗄(しわが)れた声でいってうつむいた。

「大丈夫。悠也に才能があるのは確か。あとは場数と練習のみ。そうすれば必ず花は咲くはず。私はそう思う」

「そう思うといっても、里美はやっぱり素人だから……」

語尾が掠れた。

「素人といっても、悠也のエアギターの演奏を見る私の目は、そんじょそこらのプロより一生懸命だから。誰にもひけは取らないつもりだから」

「そういってもらうと、有難いけど。才能があるかどうかは本当にわからない。でも、里美のためにも死ぬ気になって頑張るつもりだよ。今年中には、里美と結婚式を挙げる予定でもあるし」

結婚という言葉が悠也の口から出た瞬間、里美の両目が熱くなった。結婚する約束はかわしていたものの、現実に悠也の口からその言葉が出るたびに、里美はいいしれぬ喜びにつつまれた。

「そうだね。私たち結婚するんだもんね。幸せになるんだもんね。飛びっきりの家庭を築くんだもんね」

子供のようないい方で里美は言葉を返し、

「今度の全国大会って、三ヵ月ほど先に迫ってるんだよね」

真直ぐ悠也の顔を見た。

「そう、いちおう予選だけは通っているから。といっても、基本のテクニックとパワーさえあれば予選はまず通るんだけどね。とにかくあとは決勝大会のみ。場所はオウル市と産業振興協定を結んでいる仙台——そこへ乗りこむだけ」

今度は悠也が大きくうなずいた。

「頑張ろ、二人で。このお店の繁盛と、悠也の世界選手権。二人で頑張れば、きっといい結果が出るはず」

力強くいう里美に、

「二人で頑張るって心強い反面、プレッシャーもけっこうあるな」

気弱なことを悠也はいった。

「プレッシャーにならないよう、できるだけ柔らかムードで応援するから」

慌てて言葉をつけたす里美に、

「ごめん、水を差すようなことをいって。とにかく力一杯頑張るから」

悠也は里美に向かってぺこりと頭を下げ、

「そろそろ帰ろうか。職人さんの邪魔になってもいけないから」

周りを見回していった。

「そうだね。こんなところで、ごじゃごじゃいってたら、それこそプレッシャーになるかもしれないからね」

里美の言葉に、

「どうも、お邪魔しました。よろしくお願いします」

悠也は立ち働く職人にいい、二人は集合ビルの一階にある内装現場から外に出た。

古い引戸を開けると、酒と揚げ物の混じった独特のにおいが鼻をわっと襲う。

「いらっしゃい」

店の主人である諒三の声に軽く笑みを浮べて周りを見回すと、常連客が数人。どこに座ろうかと迷っているとカウンターの端っこの女性と目が合った。ここからほど近い商店街で化粧品店をやっている理代子だ。

里美は小さく頭を下げ、理代子の隣の席に腰をおろして挨拶をかわす。理代子の前には『いっぱい』自慢のいちまいセットが並んでいる。

「私もいちまいセット、お願いします」

里美がカウンターのなかの諒三に声をかけると、

「今夜の野菜の揚げ物は玉葱。けっこうおいしいわよ。塩で食べるといいらしいわ」

隣の理代子が教えてくれた。

何か悩みがあったようで、ついこの間までは暗い老け顔だったのに今はすっかりそれがなくなり、理代子は元の顔に戻っていた。悩み事がなくなったに違いない。それにしても若く見える。確か理代子の年は四十なかばのはずなのに。

「お店の景気はどうですか、化粧品は売れてますか」

他愛のない話題を口にすると、

「売れるのは安い物ばっかりで、高い物はさっぱり。だからなかなか儲(もう)からない。まだまだ不景気なんでしょうね」

理代子は軽く首を振った。

「どこもかしこも、そうですね。まだまだ世の中、不景気ですねえ」

そんな話をしていると、カウンターにいちまいセットがぽんと置かれた。

「お待ちどおさま、里ちゃん。今日の野菜は玉葱だから――」

という言葉にかぶせるように、

「塩で食べると、いいんですね」

里美は小学生のような口調でいう。

「おそれいります」

軽く頭を下げて諒三は調理場の中央に戻っていった。

「いただきます」

声をあげると、理代子がビールをコップに注いでくれた。

「あっ、ありがとうございます」

礼の言葉を口にしてから、一気に半分ほどを喉の奥に流しこんだ。おいしかった。今まで飲んだ、どんなビールよりもおいしかった。里美の脳裏には改装中の、悠也と自分の店が浮んでいた。幸せだった。

さて次は、たっぷりと特製味噌ダレのかかった串カツだ。これもおいしかったが、いつもはそれほど甘さを感じさせない味噌ダレが、今日はどことなく甘みが濃いように感じた。

「今夜のタレって、甘みが利いてますよね」

隣の理代子にいうと、

「味は一緒。里美さんの思いこみ。多分、何かいいことでもあったんじゃないの。だから甘さに敏感になって」

ずばりといい切った。

「あっ、それは」

声をあげる里美の顔が見る見るうちに、柔らかく崩れていく。

「図星みたい。そのかんじからいくと、彼氏がらみのこと？」

「ええまあ——実は今日、彼と一緒に現在改装中のお店を見に行ってきたんです」

何となく首を竦めていった。

「改装中のお店って……それって里美さんと彼と二人でやるお店なの」

「はい。小さな洋風の居酒屋なんですけど、八王子(はちおうじ)に少し手を加えれば若い人向けのオシャレっぽいかんじになる物件があって、そこで彼と一緒に」

「へえっ、凄(すご)いわねえ。彼と一緒に居酒屋経営か。何とも羨しい話だけど、若い人向きの店だと私にはちょっと入りにくいところがあるなあ」

溜息まじりに理代子はいう。

「そんなこといわずにぜひ。悠也のエアギターも観てほしいですし——あっ、悠也というのは彼の名前です」

慌てて言葉をつけたした。

「その悠也君っていうのは、エアギターをやるの？　エアギターって確か、ギターを持っているつもりで演奏のふりをするものだったかな」

理代子は首を傾(かし)げる。

「そうです。私も悠也の受け売りほどの知識しかないんですけど、五十年近く前のウッドストック・フェスティバルという催しで、ジョー・コッカーという人が始めたとも、同じころにエルヴィス・プレスリーがやり始めたともいわれています」

「プレスリーが、エアギターをやってたの。それは知らなかった」

感心したようにいう理代子に、

「理代子さんは、プレスリーを知ってるんですか」

里美は目を輝かせる。

「私が子供のころに亡くなってるはずだから、よくは知らないけど、名前だけはね。あとは、ロックンロールの王様と呼ばれた大スターで、世界中に熱狂的なファンを持っていたことぐらいしか」

小さくうなずいて理代子はいう。

「実をいうと私も名前ぐらいで、よくは知らないんですけど。悠也がプレスリーの『監獄ロック』が大好きで、しょっちゅうエアギターでその真似(まね)をしています」

「ロックンロールか……私にはよくわからない世界だなあ」

理代子は独り言のようにいい、

「何にしても、そのエアギターの悠也君はプレスリーの『監獄ロック』が大好きで、それを改装した洋風居酒屋でやるっていうことなのね」

はっきりした口調でいった。

「ですから、ぜひ」

「そうね、顔は出したいけど。でも、八王子というのはちょっと遠いなあ。しょっちゅうというわけにはねえ」

小さな溜息をついた。

「そうですね。ちょっと遠いですねえ、行くまでがひと苦労ですよね」

肩を落していう里美に、

「大丈夫、たまには行くから」

理代子は顔中で笑いかけた。

「それよりも、ほっておいたらビールも串揚げも、おいしくなくなっちゃうわよ」

「あっ、そうですね」

里美はコップの残りのビールを口に含んだ。ちょっとぬるくなっていたが、やっぱりおいしかった。

串揚げもすべて食べ、赤カブの漬物で食事をすますと満腹になった。これで千円ならやはり安い。

「ねえ、里美さん」

お茶を飲んでいると、隣の理代子が好奇心一杯の表情で口を開いた。

「さっきからいろいろ聞いてて思ったんだけど、そのエアギターの得意な悠也君というのは、里美さんより年下なの」

興味津々(しんしん)ではあるけど、どことなく遠慮ぎみに訊いてきた。

「やっぱり、わかりますか」

肩を竦めて里美はいう。

「里美さんの嬉しそうな顔のなかに、何となく母性のようなものを感じたから、だからひょっとしたらと思って」

理代子も食事を終えて両手で茶碗を抱えている。

「彼の名前は佐野(さの)悠也、二十七歳――ちなみに知ってるとは思いますが、私の名前は友坂(ともさか)里美。恥ずかしながら三十二歳になってしまいました」

おどけたようにいうと、

「もちろん、里美さんの年は知ってるけど……そう、彼は五つ年下なのね。それで、知り合ったのはいつなの」

理代子はごく自然に訊いてきた。

里美が悠也と知り合ったのは三年前。

勤め先である印刷会社の同僚三人に誘われ、女子会と称して新宿(しんじゅく)の駅口にある居酒屋に飲みに行ったときのことだ。

たまたま同じテーブルにバイト仲間だという三人の若い男たちがいて、話をしているうちに盛りあがり、それぞれのケータイの番号を交換することになった。里美はそのとき二十九歳で一緒に行った女子社員のなかでは最年長でもあり、番号を教えてもかかってくるはずはないと思ったものの、みんなの手前拒否はできなかった。

が、電話はかかってきた。

三人の若者のうちの一人が、どこかで会って話がしたいといってきたのだ。悪い気はしなかったが、からかわれているかもしれないという危惧(きぐ)はあった。迷ったすえ、会うだけは会ってみようと指定された新宿駅前の喫茶店に向かった。そこで待っていたのが悠也だった。

コーヒーを前にしばらく他愛のない話をしてから、里美は単刀直入に疑問点を悠也にぶつけた。

「なぜ、私なんかに電話したの。他の子のほうが若くて可愛いのに、なぜ、よりによ何か他に、何かって私なんかに。あのときも正直にいったけど私は二十九歳の年増(としま)で、確か悠也君は二十四歳だったわよね。どういうつもりなの、からかってるの。それとも他に、何か魂胆でもあるっていうの」

いいながら睨みつけると、

「からかってはいません。でも友坂さんがいったように魂胆はあります」

意外な言葉が返ってきた。

「魂胆ってそれは……」

動揺した声を出すと、

「俺は年上の女性が好きなんです」

強い口調でいった。

「年上が好きって、それは何か理由でもあるの」

「それは――」

悠也は一瞬躊躇(ためら)ってから、

「甘えられる気がするから」

蚊の鳴くような声でいった。

里美は心の奥で、あっと叫んだ。

今までつきあってきた男たちと同じような展開だった。

里美はこれまで数人の男たちと恋愛関係を持ったが、その男たちのすべてが例外なく里美に甘えてきた。里美が男とつきあうということはその男の世話をすることに他ならず、いってみれば母親代りのようなものだった。そして男たちは散々甘えたあげく、さっさと里美の前から離れていった。

今度のケースもどうやら同じようなものらしいが、たったひとつ今までとは違った点があった。今までの男たちは里美と同年齢か年上だったが、悠也は年下だった。その一点が決定的に違っていた。年下なら甘えてくるのもごく自然な気がしたし、自然な行為なら今までの男たちのように、里美に飽きて去っていく確率も低いような気がした。

里美は悠也とつきあい始めた。

つきあって三ヵ月後、悠也は里美のアパートに転がりこんできた。悠也は定職を持たず、気が向くとバイトに出かけるという毎日を送っていた。いくら年下の甘え上手といっても、これでは里美のヒモ同然だった。それでも里美が悠也と別れることがなかったのは、悠也の持っている夢が理由だった。

悠也はエアギターで世界一になるという夢を持っていた。中学生のころ、テレビで偶然エアギターの演奏を見て、それ以来頭から離れなくなったという。

「俺ってちょっと変ってるから。だから持っている夢も変ってるみたい」

そんなことをいいながら、悠也は音楽に合せて架空のギターをかき鳴らした。そんなときの悠也の顔は少年そのもので、体からは熱気があふれていた。里美はそんな悠也の姿を見るのが好きだった。できるなら夢を実現させてやりたかった。里美は少年の面影を残した悠也が大好きだった。

その里美の心が変ってきたのは、半年ほど前の三十二歳の誕生日を迎えたころだ。今のままでも充分に楽しかったが、何かが物足りなかった。何だろうと考えたとたん、答えはすぐに出た。里美は悠也の子供が欲しかった。赤ん坊をむしょうにこの手で抱きたかったが、今の生活では到底無理だった。子供を産もうとすれば会社から煙たがられるのは目に見えている。へたをすれば体よく首を切られるかもしれなかった。

里美は子供のことを率直に悠也に話した。

「子供か、いいな」

ひょっとしたら自分の前から逃げ出しにかかるのではないかと、びくびくしていた里美だったが、意外にも悠也はすぐに賛成した。

「だけど、そうなったら、どこかにちゃんと俺が働きに出ないとだめだな」

独り言のようにいう悠也に、

「ごめんね。そうなると悠也のエアギター世界一の夢も、ちょっと遠ざかることになるかもしれないけど」

申しわけなさそうな声で里美はいい、

「でも、子供をつくるなら今しかもうないから。これ以上年を取っていくと、子供を産むことも難しくなってくるから」

泣き出しそうな声をあげた。

「そうか、今しかないな。これ以上里美に甘えてるわけにはいかないな。だけど、俺にちゃんとした仕事ができるかな。学生のころから飲食店のバイトしかやったことがない俺に。でも、そんなことはいってられない状況だしな」

腕をくんで考えこむ悠也に、

「そうだ」

と里美は大声をあげた。

「悠也、あなた調理師の免許持ってたんじゃないの」

「飲食店の仕事しか能がなかったから、いちおう何かの役に立つかと思って取ってはおいたけど、それが何か」

怪訝な面持ちの悠也に、

「思いきって、自分の店を持ったら。そうすれば私が会社をクビになっても、何とか生活ぐらいはできるはず。今までずっと飲食店の仕事をしてきたんだから、小さな居酒屋ぐらいなら悠也にもできるんじゃないの」

たたみかけるように里美はいった。

「それはまあ、できるとは思うけど」

「そこに小さなステージを作って、ひまなときにはそこでエアギターの練習をすればいいのよ。そうすれば一石二鳥。何とかうまくいくわ」

里美の声がさらに大きくなった。

「エアギターの練習のできる、自分の店」

悠也は吐息をつくようにいい、

「そうなるとある程度の資金がいることになるけど、うちにそんな金は」

両肩をすとんと落した。

「あるわ。多少なら、私の貯金が。学校を卒業してから爪に火を灯すようにして、こつこつと貯めてきたお金が」

悠也の顔を真直ぐ見た。

「貯金って、いくら?」

「四百万円ほど——」

薄い胸を張って里美は答える。

「ずいぶん貯めたんだな。でも、その金額ではちょっと少ないな。せめて、その二倍はないと」

「二倍って、そんなお金……銀行にかけあっても私たちの様子を見たら貸してくれるはずないし」

今度は里美が肩を落した。

「わかった。じゃあ残りの金は俺が実家にいって何とかしてもらうよ。それで俺と里美の二人の店を持とう」

叫ぶように悠也はいった。

両目が輝いていた。

本気なのだ、悠也は——里美は、ほっとすると同時に体中に力が漲ってくるのを感じていた。

「店ができたら」

ぼそっと悠也がいった。

「ちゃんと結婚しようか、俺たち。そのほうが子供をつくるにも自然だし」

「結婚……」

呟くように口にしたとたん、体のなかに漲っていた力が幸せの色に変化した。

里美の目頭がふいに熱くなった。

それが二ヵ月ほど前のことだった。


「じゃあ、それからトントン拍子に事は運んだのね」

話を聞き終えた理代子が、ぱちぱちと小さく拍手をした。

「それが、トントン拍子でもないんです。相談のために静岡の実家に行ってきた悠也がいうには、金は近いうちに何とかしてくれるそうだけど、取りあえず手持ちの四百万で話を進めてほしいって」

「うん、それで」

理代子が身を乗り出してきた。

「正直なところ、いくら少年のような心の持主といっても、今までの生活が生活だから。この人、このまま金を持ち逃げするんじゃないかっていう気持が私の心に湧いたのも確かなんです」

「うん、それで」

理代子は同じ言葉を口から出して、里美の顔をじっと見つめた。

「だけど話の成行き上、渡さないわけにはいかないから四百万、全額渡しました。でも、悠也には悪いけど、その日は会社から帰ってくるまで心配で心配で。どこかに逃げていなくなってるんじゃないかと」

「でも、いたんでしょ」

ふわっと理代子は笑った。

「いました。正直いってほっとしました。同時に悠也に悪いことをしたなって……だけどそのあと」

「まだ、何かあるの」

呆(あき)れた声を理代子は出した。

「十日たっても半月たっても、まるでその話題は悠也の口から出てこない。それで私のほうから具体的な進行状況を教えてほしいというと、どこの物件も帯に短し襷(たすき)に長しだなって」

ちょっと唇(くちびる)を湿(しめ)し、

「そういわれたら、私のほうも答えようがなくて。でもそれから十日ほどして、八王子にいい物件を見つけてきたから契約するかもしれないっていい出して。二階建ての集合ビルで一階が店舗で二階が住居になってるから、金額の交渉次第ではそこにするかもしれないからって」

里美の言葉に小さく理代子がうなずく。

「そのうちに、不動産屋と契約もすませたし、工事も近いうちに始まるはずだからと、一人でどんどん話を進めていくんです。これってちょっとおかしくないですか」

「確かに変といえば変よね。ほとんど相談もなく一人で事を進めていくっていうのは。いくら変った人だといっても」

「でしょう。いちおう契約書もちらっと見せてはもらったけど、あんなもの作ろうと思えばパソコンで簡単にできるし。しかも見せてくれたのは一度だけで、あとはバイト先の居酒屋の鍵のかかるロッカーのなかにしまってあるから大丈夫だっていって見る機会もなくなって」

ゆっくりと理代子が腕をくんだ。

「理代子さんがいったように、悠也は変な人間には違いないから、その一言で自分の心を納得させられないこともないですけど、それにしてもやっぱり」

宙を睨んで里美はいった。

「それで今日、その現場の見学ツアーということになったわけね。そして、実際に職人さんたちが働いているところを見て、里美さんは安心した」

理代子はまた小さく拍手をした。

「はい。本当にほっとしました。現場も悠也がいったように二階建ての集合ビルでしたし、内装のほうも悠也がいつもいってた通りでしたし」

里美は大きく息を吸いこんで、ゆっくりと吐いた。

「そうすると、あとは子作りだけということね。そして、子供ができたら親子三人でその店を守っていく。しかも、彼にはエアギター世界一の夢もある。万々歳でいいことずくめ。羨しいなあ」

本当に羨しそうな表情を理代子は浮べた。

「そんな万々歳じゃないですよ。この年ですから、子供がちゃんとできるかどうかもわかりませんし。店のほうだって順調に回っていくかどうか。大赤字を抱えて夜逃げということも考えられますから」

暗い内容とは裏腹に、里美はいかにも楽しそうに理代子にいった。

「そうすると、その悠也君という彼は今、里美さんと一緒に住んでいるということなのよね」

理代子が話題を変えてきた。

「一緒に住んでますよ。ここから十五分ほどの鉄骨モルタルの古いアパートに。でも、それが何か」

怪訝な表情を見せる里美に、

「それにしては、この店にくるのはいつも里美さん一人で、彼の姿を一度も見たことがないなと思って」

残念そうな口調で理代子がいう。

「近頃、少しは真面目になったらしく、夜はいつも新宿の駅裏の居酒屋でバイトをしてますから、同じような店にきたがるはずもないですし。だから、ここへは、いつも私一人。鬼の居ぬ間の洗濯といったところで、こうして、ささやかな贅沢をたまにさせてもらっています」

「千円ぽっきりの、いちまいセットでね」

理代子がいって、二人は同時に顔を崩して笑い出した。

「だけど見たいな」

「えっ？」

「その年下の彼氏――変人の顔も見たいし、その変人がここの味噌ダレの串カツを食べたときの顔も見たいな」

「そうですね。悠也の顔はともかく、ここの味噌ダレの串カツを食べた感想は私も聞きたいですね」

といったところで、カウンターのなかから声がかかった。

「俺は、その年下の彼の演奏する、エアギターが見たいな」

諒三だった。いつのまにきたのか、二人の前に立っていた。

「いやだ、大将。いつからそこにいたんですか。ひょっとして今までの話、全部聞いてたんですか」

恥ずかしそうな声を里美はあげた。

「申しわけないね。面白そうな話だったから、つい」

強面の顔がふっと緩(ゆる)んだ。

「私の話、面白かったですか」

恥ずかしそうな表情を浮べたまま、里美はいう。

「面白かったですよ、特に、その年下の彼氏の人となりが――だから、ぜひ一度一緒にきて世界一を目差す、エアギターの演奏をこの目でね」

諒三の言葉に恥ずかしそうな里美の表情がちょっと得意そうなものに変る。

「何にも誇れるものはありませんけど、悠也のエアギターの腕だけは一流だと私は思ってます」

「だったら、なおさら」

催促するように諒三はいう。

「でしたら、近いうちに必ず連れてきて、この店で演奏させます」

薄い胸を里美は張った。

「それは嬉しいな。ぜひ一緒にきてください。なあ、理代ちゃん」

同意を求めるように理代子に声をかけた。

「あっ、はい、そうですね、ぜひ」

上ずった声を理代子があげた。

そのとき、ようやくわかった。理代子は、ここの大将に好意を持っている。だから足繁く、この店に通っているんだ。それに、どういう加減からなのか。以前は確か理代子さんと大将は呼んでいたはずなのに、それが理代ちゃんに変ってきている。

ちらっと理代子に目をやると横顔が輝いていた。

若さの理由がわかったような気がした。

悠也が帰ってきたのは夜の十二時近く。

朝の早い里美は、そろそろ寝る時間だったが悠也に話があって起きていた。悠也と話をするなら、この時間帯しかなかった。

「寝てればいいのに」

二間だけの小さなアパートの、キッチンテーブルを前に座っている里美に悠也は明るい声でいう。

「朝の時間帯は悠也はまだ寝ているし、話をするなら仕事から帰ってくるのを待つしか方法はないから」

やや固い口調でいうと、

「何だか怖そうなかんじだな──で、話ってどんな」

ひょいと首をすくめながら、笑顔を浮べて悠也は前の椅子に腰をおろす。

「新しい店のことよ」

ぼそりと里美はいって真直ぐ悠也の顔を見た。

二人で八王子の改装現場に行ってから、二十日ほどが過ぎていた。そろそろ工事も最終段階に入っているはずで、あのとき悠也自身もあと一ヵ月ほどで改装は終るといっていたはずだ。それならそれで何らかの報告や開店の相談が里美にあってもいいはずだが、その件に関して悠也からは何の話も聞かされていなかった。

そのことを悠也にいうと、

「ごめん、報告が遅くなって」

悠也はぺこりと頭を下げ、

「実は最終段階になって、資材や人手不足に陥って工事が遅れてるんだ。だからこちらへの店舗の引き渡しも最初の予定より、かなり延びそうなんだ」

困った表情を顔いっぱいに浮べた。

「なぜ、そんなことになってるの?」

「東北の大震災のあとから、どこでも資材は不足気味だし、職人さんを確保するのも大変なんだ」

「職人さんたって、二人きてるだけじゃない」

唇を尖らせると、

「二人きていた職人さんも今は一人になってる。一人だとかかる時間は二人のときの二倍じゃなくて三倍ぐらいになっちゃうんだ。効率が悪くなるから――本当は訊かれる前に伝えたほうがよかったんだけど、決していい話じゃないから、なかなか……」

悠也の語尾が掠れた。

「いい話じゃなくても、そういうことはきちんと教えてくれないと。悠也は肝心なことになると抜けているというか逃げるというか。いくら私より年下だからって、ちゃんとした大人なんだから大切なことは報告してくれないと」

強めの口調でいった。

「ごめん。そうだね、確かにそうだね。まして俺と里美はもうすぐ結婚する間柄なんだから、そういうことはね」

悠也の口から結婚という言葉が出たとたん、里美の胸がふわりと温かくなり、怒りのほうも潮が引くように鎮まっていった。

「じゃあ、とにかく、工事は遅れてはいるけど何も問題はないということなのね」

いちおう念のために訊いてみる。

「そういうこと。里美が心配することなど、ひとつもないさ」

悠也はうなずいてから、

「そうだ」

と、大声を張りあげた。

「前に里美がいっていた、『いっぱい』っていう店でエアギターを弾いてほしいといってた件。あのときは面倒だって断ったけど、今日の罪ほろぼしっていうか、里美孝行っていうか……あれ、やってみようか」

悠也一流の機嫌取りの始まりだ。

何か里美の気に入らないことや失敗をしたとき、悠也はすぐに里美の機嫌を取りにかかった。それこそ、全力をあげて里美の気持を和（やわ）らげようとするのだ。しかし、里美はそんな悠也が好きだった。悠也が機嫌を取る様子には、ひたむきさが見られた。まるで、母親からすてられまいとする小さな子供のような。

「やるって、いつ？」

里美の声に弾みが混じった。

実をいうと、エアギターの演奏を悠也に断られてから、里美は一度も『いっぱい』に顔を見せていなかった。あれだけ大見得（おおみえ）を切った手前、なかなか一人で顔を出すのは体裁が悪かった。

「今度の俺の休みの日に」

はっきりした声を悠也は出した。

悠也の休みは月曜日である。ということは三日後ということになる。

「ありがとう、助かる――でも、行くからには精一杯の演奏をしてよ。悠也のエアギターの腕は一流だって啖呵を切った手前、生半可な演奏だと私が恥をかくことになるからね。もちろん、悠也もね」

「わかってるよ。だから、フル装備で行こうと思ってる」

片目をつぶっていった。

「フル装備って、あの、フル装備なの。コンテストに出るような！」

「そう。どうせやるなら、とことんやらないとね。せっかくの機会だから、俺もみんなの反応見たいしね。いい練習になることは間違いないような気がするし」

「そうね。何たって、いずれは世界一なんだから、こういった機会は生かさないと損だよね。ワンマンショーだと思って、思いっきりやればいいのよね」

「うん。路地裏の居酒屋を借り切った、俺がメインのショータイムだと思って精一杯頑張るよ」

悠也は小さくうなずいて、二人の意見は一致した。里美の心は弾んでいた。フル装備で悠也がエアギターをかき鳴らせば、見るものは誰だって度肝を抜かれるにきまっている。何たって悠也のエアギターの腕は一流なのだ。その一流の腕を里美は諒三や理代子に認めてもらいたかった。悠也が認められるということは、里美自身が認められることにもつながる気がした。

早速明日『いっぱい』に顔を出して諒三に報告してこよう。理代子も店にきていればいいが……そんなことを考えながら布団のなかに入ると、すぐに里美の隣に悠也がもぐりこんできた。

強い力で抱きしめられた。胸に手が伸びてくる。これも悠也の機嫌取りのひとつだ。何かよくないことをしたときの常套(じょうとう)手段……そう思った瞬間、こんなに機嫌取りをするほどのことを悠也はしたんだろうか。そんな疑問が頭の隅(すみ)に湧いた。

引戸を開けると、いつもの食べ物と酒のにおいの混じった濃厚な空気が顔全体を包みこむ。

「いらっしゃい」

諒三の低いがよく通る声。

カウンターを見回すと、隅の定位置に理代子が一人でいた。里美はすぐにその隣の席に座りこむ。

「あら、里美さん、久しぶり」

微笑を浮べて理代子がいう。

カウンターに並んでいるのは、いつものいちまいセットだ。

「店の開店準備やら何やらで、なかなかこられませんでした」

こうでもいうより仕方がない。

「えっ、もう開店なの。すごい！」

驚いた声をあげる理代子に、

「いえ、何だか資材不足やら、職人さん不足とやらで順調に工事が進まなくて。そんなことで、なかなか」

悠也からの受け売りの言葉を里美は並べる。

「そうらしいわね。大震災の影響らしいけど、どこへ行っても、そんな話を聞くよね」

すぐに理代子が同調する。

「里ちゃん、久しぶりだな。いったいどこの店で浮気をしてたのかな」

前にきた諒三が軽口を飛ばす。諒三は軽口を飛ばすときも仏頂面（ぶっちょうづら）だ。

「資材不足と職人さん不足」

里美が口を開こうとすると、すかさず理代子が声をあげた。

「えっ？」

仏頂面が小首を傾げた。何となく可愛い仕草に見えて逆に仏頂面によく似合う。

「里美さんと彼の新しい店の話――資材と職人さん不足で、なかなか順調に工事が進まなくて忙しかったみたい」

理代子が説明を全部してくれた。

「なるほど」

短く答えて太い腕をくむ諒三に、

「取りあえず、いちまいセットをお願いします」

と里美は声をあげる。

「承知しました」

小さくうなずいて諒三は前を離れていった。

「あの……」

掠れた声を里美は出した。

「間違ってたら謝りますけど、理代子さんて、ここの大将のこと好きなんですか」

余計なお世話には違いないが、思いきって訊いてみた。

「えっ、なんで」

理代子も掠れた声をあげた。

「この間から、何となくそんな気がして、だから。もちろん、余計なお世話なんでしょうけど」

声をひそめていうと、

「諒さんか……」

理代子は独り言のようにいい、

「好きですよ」

あっさり肯定した。素直な人なのだ、この人は。

「やっぱり――で、大将のほうは理代子さんのことをどう？」

「諒さんは朴念仁（ぼくねんじん）だから。何を考えてるのか、さっぱりわからない。悲しいことだけど、そういうことみたい」

本当に悲しそうにいった。

「そうですね。朴念仁かどうかわかりませんけど、ここの大将って何を考えているのか、どういう人なのか、さっぱりわかりませんよね」

同情するようにいってから、

「でも、何を考えてるのかわからないってことは、理代子さんのことを考えてるのかもしれないともいえますよ」

妙な理屈だが里美の本音でもあった。

「ありがとう。そういってもらえると勇気が出てくるといいたいけど、何たって何を考えてるかわからない、朴念仁だからね、諒さんていう人は」

　理代子は小さな溜息をついた。

「それは、そうなんですけど」

　何をいったらいいのか、里美が言葉を探していると、

「何はともあれ、今の話は内緒だから誰にもいわないでね。里美さんだから話したんだから。この前、里美さんも彼の怪しい行動のあれこれを話してくれたから、そのお返しというか」

　この言葉に里美は昨日の夜、ふと湧いた疑念を理代子に話してみようと思った。むろん、布団のなかでのことは別にして。

「実は私、理代子さんに相談が」

　といって里美の機嫌を取るために、悠也がこの店でのエアギターの演奏を承諾した件を理代子に丁寧（ていねい）に話して聞かせた。

「何か悪いことをしたときは、サービスをしてきてご機嫌取りか……でも思いあたることは工事の遅れだけ。それも資材と職人さんの不足で、丸々彼のせいとはいえない。しかしなぜか、悠也君はこの店にエアギターを弾きにくるという」

　理代子は軽く唸（うな）って考えこむ。

「使いこみかもしれない」

しばらくして低い声をあげた。

「建築関係の支払いって、確か最初に三分の一、中間に三分の一、出来あがってから三分の一を支払うんじゃなかったかしら。ということになると」

「……………」

「工事は最終段階なんだから、最後の支払い分のいくらかを使いこんだのかも」

里美の顔を真直ぐ見た。

「総工費、いくらだった？」

「器具も合わせて、八百万円ほどですけど」

「そうすると、単純に三分割して二百七十万ほどね。ひょっとして、そのいくらかを使いこんで、そのために工事を遅らせているとも」

宙を見上げて理代子はいった。

「二百七十万のうちのいくらか……」

呟くようにいう里美に、

「これは憶測だから、あくまでも憶測だから。最悪の場合、そういうことも考えられるというだけで、まったく的外れの公算のほうが高いから」

励ますように理代子はいう。

「そうですね、まったくの的外れかもしれないし、そうでないかもしれないし。私、八王子の工事現場に行ってきます。明日の日曜日に一人で。行けば、そんなこと簡単にわかるはずですから」

自分にいい聞かすように里美はいう。

「そうね。それですっきりするなら、そのほうがいいかもしれない。取越し苦労のような気もするけど」

「とにかく、行ってきます」

と語気を荒げる里美に、

「すると、明日は工事現場で明後日は、さっき話に出た、彼と一緒にここにきてエアギターの演奏ということになるのね」

エアギターの話が出たとたん、里美の心がすっと和らいだ。

「はいっ。多分八時過ぎごろだと思いますけど、理代子さんもぜひ」

里美の言葉が終ると同時に、

「お待ちどおさま」

ビールと串揚げの皿と漬物の入った小鉢がカウンターの上に置かれた。

「そうですか、いよいよきますか、エアギターがこの店に」

おどけたように諒三はいうが、やはり顔は仏頂面だ。

「諒さん、また立ち聞きなの。いったいどのあたりから聞いてたの」

理代子の抗議の声に、

「そんなに大して聞いてたわけじゃないから、大丈夫だよ」

曖昧(あいまい)なことを諒三はいった。

「悠也も張り切って、フル装備でくるといってましたから、マスターも理代子さんも楽しみにしていてください」

「何だろう、そのフル装備っていうのは」

諒三が訝しげな表情を浮べる。

「それは当日の、お楽しみです。とにかく、悠也のエアギターは凄いですから。一見する価値は充分です」

薄い胸を張って里美はいう。

「里美さんて、よほどその彼のことが好きなのね、羨ましい。ねっ、諒さん」

理代子はちらりと諒三の顔を見る。

「確かに羨ましいな。おまけに二人の店ができたら結婚——こんないい話は、そうないから。いつも仏頂面で強面の俺には、まったく縁のない話だな」

呟くようにいって、諒三はその場を離れていった。

今夜の野菜の揚げ物はピーマンのようだった。


工事現場から外に出ると体がふらついた。

里美はふらふらと通りの前にある喫茶店に入り、表に面した席に体をあずけて注文を取りにきたウェイトレスにコーヒーを頼んだ。

息を整えているとウェイトレスがコーヒーを運んできた。喉がからからに渇いていた。まず水だ。コップを取りあげようとしたら指が震えていた。工事現場でのやりとりが脳裏に蘇（よみがえ）った。

八王子の駅前商店街を抜けた裏通りに建つ、集合ビルの一階。そのなかにある工事現場に入って里美は驚いた。工事は遅れていると悠也はいったが、現状はほとんど終っていて数人の職人が細かい手直しの作業をしているだけだった。

「あの、ここって工事はもう終りなんですか」

思わず傍（かたわ）らで壁紙の点検をしている中年の男に声をかけると、

「ええ、今週の水曜日には施主さんに、お引き渡しをするはずですが」

訝しげな表情を浮べて里美を見た。

「水曜日に、もう引き渡しなんですか。そんな話は全然聞いてませんけど。何かの間違いじゃないですか」

狐につままれたような思いで口にすると、

「失礼ですけど、施主様の奥様でいらっしゃいますか」

中年男は頭を下げてきた。

「はい、主人からは工事が遅れて、まだ、かなり日数がかかるように聞いてたんですけど、ここにきてみると……」

里美は主人という言葉を使った。まだ結婚はしていないが、この店が二人のものになれば。

「工事は順調ですよ。最初の予定通り、滞りなく進みましたよ」

中年男の顔に、また訝しげなものが浮ぶ。

「ここを見るとそうなんですけど、でも主人は確かに……」

喉につまった声を出した。

何かがおかしかった。

「佐山様が、そんなことを……おかしいですねえ」

首を捻る中年男に、

「今、何ていいました。確か佐山とか」

里美は叫ぶような声をあげた。

「はい、ここの施主様は佐山様——八王子市内で何軒も飲食店を経営されてる方と、親会社のほうからは聞いてますけど」

決定的な言葉が中年男の口から出た。

ようやくわかった。そういうことなのだ。この店は自分たちの入る店ではないのだ。すべてが悠也の芝居だったのだ。

以前二人でここを見にきたときは、いかにも施主のような顔をして振るまっていただけなのか、それとも二人いた若い職人に金でも渡して目をつぶってもらったのか。いずれにしてもここは里美たちとは関係のない店なのだ。悠也に騙されていたのだ。

理代子の憶測では悠也は資金の一部を使いこんだのではということだったが一部どころではなく、この分だとすべての資金、八百万円を……。

里美の指の震えが小さくなった。

抱えるようにして持っていたコップの水を一気に飲んだ。とんとコップをテーブルの上に戻すと涙が溢れた。涙は次から次へと流れ出てテーブルにシミを作った。里美は肩を震わせて泣いた。

どれほどの時間が過ぎたのか。

気がつくと涙は止まっていた。

コーヒーカップに手を伸ばし、取っ手を指でつまんだ。震えは完全に止まっていた。ゆっくりと口に運んで冷めたコーヒーを飲んだ。苦かった。自分にぴったりの味だった。カップを皿に戻して里美は考えこむ。

失くしたのは貯金四百万円と悠也に対する愛……と考えてみて、自分はもう本当に悠也のことを好きではないのかと里美は自問自答する。

こっぴどく裏切られたのは確かだったが、それでは悠也を嫌いになったかと問われれば答えは否(いな)だった。この期におよんでも自分は悠也が好きなのだ。あの、甘え上手な悠也が。情けなかったが事実だった。

「悠也……」

と小さく口のなかで呟いてみた。

また、目頭が熱くなった。

いくら悠也が好きだといっても、けじめはつけたかった。つけなければいけないと思った。じゃあ、どんなけじめをと考えたとき、里美の脳裏にエアギターという言葉がするすると浮んだ。

そうだ、エアギターだ。明日の夜、悠也は『いっぱい』に行って、エアギターの腕を披露する約束だった。その席で自分なりのけじめをつけるのだ。いいにつけ悪いにつけ、みんなの見ている前で。店にいるすべての人を証人として。それまでは悠也には何もいわずにおこう。すべての勝負はエアギターの演奏が終ってからだ。自分を裏切った悠也をどうするかの大勝負だ。

残っているコーヒーを一気に飲みほし、ふと脇の窓に目をやると、自分たちが入るはずだった店が目に入った。

すでに看板が上がっている。店の名前は『うまうま亭』。看板を見ながら里美はふっと吐息をもらす。

里美と悠也も店の名前を何日もかけて考え抜いた。あのころが、いちばん楽しかったように思える。それを何だって悠也は、ぶち壊したのか。使いこんだのか、持ち逃げする気だったかはわからないが、と考えて、悠也はなぜさっさと逃げないんだろうかと里美はふと思う。

年増だということで自分を甘く見ているのか、それとも……いずれにしても明日の夜になれば何もかもわかるはずだった。すべてのことが。

里美は睨みつけるように、通りの向こうの店の看板を見る。里美と悠也が、考えに考えたあげく決めた店の名前は『ツー・ビート』。相思相愛の二人の思いと、エアギターをかけ合せたものだった。

ケータイの時計を見ると八時二十分。

「行くわよ、悠也」

里美は傍らの悠也に声をかけ、古びた引戸を一気に開けて『いっぱい』のなかに悠也を先にして入りこむ。

「いらっしゃい」

という諒三の言葉が終らぬうちに、店のなかに大きなどよめきがあがった。客数は八人ほど。すべての顔に呆気にとられた表情が浮んでいた。

「それが、里美さんのいっていた、フル装備なの」

店の奥の定位置に座っている理代子が驚いた声をあげた。

「はい。これが、悠也がコンテストに出るときのフル装備です。どうせやるなら、徹底的にやろうと、この格好できました」

演説をするように里美はいって、深々と頭を下げた。

悠也は真白なジャンプスーツを着ていた。

エルヴィス・プレスリーの定番ともいえる、あのジャンプスーツだ。至るところに細い房のようなものが垂れ下がっていたし、背中にはマントのようなものもついている。そして極めつけが鋲の代りともいえる、体中に無数に取りつけられた豆電球だ。どこかに電池が隠されているらしく、豆電球は点滅をくり返している。電飾スーツだ。

「派手すぎると思われるかもしれませんけど、エアギターの世界大会基準でいえば、これは普通で、世界中からはもっともっと派手なコスチュームに身を固めた選手たちがやってきて演奏をします」

里美の説明に、また店内に大きなどよめきが走る。

「驚いたなあ。そのジャンプスーツが世界大会では普通とは」

声をあげたのは諒三だ。

「何はともあれ、まず串でも頬張って、ビールでも飲んで。それからエルヴィスのエアギターを、じっくり拝見しようか」

「いえっ」

諒三の言葉を里美が遮った。

今夜は勝負なのだ。和気藹々と、そんな悠長なことはやっていられない。

「いちまいセットは演奏が終ってからでいいですので。今はとにかく、この緊張感のまま演奏に突入したいですから。ねえ、悠也」

里美の言葉に悠也が慌ててうなずく。エルヴィスの髪型に似せて、両耳の横には濃いモミアゲをくっつけている。

「そういうことなら、正面にいるお客さんは脇のカウンター席に移ってもらえるかな。エアギターの演奏が楽にできるように」

諒三の言葉に、三人の客が脇の席に移った。引戸を背にした正面席は悠也一人の空間になり、悠也一人の舞台に変った。

「じゃあ、悠也」

里美の言葉に、

「佐野悠也といいます。エアギターで世界一を目指しています。まだまだ未熟ではありますけど、俺の大好きなロックンロールの王様、エルヴィス・プレスリーの『監獄ロック』を演奏させていただきます」

悠也が喋り始めたときから、里美は理代子の隣の席に移動している。

「凄いわね、あのフル装備は。エアギターの世界って奥が深いみたいね」

感心したような理代子の言葉に、

「はい。悠也の一世一代の晴れ舞台ですから、じっくり見てやってください。終ったあとには、まだ余興もありますし」

里美はふわりと笑いかける。

「余興って何があるの」

怪訝そうな理代子の顔を真直ぐ見て、

「それは、お楽しみです。もっとも余興をやるのは悠也ではなく、私ですけど」

里美がそういった瞬間、正面の悠也が動き始めた。

まず、手許（てもと）から何かを取り出す仕草。これはギターケースから、エルヴィス愛用のギターを取り出す動作だ。次にギターのネックからピックを取る仕草、そして左指でコードを探りながら、ギターの試し弾き……なかなか芸が細かい。

そして、古びた居酒屋にエイト・ビートの激しい音が溢れ返った。悠也が持ってきたラジカセのスイッチを入れたのだ。

悠也の体がしなった。

右手でエアギターをかき鳴らし、左指はコードを押える仕草。

響き渡るエイト・ビートの音。

エルヴィスの叫ぶような声。

悠也は音に合せて、体をくねらせ、右手で無いはずの弦をかき鳴らし、顔を上下左右に振ってロックを奏でた。

確かに悠也はギターを弾いていた。

客たちの様子をそっと窺い見ると、みんな驚きの表情だ。架空のギターがこれほど迫力を持ったものとは、誰もが予想もしていなかったらしい。

悠也の顔から汗が飛びちっている。

必死の形相だ。

電飾がまばゆい。

悠也が一際大きく体をのけぞらせた。

突然音が途切れた。

演奏が終ったのだ。

「サンキュー！」

怒鳴るような声で叫んだ。

悠也は肩で大きく息をしていた。

大きな拍手が鳴り響いた。

「凄いわねえ。それに、かなりの重労働みたいね」

隣の理代子が里美の耳許でいう。

「それはそうなんですけど」

里美は抑揚のない声でいい、

「じゃあ、これから余興に行ってきます」

そう口にして立ちあがり、壁際を抜けて、正面に向かった。悠也から数歩のところでぴたりと歩みをやめ、

「みなさんも感じたと思いますが、エアギターって凄いんです」

里美は声を張りあげた。

「でも、その凄いエアギターを演奏する悠也は、私をみごとに裏切りました。私たちは二人で店を始め、そして結婚する約束でしたが、それをもののみごとに悠也は――」

と里美はこれまでの出来事を大声で話し出した。悠也の顔色が変るのがわかった。

「里ちゃん、そんなことをここでは」

諒三が叫ぶような声をあげた。

「ここで話したいんです。みんなのいる、ここですべてを話したいんです」

里美も叫ぶような声で返し、淡々とした口調でつづきを話し出した。悠也の視線は床に落ちていた。顔色が青くなり、体が小刻みに震えていた。

「これが今までの経過です。私は昨日工事現場に行ってすべてを知り、泣いて泣いて泣きまくりました」

里美はいったん言葉を切ってから視線を悠也に移し、

「いったい悠也は八百万円ものお金を何に使ったの。そこのところをはっきり説明して。これだけみんながいるんだから、悠也の得意なご機嫌取りは通用しないからね。そのつもりで、きちんと説明して」

怒鳴るような声をぶつけた。

「あれは――」

泣き出しそうな声を悠也はあげ、

「あれは八百万じゃなくて本当は四百万なんだ。実家に行って金の話をしたけど、溝にすてるようなもんだといって貸してくれなかった。でも四百万では店の改装なんか無理で、それで俺は」

「それで俺はどうしたのよ」

里美の激しい声が飛んだ。

「競馬で……」

蚊の鳴くような声で悠也はいった。

「競馬って——あんた、競馬で四百万を八百万にしようとしたの。そして全部なくしてしまったの」

里美の呆れ声に悠也はこくっとうなずく。

「俺は里美が好きだから。だから、里美に喜んでもらおうと思って。それで何が何でも八百万が欲しくて」

「本当に私が好きなら、競馬なんかじゃなく、他に何か方法があったでしょうが。まったく何を考えてるの、あんたは。要するに私を利用しただけのことじゃない。はっきりいえば、あんたは上っ面だけの人間なのよ、何でも」

怒鳴りつけると、

「確かに悠也君は上っ面だけの人間だ」

カウンターのなかから声があがった。

諒三だ。仏頂面の諒三が里美を見ていた。

「悠也君にひとつ訊きたいんだが、あんたは大好きなエルヴィスの育った町の名前を知ってるだろうか」

諒三の視線が悠也に向かう。

「いえ、それはちょっと」

言葉を濁す悠也に、

「メンフィスという小さな町なんだが――じゃあもうひとつ訊くけど、ロックやジャズのベースがアメリカ南部で虐げられてきた黒人奴隷のブルース、いわゆるアフリカンビートだということを知っていたかな」

諒三は低いがよく通る声でいう。

「いえ、それもちょっと」

「やっぱり……そういうことなんだよ、里ちゃん」

諒三は視線を里美に向け、

「確かに悠也君のエアギターは本物だと思う。ただ悠也君の演奏を見ていて何かが足らないと思ったことも確かだ。その何かは基本じゃないかと俺は思う。基本を知らずに形だけを自分の物にしている。そういうことだと俺は思うよ」

ゆっくりといった。

「そういうことって、どういうことなんですか」

里美が諒三を見た。

「つまり、悠也君のエアギターは本物なんだが、何かが足りない。里ちゃんに対する愛情も本物なんだが、何かが足りない。上すべりをしているだけで空回りになってしまう。だけどエアギターも里ちゃんへの愛も本物――要するに悠也君はまだ子供なんだ。いろんなものの下にあるものがわからないんだ。上っ面しかわからないんだ」

「…………」

「子供には教育が必要だ。そして、それを悠也君に教えるのは里ちゃんの役目だ。じっくり、ゆっくり教えこめば悠也君にもわかるはずだ。決して悪い人間じゃないんだから……強いていえば病気のようなもんだとは思うが、それも含めて丸ごと悠也君が好きなら、やり直しはいつでもできる」

「大将のいってることは、よくわかりました。でも、私は私の方法で悠也の愛が本物かどうか見分けます」

いうなり里美は懐に右手を入れて何かを抜いた。ナイフだ。刃渡り十五センチほどのサバイバルナイフだ。店のなかにどよめきが湧いた。

「もし悠也が私を利用しているだけなら、そこの戸を開けて逃げればいいし。もし私への愛が本物ならおとなしく刺されればいい。いっておくけど私は本気だから」

里美は腰だめにナイフを構えた。

「里美さん、そんなことしちゃ駄目！」

叫んだのは理代子だ。

「みんな、動かないで。動けば、私はこのナイフを自分の喉に突き立てるから」

「里ちゃん、悠也君の愛は本物だ」

今度は諒三が叫んだ。

「行くわよ」

里美が肩で大きく息をした。

悠也はまるで動こうともしない。

里美が動いた。突っかかった。

あっと誰かが叫んだ。

里美はまともに悠也にぶつかり、その勢いで二人は壁際にまでふっ飛んでいった。

辺りがしんと静まり返った。

が、何も起こらない。

里美が両手を高くあげた。右手には何もなく、ナイフは左手に移っていた。

「これが私の愛の見分け方——エアギターには、エアナイフ。大将の言葉で悠也の気持は大体わかったけど、とにかく私はこれがやりたかったから。エアナイフを」

泣き出しそうな顔で里美はいい、

「さあ、上っ面だけの悠也、しゃんとして。これからは、びしばしやるからね」

これも泣き出しそうな悠也を正面の席に座らせ、自分も隣に腰をおろす。

「エアナイフなあ……」

カウンターのなかの諒三の顔はいかにも情けなさそうだ。

「店を持とうと思えば何とかなるから。現にここのように古くてぼろい店もあるんだから。これぐらいなら、お金もそんなにいらないと思うし」

里美の言葉に諒三の情けない表情がさらに増し、

「そうだな、店を開くのに大金はいらないな」

そういってから、里美と悠也の前に湯気のあがる、いちまいセットをぽんと置いた。

串カツが三本に、あとの一本は葱のようだった。

香ばしい味噌の匂いが鼻いっぱいに広がった。

不似合いな恋

もうすぐくるはずだ。

正造(しょうぞう)は座っていたベンチから腰をやや持上げ、児童公園の入口を見る。目指す人影はまだ見えない。

腕時計に目をやると四時四十五分。毎週火曜と水曜の四時半から五時までの間、その女性は必ずこのちっぽけな児童公園の真中を横切って行く。その姿を眺めるのが、老いた正造の大きな楽しみだった。遠くからぼんやりと、相手の迷惑にならないように。

時計が五時五分前を差した。

きた。正造の体に嬉しさが走る。

紺の制服を着た、まだ高校生らしき女の子だ。ごく普通の身なりに、染めてはいない黒い髪。たらした前髪の下から覗(のぞ)く顔もほとんど化粧っ気はなく、つるっとして爽(さわ)やかだった。まるで、正造が若かったころの女学生……そんな雰囲気を持った娘だったが今日は少し違っていた。

遠目で見ても顔が強張(こわば)っているのがわかった。それに、いつもならゆっくりと正造の前方を歩いていくのが、今日は早足だった。様子が変だ。

原因はすぐにわかった。女子高生のあとから男が一人、公園の入口に姿を見せた。どこからどう見ても不良としかいえない、崩れた格好のまだ若い男で髪を金色に染めていた。この男に女の子はあとを尾(つ)けられていたのだ。

正造の胸がどんと音を立てて鳴った。何とかしなければと思うが、老いた自分にいったい何ができるのか。何もできるはずがない。そう考えつつ、公園のなかを見回すが広場にも砂場にも誰の姿もない。

女子高生と男の間が縮まった。

正造は思わずベンチから立ちあがる。

何もできないとしても、大声ぐらいはあげることができる。もし、この男が妙な真似におよべば、ここから力一杯叫んで誰かに助けを求めるのだ。

女子高生と男の間がさらに縮まった。

正造が両の拳を握りこんだとき、女子高生の目がベンチの前で立ちあがっている正造の顔を見た。目が合った。何を思ったのか、女子高生は方向を変え、一直線に正造のほうを目がけて進んできた。突っ立っている正造の隣に倒れこむようにして腰をかけた。

「助けて……」

細い声がいった。特徴的な二重の大きな目が正造を見て、すぐにうつむいた。男が前に迫っていた。

「何だよ、てめえ」

すぐ前に立った金髪男がいった。

「わしは……」

掠れた声でいった。

「わしは何だ。はっきりいいなよ、じいさん。ちゃんとした大人なんだからよ」

金髪男の顔にはニヤニヤ笑いが浮んでいる。

「わしは、この近所に住んでいる年寄りで、沼田正造というもんだ」

やや大きな声が出たが、胸は早鐘を打つように鳴っている。

「名前まで教えてくれるとは、ご親切なじいさんだよな――その近所に住んでいる沼田のじいさんは、その女の何なんだ」

嫌な光を放った目が正造を見た。

「何なんだといわれても、答えようがないが、つまりは」

正造はごくりと唾をのみこむ。

「たまたまそこに座っていただけで、つまりは赤の他人。そういうことなんだろ。沼田のじいさんよ」

嘲笑するように男がいった。

「赤の他人といわれればそうだが、こんな状況を見れば何とかせんと……」

「こんな状況とはどんな状況なんだ。ええっ、じいさんよ」

睨めつけてきた。

「それはあんたが、この子に何か悪さをするというか」

少し声が震えた。

「まずは仲よくなりてえだけで、悪さをするならそのあとだろう。もっともそれが悪さなのか、いいことなのかはわからねえけどな。男と女の関係ってえのは微妙だからよ」

しゃあしゃあと男はいった。

「あんたは――」

正造は小さく深呼吸してから、

「この子が好きなのか」

喉につまった声を出した。

「何を寝惚けたことを。ただ単に気に障ったんだよ。それだけのことだよ」

「ただ単に気に障ったとは、どういうことだ」

正造には意味がよくわからない。

「駅前でその女を見かけたら、やけに気になってな。今時珍しい化粧もしてねえような、さわっとした顔と様子にな。そうしたら何だか急に腹が立ってきてよ。ちょこちょこっと転がして今風の女に仕立て直してやろうと、まずはあとを尾けてきたんだがよ」

とんでもないことを男は真顔でいうが、案外正直なところだろうと正造は思う。男とはまったく逆の気持だったが正造自身もこの女子高生に昔風の何かを感じて、このベンチから何度となく遠目ではあるが眺めていたのだ。だが、今風の女に仕立て直すとは聞きずてならない言葉だった。

「だけど、この子は明らかに嫌がっているじゃないか」

傍らに目を落すと女子高生は蒼白な顔を見せて固まっている。

「そんなものは転がしちまえば、何とでもなることだ」

顔を歪めていう男に、

「そんなことは、わしが許さん」

思わず大声が出た。

「何もじいさんに許してもらおうとは思っちゃいねえよ。これは俺とその女の問題で、あんたにゃ何の関係もねえ」

金髪男はそういって女子高生の前に腰を落した。

「姉ちゃん、何て名前なんだ」

猫なで声を出すが、むろん女子高生は何も答えない。

「名前ぐらい素直にいったらどうだ。あちこち調べりゃ、どうせわかることだろうが」

男が女子高生の肩に手をかけて揺さぶった。声にならない悲鳴があがった。

「やめろ」

正造が怒鳴った。

ゆっくりと男が立ちあがった。

「何だ、くそじじい。口を出すな、それとも殴り倒されてえのか」

殴られてもいいと思った。はむかうことはできなかったが、殴られることならできる。殴られても殴られても起きあがって、この女子高生の盾になるのだ。体を張って守り抜くのだ。もし、それで命を落したとしても本望だった。それぐらいなら自分にだってできる。

正造は男と女子高生の間に割って入った。目を吊りあげて男が睨んだ。顔がすぐ間近にあったが不思議に恐怖は湧かなかった。それよりも何よりも、この子を守らなければという思いが体中を支配していた。

どれぐらい睨み合いがつづいたのか。

さすがに年寄りに手を出してはまずいと考えたのか、

「莫迦野郎が──これで終りだと思うなよ、姉ちゃん」

金髪男はすて台詞を残して、その場を離れていった。

公園に夕暮れが迫っていた。

六畳一間のちっぽけなアパート。

トイレと炊事場は共同で、むろん風呂はない。築五十年はたっている、木造モルタルの朽ちかけた建物だった。

ささくれ立って茶色に変色した畳の上に正造はすとんと尻を落している。貧相な部屋だったが正造の心は華やいでいた。

「森下潤子さんか」

ぽつりと正造は呟く。

あの女子高生の名前だ。

あれからすぐに帰るかと思ったら、

「すみません。心が落ちつくまで、少しここにいてもいいですか」

と女子高生はいい、隣合ってベンチに座り、いろいろな話をした。名前もこのとき教えてもらった。

潤子は都内の公立高校に通う二年生で、住んでいるのはこの公園の近くのアパートだといった。つまり、児童公園を間にして正造のアパートとは対の位置ということになる。

弁当屋とガソリンスタンドを掛持ちして働く母親と二人暮しで、父親は潤子が小学五年生のときに若い女と深い仲になり、あっさり家を出ていったと家の内情まで話してくれた。どうやら、かなり心を許してくれているようで、それが正造には嬉しかった。

正造も正直に自分のことを話した。

正造は現在六十九歳。二十年ほど前に永年勤めていた機械工場が倒産し、それが理由で五歳下の妻は離婚して家を出ていった。二人の間に子供はなく、ずっと独り暮し。工場が潰れたあとは派遣で警備の仕事をしていたが、四年前にそれもなくなって、それからはわずかな年金を頼りに細々と暮している。

「うちもお金がなくて大変だけど、おじいさんも大変なんですね」

話を聞き終えた潤子はぽつりといい、

「何となく似ているような気がします、私とおじいさんって」

妙に明るい声でいった。

「えっ、似てるって、どこが」

怪訝な表情を見せる正造に、

「うちはお父さんが出ていき、おじいさんのところは、奥さんが出ていったってところ」

小さくうなずきながらいった。

「そうか。そういわれれば、似てないこともないのか」

正造もうんうんとうなずく。

「それに、お金のないところも」

追加するように潤子はいう。

「あっ、それは似てるな。確かに似てる」

　正造は顔中で笑って、

「それにしては潤子さんは爽やかというか凜々しいというか。今時の女の子にしたら珍しく、化粧もほとんどしてないようだし」

　やや首を傾げていう。

「その答えは簡単です。今いったように、うちは貧乏ですから、とてもそんなところにまで回すお金はありません。だから、最低限のオシャレ——つまり、身だしなみ程度しかできません」

　きっぱりといった。

「それにしても、今時の女の子としたら……」

　腑に落ちない気分で口に出すと、

「実をいうと楽なんです。お化粧をしたりオシャレをしたりって、けっこう時間もかかるし気も遣うし——だから、身だしなみ程度。これがいちばん楽なんです。私って面倒臭がりのところありますから」

　いってから「うん」と自分で相槌を打って潤子は大きく首を縦に振った。どうやら心の動揺は治まってきたようだ。

「ところで、わしはこの公園の常連なんだけど、潤子さんの姿を見るのはいつも火曜日と水曜日だけ。これには何か訳でもあるんだろうかね」

気になっていたことを訊いてみると、

「火曜と水曜は学校でピアノの練習があって、それであの時間に。他の日の帰りはもっと早くて、近所のコンビニでアルバイトをしています」

理路整然といった。

「ピアノの練習に、コンビニのアルバイトか。偉いなあ、潤子さんは」

感心した声をあげる正造に、

「偉くはないです、普通です。少しでもお金を稼がないと大変ですから」

ぱっと笑った。

大きな目が細くなり、口から真白な歯が覗いた。懐しい笑顔だった。正造が若いころの女学生がそこにはいた。眩(まぶ)しかった。

「それにしても、こんなことがあった以上、この公園を通る帰り道は考えないといけないなあ」

心配そうな口ぶりで正造はいう。

「この公園を通らずに帰るとなると、かなりの回り道になることは確かです」

「それは、そうだろうけど」

腕をくむ正造に、

「だけど、この公園にはいつもおじいさんがいるから。さっきのようなことがあったら二人で大声をあげて、そのすきに警察に電話すれば何とかなります。それに、もう今回のようなことはおきないかも」

強い口調で潤子はいった。

「そうかもしれんが、それにしてもなあ」

困った顔をするが、実をいうと潤子に回り道をされると、いちばん困るのは正造自身だった。もう潤子の顔を見られなくなるのだ。しかし、そんなことは……。

「まあ、しばらく様子を見てみるかね」

正造は言葉を濁し、

「だけど、潤子さんも奇特な人だねえ。こんな年寄りの話相手になってくれて……まだ帰らなくて大丈夫なのかな」

慌てて話題を変えた。

「大丈夫です。今日は家に帰っても夕食の支度をするだけで他に用事はないですから。お母さんは八時過ぎにならないと帰ってきませんし、それに」

潤子はいったん言葉を切り、

「私、福祉のほうの道に進みたいと考えてますから」

少し恥ずかしそうにいった。

「ほうっ、福祉のほうへ」

「はい。うちの状況では大学は無理ですから。高校を卒業したらそっち方面の現場に就職して、介護士の資格のほうも取りたいと考えています」

意外なことを口にした。

「介護士ですか。それは心強い――しかし、若い女性にしたら奇特な話で。いや、そうですか、潤子さんは介護士志望ですか」

この子が介護士……途方もなく嬉しい言葉だった。嬉しすぎた。正造は鼻の奥がふいに熱くなるのを感じた。だがここで泣くわけにはいかない。ぐっとこらえた。

「だから、おじいさんとの会話もけっこう楽しんでて、まったく苦にはなりません。何でしたら、さっき聞いたおじいさんの、ボロアパート。私が行ってきれいに掃除してあげようか」

夢のようなことを潤子は口にするが、そういうわけにはいかない。いくら何でも、あの部屋は汚なすぎる。正造にもまだ見栄というものがある。

「いやいや、それには及ばないよ。掃除ぐらいは、まだまだ自分でできるからね」

顔の前で手を振って断ると、

「そうだ」

と潤子は素頓狂な声を出した。

「おじいさん、ケータイ持ってますか。もし持ってたら番号の交換しておきませんか」

また、夢のようなことを口にした。

ケータイは働いているときに契約したものを、まだ解約しないで持っていた。使うときはほとんどないが、それでも外部とのつながりがあるということで安心感はあった。その代りに固定電話はアパートにはない。

「持ってますよ、いわゆるガラケーのものだけどね」

「あっ、私もまだ、ガラケー」

そういって潤子は傍らの手提げのなかからケータイを取り出し、正造に向かって左手を差し出した。

「あっ、それは何といったらいいのか。それじゃあ、お言葉に甘えてというか、どういったらいいのか」

しどろもどろの言葉を口にして、正造はポケットからケータイを取り出す。胸の鼓動が大きく鳴り響き、両頬も熱くなっていた。そんな様子は気にもとめず、ケータイを操作して潤子は番号の交換をする。

「悪いなあ、こんな年寄りと番号を交換してもらって」

喉をごくっと鳴らして正造はいう。

「悪くないですよ。何たって私は介護士志望ですから。でもこれで一安心。何かあったら連絡してください。すぐに飛んでいきますから」

白い歯を見せて潤子は笑った。

直視できなかった。眩しいどころではなかった。女神様の微笑だった。

「学校でピアノの練習というのも、この先介護施設に勤めたとき便利かなと思って。本当はオルガンのほうがいいんだろうけど、学校にオルガンはありませんから」

何でもないことのように潤子はいった。

「ああ、それで」

正造にはこれだけいうのがやっとだった。

夕焼けが西の空をおおっていた。

そろそろ夕食の支度をしなければいけないのだが、正造はまだ畳の上に座ったままで動こうとしない。

「あの子が介護士……」

口に出してみると、また嬉しさが湧きあがってきた。だが、冷静に考えを巡らせば正造には縁のない話でもある。毎日食べていくのがやっとで、介護施設に入るような金は正造にはない。潤子の恩恵を受けられるのは正造以外の年寄りなのだ。そう考えると今度は妙に落ちつかない気分になった。

ゆらゆらと体全部で貧乏ゆすりを始めた。どこかの年寄りが潤子の手厚い介護を受けることになるのだ。自分はまったく関係なく、死ぬまで蚊帳（かや）の外なのだ。正造の脳裏に潤子の白い笑顔が浮ぶ。昔の女学生の顔だ。そして、ケータイを操作していた細い指。あの手で潤子は他の男を……。

正造の貧乏ゆすりがぴたっと止まった。

これは嫉妬（しっと）だ。

愕然（がくぜん）とした。

もうすぐ七十になろうとしている年寄りが嫉妬の炎を燃やしている。意外だった。そんな情熱が残っていたとは思った瞬間、独占欲という言葉が頭に浮んだ。そうだ、これは嫉妬ではなく、単なる独占欲なのだ。そう思うことにした。そうに決まっている。

そうと決めたら夕食の仕度だ。

といっても別段面倒なことはしない。味噌汁をつくって、そのなかに有り合せの野菜やら油揚げやら何でもぶちこみ、最後に飯を放りこんで煮こむだけ。簡単にいえば雑炊のようなもので、これが正造の三度の食事だった。どうせ独りでの食事なのだ。贅沢なものも面倒なものも必要なかった。安あがりで腹が満たされれば何でもいい。食事というよりはエサ、正造はそう思っている。

何はともあれ、まずは廊下の端にある共同の炊事場だった。よっこらしょと声に出して正造は腰をあげる。手をついたズボンのポケットの部分にケータイの感触があった。

「番号交換……」

呟いたとたん、正造の脳裏に制服の下に隠された、潤子のかすかな胸の膨らみが浮びあがって狼狽した。

正造は強く頭を振って卓袱台の上の鍋をつかんで冷蔵庫の扉を開けた。

『いっぱい』と染めぬかれた暖簾をくぐり、古い引戸を開けると、酒と揚げ物の混じった独特のにおいが体中をつつみこむ。

「いらっしゃい」

店の主人の諒三の声に軽く頭を下げ、正造は端っこの席に腰をおろす。隣は近くの商店街で時計屋をやっている山下と、その向こうが正造と同じく年金生活者の市川だ。二人とも正造と同世代で、この店の常連だった。

「大将、いちまいね」

と声をかける正造に、

「沼さん、久しぶり。元気そうで何より」

市川が声をかけてくる。沼さんとは正造の通り名だ。

「市川さんと違って細々とした年金生活者だから、なかなかね」

市川は大企業の定年退職者で、年金の額もかなり多い。

「細々といっても沼さんは独り身、こっちは女房もいるし、孫もいるからねえ。同じようなもんだよ」

市川がやり返す。もうかなり、できあがっているようで顔が赤かった。

『いっぱい』は正造の息抜きの場でもあり、栄養の補給源でもあった。いくら安あがりで面倒なことは嫌だといっても、毎日同じ雑炊では飽きがくる。だから正造は時々この店に顔を見せる。が、懐具合もあって精々週に一度。お目当ては千円札一枚で串揚げ四本にビールと漬物、それに頼めば飯がつく、この店自慢のいちまいセットだ。

「この年だから、同年代の常連が顔を見せないと心配になるし、顔を見せるとほっとすることは確かだよな」

時計屋の山下がしみじみという。

「特にわしの場合は独り身だから、アパートのなかで孤独死ってことも考えられるしな」

笑いながら正造はいうが、その可能性は充分にある。というより、正造の場合は遅いか早いかということだけで、かなりの確率でそうなるはずだ。

「何だかんだといっても、人間死ぬときは誰しも独り。はい、沼さん、お待ちどお」

諒三の低い声が響いて、正造の前に串揚げの載った皿とビールが置かれる。串揚げ三本は味噌ダレの串カツ、あとの一本は野菜の揚げ物で今日はシシトウだった。

「沼さん、飯はどうします」

という諒三の問いに、

「串揚げとビールがすんでから、お願いします」

正造は答えて唾をのみこむ。

串揚げの上にたっぷりとかけられた、特製の味噌ダレのにおいが鼻を打つ。熱々の一本をつまんで口に頬張る。ぎゅっと嚙みしめると、甘辛い味噌ダレと肉汁が一緒になって口のあちこちに染み通っていく。

「うんまいなあ、諒さん」

おもわず声をあげると、

「ありがとうございます。じゃあ、沼さんには長生きしてもらわないといけないから、もう一本おまけだ」

諒三は軽口を叩いて、正造の皿の上に湯気をあげている串カツをそっと載せた。

「味噌ダレは、そこから好きなだけ」

とカウンターの何箇所かに置いてある、味噌ダレの入った容器を目顔で示す。

「あっ、ありがとう。本当にありがとう」

正造は素直に頭を下げる。

みんな気のおけない仲間同士なのだ。正造はこの店が大好きだった。

ビールを飲んで串揚げを食べ、いい気分になったところで、固めに炊いた白米と赤カブの漬物だ。それを食べ終えると、正造の懐具合を知っている、山下と市川がビールを回してくれる。酒盛りだ。

「ところで沼さん。今夜は何となく嬉しそうな感じだけど、何かいいことでも」

カウンターの向こうから諒三が声をかけてきた。

「それはっ」

上ずった声を正造はあげる。

「何かあったんだろう」

隣の山下が肘でつつく。

「実はありました。他愛のないことかもしれんが、わしにとっては夢のような出来事が」

正造は話してみたかった。

あの、潤子との一件だ。あのすべてを、ここで話してみたかった。

「実は三日前のことなんだが――」

と、正造はあの時の詳細を市川と山下、それに諒三につつみ隠さず話した。

「何が他愛のないことだよ。そんなとんでもないことは、滅多におこらないぜ」

山下が口を尖らせた。

「そうだよ。私たちみたいなくそじじいに、そんな若い子がケータイの番号まで教えてくれるなど、そりゃあ奇跡だよ、沼さん」

市川が羨ましそうにいった。

「俺はまだ、くそじいじゃないけど、そんないい目にはあったこともないなあ」

諒三が満面の笑みを浮べる。

「高校二年生で昔の女学生風か。いいなあ、昔の女学生は、みんな慎ましやかだったからなあ」

市川の言葉に、

「それでいて、実は逞しい」

山下が合いの手をいれる。

話が盛りあがった。

「しかし、そんないい子が今時いるとは、にわかには信じ難い話だけど」

市川は独り言のようにいい、

「そして、沼さんはその昭和の美女に恋をした」

大きくうなずいた。

「おい、わしは潤子さんに恋などはしとらんぞ。わしはただ、あの子が酷い目にあわずに真っ当な人生を歩いてくれればと」

むきになったようにいう正造の脳裏に、また潤子の制服のかすかな膨らみが蘇る。

「その、むきになれる部分が恋。いいじゃないですか沼さん。この年で恋ができるのなら万々歳で」

しんみりした口調で市川はいう。

「しかし」

と、さらに反論しようとする正造に、

「よしとしませんか、沼さん。恋の種類もいろいろありますから、ここは恋ということで。俺を含めて、みんな羨ましいんですよ。そして、応援したいんですよ。くそじじい連盟の底力を見せてほしいんですよ」

やんわりと諒三がいって、その場を収める。

「恋にもいろいろあるというんなら、それはそれで……」

正造も肯定の言葉を出す。

「無垢だな、その子は」

市川がぽつりと妙なことを口にした。

「無垢って何だよ。どういう意味だよ」

山下が市川の顔を見る。

「垢が無いと書いて無垢。少女と大人のちょうど中間点だな。そのとき、すべての女子は無垢になる——その時点だけ見れば、すべての女子が清らかなんだよ。だけど問題はその先だな。無垢のシッポを引きずって行けるか、それとも」

厳かな市川の声に、

「それとも何だよ。どうなるんだよ」

山下が怪訝な顔を向ける。

「それは、いわぬが花と、お釈迦様もいっておられるな」

煙に巻いたような市川の言葉だったが、

「無垢か、それはいいな。あの子にぴったりの言葉だな」

正造は嬉しそうな声をあげた。

「いずれにしても、その潤子さんの無垢の心がつづくといいですね」

諒三はそういって冷蔵庫からビールを出して栓を抜き、

「潤子さんの無垢な心に乾杯しましょう」

三人のコップにビールを注ぎ足し、自分もコップを出して一杯にする。

四つのコップがあがって乾杯の声が飛びかい、ビールを一気に空けた諒三はカウンターの前を離れていった。

「で、それからケータイに何か連絡はあったのか」

山下が興味津々の目を向けた。

「ないよ、そんなものは」

とたんに正造の肩がすとんと落ちる。

「いくら番号を交換したといっても、すぐに用事ができるわけがないから、しようがないだろう」

市川が助け舟を出すが、

「こっちから、かけてやったらどうなんだ」

山下の興味津々の表情は変らない。

「そんなことができるはずがない。用事もないのにそんなことをすれば、ストーカーになっちまうだろ」

「それはそうだろうけど——じゃあ、ただ単に元気ですかっていう電話はどうだ。ご機嫌うかがいっていうことで」

「ご機嫌うかがいは用事じゃないだろう、ただの方便で。いずれにしても、わしのほうから電話はできない。いい年をしたじじいは、そんな恥ずかしいまねは絶対にせん。死んでもせん」

正造はきっぱりといい切った。

「そんな恥ずかしいまねは、死んでもできねえか。そうだろうな、俺が沼さんだとしてもできねえだろうからな」

溜息をつくような山下の言葉に、

「おい、何だよ、それ」

正造は語気を強める。

「昭和の男なんだよ、私たちは。恥と照れというものをちゃんと知っている世代なんだよ。そんな図々しいことができるわけがないよ」

諭すようにいう市川に、

「昭和の男に昭和の女か――ああ、それでどれだけ損をしたことか」

山下がまた溜息をもらした。

「損をしたっていいじゃないか。損をした分、自分の生き方を貫いてきたっていうことなんだから」

自分にいい聞かせるように正造はいった。

「そうか、そういうことだな」

と山下が掠れた声をあげたとき、どこからか鈴の鳴るような音が聞こえた。

「おいっ」

と、いつもは上品な市川が怒鳴るような声をあげた。

「沼さんのケータイの音じゃないのか」

「あっ」

と正造は声をあげる。確かに自分のポケットから音が響いている。滅多に鳴ることのないケータイが音を立てている。

「おいっ、沼さん」

また市川が怒鳴った。

正造は素早くポケットに手を入れ、ケータイを抜き出す。画面を見ると森下潤子の文字がくっきりと浮んでいる。

「潤子さん」

上ずった声を正造があげる。

「早く出ろ。すぐに出ろ。何をしてるんだ、さっさと出ろ」

今度は山下が怒鳴った。

「もしもし」

ボタンを慌てて押して正造が喉につまった声をあげると、

「助けて、おじいさん」

泣き出しそうな潤子の声が耳を打った。

「助けてって、潤子さん。今どこにいるんだ。何がおきたんだ」

叫んだ。

「アルバイト先のコンビニにいます。そこへ、この前の男たちがやってきて」

そこで電話はぷつんと切れた。

潤子は男たちといった。

アルバイト先に押しかけているのは、先日の男だけではないのだ。

胸の鼓動が苦しくなるほど速くなった。

正造が大きな溜息をついた。

つられたように、両脇に座っている市川と山下も溜息をつく。

正造が潤子の姿を遠目で見ていた、児童公園のベンチである。潤子のアルバイト先のコンビニに駆けつけた帰りだった。

「潤ちゃん、どうなってしまうんかな」

ぽつりと市川がいった。

「どうなるもこうなるも、いったい何があったのか、よくわからねえから、始末におえねえよ」

山下が唇を尖らせた。

「そこなんだ。いったい何があったのか、詳しいことがわからない以上、こっちは打つ手が見つからないからなあ」

正造はまた、大きな溜息をつく。

「潤ちゃんに何があったのか……大体の想像はつきますけどね」

市川が腕をくみながらいった。

「想像がつくのか、市川さんには」

正造が驚きの声をあげる。

あのとき——。

潤子からの電話を受けた正造が事の次第を市川と山下に話すと、

「なら、すぐにそのコンビニに駆けつけて、潤ちゃんを助けねえと」

二人はすぐに身を乗り出してきた。

「助けに行くのはいいんだが。市川さん、山下さん、喧嘩のほうの腕は？」

行けば乱闘になる恐れもあった。もし、そうなった場合……年寄りといえど男三人が駆けつけて、あっさり返り討ちでは余りにも格好が悪かった。何しろ、助けを求めているのは潤子なのだ。少しはいいところを見せたかった。男としてのいいところを。

「私は高校生のころ、剣道をやっていたけど一級止まりで段位はもらえなかった。大学に入ってからは麻雀ばかりやってたしね」

市川が掠れた声を出す。

「段位はもらえず一級か——しかし、それでも物の役には立つかもしれないな」

正造が小さくうなずくと、

「物の役たって、もう五十年以上も昔の話だよ。腕も足もしなびた大根のように細くなってしまって、とても素早い動きなどは……」

情けなさそうに市川はいう。

「しなびた大根か。そうだよな、まったくその通りで涙が出てくるよな。いったい何のために、おめおめと生きているのか……」

正造は自嘲（じちょう）ぎみにいい、

「それなら、山下さんはどうだ。そっちのほうの腕に覚えは？」

期待するような目を向ける。

「俺はだめだ。何の格闘技もやったことはねえし、喧嘩のほうはからっきし。何たって学生のころは園芸部だったからよ」

山下は申しわけなさそうにいい、

「この辺りで腕に覚えがあるっていったら、諒さんぐれえのもんじゃねえかな」

カウンターの端で客と話をしている諒三のほうを目顔で指す。

正造と市川の目が諒三を凝視する。

確かに諒三は強そうだ。筋肉質の体は硬く締まっているし上背(うわぜい)もある。それに、あの眼光だ。以前、諒三が店にきたヤクザを、鋭い眼光で睨みつけて退散させたという噂を聞いたこともある。まさにこんな場合、諒三はうってつけの人間といえるのだが。

「しかし、仕事の真最中(まっさいちゅう)に諒さんを外に引っ張り出すわけにもいかないだろう」

正造は低い声を出した。

「それはまあ、そうですね。こんな私事(わたくしごと)で店を閉めさせて、諒さんを外に引っ張り出すのはどうかといえるね」

私事と市川はいった。

「それにさ。できるなら俺たち三人で何とかしてえよな。諒さんが出てくれれば、それこそ鳶に油揚げにもなりかねねえからよ」

いい辛そうに山下が口に出すが、実をいうとこれが正造にとってもいちばんの本音だった。もっと欲をいえば、自分一人で何とかできれば万々歳なのだが、この期におよんでそんなことはいってはいられない。

「山下さんのいう通りだ。大の男が三人も揃って、さらに助っ人を求めるなんてのは男の風上にもおけねえ。ここはやっぱり、わしら三人で潤子さんをだな。とにかく、ぐだぐだ話をしてるより、早く現場に行かねえとな」

正造の言葉に市川と山下はうなずき、諒三への挨拶もそこそこに『いっぱい』を飛び出した。

潤子の働くコンビニに着いたのは、それから十五分後。文字通り息を切らして店のなかに入ってみると、何となく様子が変だった。

カウンターのなかに潤子が一人で立っていて、その前に客が二人いた。一人はあの金髪男で、もう一人はきちんとスーツを着てネクタイを締めたサラリーマン風の温和な顔つきの男で、年は四十歳ぐらいに見えた。

「おじいさん！」

正造の顔を見て、潤子が声をあげた。

サラリーマン風の男が正造をちらりと見た。温和な顔つきが一変して悪相になった。この男もヤクザに違いない。

「電話をもらって、こうして駆けつけてきたんだが」

できる限りちゃんとした口調でいったはずだが語尾が少し震えた。

「ごめん、おじいさん。この人たちが店に現れてとっさに電話したんだけど、話をしてみたら津島さん、それほど悪い人じゃなかったみたいで」

津島というのはどうやら金髪男の名前のようだが、どうにもいっていることがよくわからない。

「それより、今日は沼田のおじいさんだけじゃなくて……」

話題を変えるように潤子は三人の顔を見た。

「ああ、わしの飲み友達だよ。たまり場である駅裏の汚い串揚げ屋にいたとき、ちょうど潤子さんから電話があって。それで一緒にきてもらったんだが」

簡単にいきさつを説明する正造の言葉にかぶせるように、

「また、あんたの登場か」

薄笑いを浮べて津島と呼ばれた男はいい、

「しかも今日は三人でお出ましとは、年寄りというのはよほど暇を持て余しているようだな」

　穏やかな口調だったが目は笑っていない。これもいっぱしのヤクザの目だ。正造の背中に悪寒のようなものが走る。

「わしたちは、あんたがこの子によからぬまねをするんじゃないかと、こうしてやってきただけだ」

　津島の目を払いのけるように正造はいう。

「だから、この前もいったじゃねえか。俺はこの姉ちゃんと話がしたいだけで、よからぬことをしようなんて思っちゃいねえって。まったく暇な年寄りってのは、お節介好きで困ったもんだ」

　津島は軽く頭を振ってから、

「潤ちゃん、その気になったら、いつでもその電話番号に連絡をくれ。決して悪いようにはしないからな」

　津島はカウンターの上に置かれた名刺を目顔で指し、

「じゃあ、帰りましょうか、新藤さん。あまり長居をして商売の邪魔をしても何ですから」

　サラリーマン風の男にいった。この男の名前はどうやら新藤というらしい。口調から推測すると津島の兄貴分のようだ。

「そうだな。長居をして痛くもない腹を、お年寄りたちに探られても困るからな」

新藤と呼ばれた男は落ちついた声でいい、

「それじゃあ、よろしく」

潤子に向かって丁寧に頭を下げた。

「じいさんたち、またな」

津島はへらっとした口調でいい、新藤を先にして正造たちの前を抜けていった。そのとき、新藤の目が強い光を放って正造たちを見た。胸がどんと鳴った。怖い目だった。

津島と新藤が外に出てから、

「いったい何がどうしたんだ、潤子さん」

正造たちはカウンターの前に集まる。上に置かれてあった名刺は消えていた。多分潤子のポケットのなかだ。

「いえ、特に何でもないんです。ただ私が早合点(はやがてん)して、おじいさんに電話をしてしまっただけで」

歯ぎれの悪い口調でいうが、潤子がこういうのなら正造たちに出る幕はない。

「それならまあ、何というか」

口のなかだけで正造が言葉を転がしていると、

「あの、一緒にきてくれた、おじいさんのお友達を紹介してくれますか」

潤子が市川と山下の顔に視線を向けた。

「ああ、飲み友達の、市川さんと山下さんだよ。例のベンチでの一件を話したら、何だか市川さんも山下さんも、潤子さんのファンになってしまったようで。それで心配して一緒に駆けつけてくれたんだ」

正造の言葉に市川と山下が照れたような顔をして頭を下げる。

「あっ、森下といいます。市川さん、山下さん、今夜はご心配をおかけしてごめんなさい。わざわざきていただいて、本当にありがとうございました」

頭を思いきり下げた。

「いやいや、そんなことはいいんだけどね。何となく状況がわからなくて、あの津島って男がここにきた理由がね」

みんなを代表するように正造がいい、市川と山下も同時にうなずく。

「それはあれですよ。おじいさんたちと同じで、何か困ったことがあったら助けてやるって――変なやつにからまれたときなんかは頼りになるはずだから、遠慮なく連絡をすればいいって」

潤子は台詞を読むようにいった。

「変なやつになあ……」

正造はうめくような声を出すが潤子にここまでいわれたら、これ以上の詮索はできるはずがない。

「だから、どうか心配しないでください。また何かあったら必ず電話しますから、そのときは市川さん、山下さん、それに沼田のおじいさんの三人で駆けつけてください。よろしくお願いします」

ぱっと笑った。正造たちの大好きな昭和の笑いだった。胸が疼いた。

「わかった、そういうことならわしたちはもう帰るけど、本当に何か困ったことがおきたらすぐに連絡をな」

と正造がいったところへ、倉庫(バックルーム)につづく扉が開いて二十代なかばの男の店員が店に入ってきた。

「ようやく帰ったみたいだね。どうも僕はああいうのが苦手で、悪かったね」

何のことはない。この男は津島たちが店に入ってきた時点で奥に逃げこんでいたらしい。まったく今時の若い男ときたら——何か文句でもいってやろうかと思ったが結局やめにした。何をいっても聞かないだろうし、嫌な目で見られるぐらいが落ちだ。

「じゃあ、潤子さん、わしたちは」

正造たちが軽く頭を下げると、

「本当にありがとうございました。おじいさんたち、風邪なんかひかないようにね」

顔中を気持のいい笑いでいっぱいにして、潤子は三人に向かって手を振った。


そのすぐ後にこの公園まで歩いてきて、何となくベンチに三人で座りこんでしまったのだが――。

「何があったか想像がつくって。あの、津島って男と潤子さんの間に、何があったっていうんだ、市川さんは」

正造は勢いこんで隣の市川に訊いた。

「多分、金だと思うよ、私は」

ぼそりといい、

「こんなコンビニでちんけなバイトをやってるより、世の中にはもっと効率よく大金を稼げる仕事がある――津島はそんなことをいって潤ちゃんを誘ったんだと思うよ」

「それは、つまり」

ごくりと山下が唾をのみこんだ。

「そう。高校生売春……津島って男はそうした仕事の元締めでもやってるんじゃないかな。そのターゲットに、潤ちゃんはされたんだと思うよ」

低い声で市川はいった。

「高校生売春……そうだな。ちょっと考えてみれば、あの雰囲気ではそれしかないな。そんな話ぐらいしか」

正造は膝の上の拳を握りしめた。

「津島だけでは強面なので、あの一見サラリーマン風で、ソフトムードの新藤という男を連れてきて話に乗せやすい雰囲気をつくった。そういう作戦だったんじゃないかな」

「だけど市川さん、俺には津島っていう男より、あの新藤という男のほうが怖そうに見えたんだけどよ。あいつに睨まれたとき、俺は体中に鳥肌が立ったよ」

山下が体をぶるっと震わせた。

「確かにね。あの男は相当の修羅場をくぐってきた気がするね。私も、あの男は津島よりもずっと怖い人間のような気がするよ。正直いって私も怖かった。私たちにはあの種の人間と接触することなど、今まではまずなかったからね」

市川の語尾が掠れた。

「そうなると一番気になるのは、その話の内容を潤ちゃんが俺たちに隠したってことになるんだけどよ。つまり、潤ちゃんは津島のその話に乗り気になった。そういうことになっちまうぜ」

山下の言葉に正造が叫び声をあげた。

「そんなことはない、あの潤子さんに限ってそんな話に乗り気になるなど。そんなことは絶対に……」

「そう思いたいけど、あの場の雰囲気ではそうとしかね。本当は沼さんもわかってるとは思うけど、そういうことだと私も思うよ」

「潤子さんは世間知らずなんだ。だから、あんな津島という男に騙されて、つい、ふらふらと」

細い声を出す正造に、

「違うよ、沼さん」

市川が即座に否定した。

「沼さんの話によれば、潤ちゃんのお母さんは昼は弁当屋で働き、それが終るとガソリンスタンドで夜勤。それでも生活は苦しくて、本人もコンビニでアルバイト――そんな貧しい家の子が世間を知らないはずがない。潤ちゃんぐらい、お金のありがたさ、恐ろしさを知ってる子はいないと思うよ。悲しい話ではあるけどね」

「そんなところへ、大金が転がりこむ話が持ちこまれれば、どんな真面目な子だって心が動くよな。金のありがたみを知ってれば知ってるほどな。罪な話だよな」

しみじみという山下に、

「だから潤ちゃんは今迷ってる。津島の話に乗ろうかどうしようか。乗らないほうがいいのはわかってるが、潤ちゃんの家には金がない。昔から金がないのは、首がないよりも劣るっていうからねえ」

市川はうなだれながら答える。

「わしたちにできることは何かないのか、なあ、市川さん」

絞り出すような声を正造はあげた。

「私たちにも金がない。もしあれば、あるとき払いの催促なしで潤ちゃんに金を出して意見をいうこともできるけど、何も助けてやれないのに偉そうなことがいえるはずがない。情けないことだけどね。ただ見守って、じっと待つしかないな」

申しわけなさそうにいう市川に、

「だけど、あの子は無垢なんだろ。ちっとやそっとではへこたれない無垢な子なんだろ。だったら……」

悲痛な声を正造はあげた。

「本当に潤ちゃんは無垢そのものだったな。素朴な上に可愛らしかった。俺もあんな子は初めて見たような気がするな。あの子にはいつまでも、あのままでいてほしいよな」

山下がすぐに同調した。

「だからこそ、あの津島という男は高く売れると踏んだんだろうね。実際あの子なら、けっこうな金額を支払う男が沢山出てくるんだろうね。嫌な話だけどね」

いいながら市川はぶるっと肩を竦めた。

風が出てきたようだ。

それも足元から這いあがる、秋の終りを告げるような冷たい風だ。

「歯を食いしばって貧乏に耐えるのか、それとも大金が転がりこむ世界に飛びこむのか。できるなら何とか耐えてほしいけど、今時珍しい昭和の笑顔を持った子なんだから」

独り言のようにいう山下に、

「耐えるにきまってるよ。何たって潤子さんは無垢なんだから……」

強い口調で正造はいうが、胸のなかは鉛を飲みこんだように重くて痛かった。体中が寒かった。

正造の『いっぱい』に行く回数が増えていた。細々とした年金生活者には痛い出費だったが『いっぱい』に出向けば、市川と山下がいて潤子の話ができた。アパートに独りでいても気が滅入るだけで落ちつかなかった。

コンビニでの一件のあとの火曜と水曜、正造はいつものように公園のベンチに座って潤子の通るのを待ったが、潤子は姿を見せなかった。バイト先のコンビニに行けばいるような気がしたが、そこまで押しかける勇気を正造は持ち合せてはいない。第一、潤子と会っても何を話したらいいのか、まったくわからなかった。

「そうですか。潤ちゃん、あそこの公園を通らなくなりましたか」

串揚げを頬張りながら市川がいった。

「わしを避けて、帰る道順を変えたのか。それともピアノの練習をやめて、帰る時間帯が変ったのか。いずれにしても潤子さんに会ってないことは確かだな」

正造はコップのビールを一気にあおる。

「会ってないか――かといって沼さんがいうようにバイト先に押しかけるというのは、いかにも図々しさがすぎるだろうしな」

串揚げを全部たいらげた山下は、目の前にある器から味噌ダレを皿に盛り、それをなめながらビールを飲んでいる。

「あれから一週間、何かがあったのか、何もないのか。情報がまったく入らないというのは、イライラして体に悪いですね」

市川は手酌で空になったコップにビールを注ぐ。そんな様子を見ながら、

「ここの味噌ダレは、それだけで酒の肴にも飯のお菜にもなるからいいよな」

山下が指の先につけた味噌ダレをぺろりとなめると、皿の上に新しい串揚げが三本置かれた。

「俺のサービスです」

カウンターの前に諒三が顔を綻ばせて立っていた。

「あっ、これはありがたいね。何といっても俺たちは貧乏だけが取柄の、くそじじい連盟だからね」

山下が軽口を飛ばすと、

「その、くそじじい連盟も、近頃は何となく元気がないようですね」

いかつい顔が小首を傾げた。

「さあ、それなんですけどね」

隣の市川がちらりと正造の顔を見た。潤子とのあれこれを諒三に話してもいいのかという合図だ。正造がゆっくりと首を縦に振ると市川は「実はですね」といって、事の成りゆきを要領よく諒三に話し出した。

「高校生売春ですか……」

話を聞き終えた諒三はぽつりといい、胸元で太い腕をくんだ。

「そんなものは、ないにこしたことはないけど。そこに貧乏という問題が絡んでくると、さて、どうしたらいいのか。学のない俺には難しいことはわからないけど、ただひとついえることは、間にヤクザが絡むのは絶対によくない。結局は食いものにされるだけで、悲惨なことになる」

低い声でいった。

「そうだよな。ヤクザはだめだよな。あいつらは結局、金のことしか頭にねえから。すべては金だから」

すぐに山下が相槌を打つ。

「それから、その潤ちゃんの許に押しかけるのは図々しいという話なんですが。そこはどうでしょう、コンビニの前まで行って、そっと顔だけを見てくるというのは。そうすれば少しは心も晴れるんじゃないでしょうか」

ほんの少し諒三は笑みを浮べた。

「そうか、その手があったか」

ぱんと市川が両手を叩いた。

「そういえば昔、俺たちの若いころは、好きな女の子の家の前に行って、じっと眺めてたことがよくあったような気がするな。なあ、沼さん」

しみじみとした口調で山下がいう。

いわれればあったような気がする。暗くなってから好きな女の子の家の近くに行き、ひたすらその子の家の窓の灯りを眺めていたことが。たとえ、その子の姿が見えなくても、すぐ近くにいるだけで充分だったころが。

「恋だな、やっぱり」

ぽつりと市川がいった。

「よし」

と、正造が声をあげた。

「見に行こう、潤子さんの顔を。そうすれば諒さんがいったように、少しは気も晴れるはずだ。というより、わしは潤ちゃんの顔が見たくて仕方がない。少年のころに戻って、内緒で潤子さんの顔を見に行こう」

いうなり正造は腰をあげ、倣ったように市川と山下も立ちあがった。

十五分後、三人は潤子の働くコンビニと通りを隔てた路地の陰にいた。

潤子は、ちゃんといた。距離があるので表情の詳細まではよくわからなかったが、一人でカウンターのなかに立っていた。何だか懐しい顔に見えた。思わず胸のすべてが温かくなるのがわかった。

「どうだい、市川さん。潤子さんの様子に変ったところはあるかい。人を見る目は多分、あんたが一番だろうから」

潤子に聞こえるはずもないのに、正造は小声で市川に様子を訊く。

「私も年のせいでそれほどはっきりは見えないんだが、特段変った様子は感じられない気がするな」

「本当にそうか。嘘偽りはないだろうな。ちゃんと本当のことをいってくれよな。大事なことなんだから」

正造は耳許で、小声ではあるが叫ぶようにいう。

「本当のことですよ。ただ、今いったように年のせいで詳細のほうは……」

もごもごと市川は答える。

「何をごちゃごちゃいってるんだ。俺の目にも潤ちゃんはきわめて普通に見えるよ。落ちこんだ様子も苛立って(いらだ)いる様子もなく、ごくごく普通の表情で、間違いねえよ。俺は目だけは自信があるからよ」

やや得意げに山下がいう。

「目だけは自信があるっていっても、あんた眼鏡をかけてるじゃないか」

苛立った声を正造があげると、

「だからじゃねえか。俺んちは時計屋だぜ。精密機械が相手の俺が目に合わねえ眼鏡をかけてるはずがねえだろうが」

いわれてみれば、その通りだった。

「じゃあ、本当に潤子さんに変りはないんだな。そういうことなんだな」

念を押すようにいうと、

「西部戦線、異状なし」

と山下は軍隊口調でいった。

とたんに正造の胸の温かさが熱っぽさに変った。嬉しかった。潤子はまだ無垢のままなのだ。あの、白い体は汚されてはいないのだ。素朴で爽やかなままなのだ。

正造たちは、それから一時間近くコンビニのなかの潤子を見ていた。風が冷たかったが、まったく気にならなかった。潤子は以前のままの潤子だった。

正造のケータイに潤子から電話が入ったのはその日から三日が過ぎたときだった。夜の七時頃、正造は味噌汁のなかに飯を入れ、雑炊をつくっている真最中だった。そのときポケットのなかのケータイが鳴った。慌てて取り出してみると、画面に森下潤子の名前が浮びあがっていた。

胸がどんと音をたてた。

指が小刻みに震えた。

押し間違えないよう、気を落ちつかせて応答ボタンに指を伸ばした。震える手で耳に押しつけた。

「もしもし、潤子さんか」

唾を飲みこんで叫ぶと、

「助けて、おじいさん」

潤子の泣き出しそうな声が耳に飛びこんできた。

「助けてって、いったいどうしたんだ。何があったんだ」

怒鳴るようにいった。

「津島から、やっと逃げてきて、それで私」

蚊の鳴くような声がいった。

「逃げてきたって、それは——いや、そんな話はあとだ。で、潤子さんは今どこにいるんだ」

「西武新宿駅の裏あたりに……」

『いっぱい』のすぐ近くだった。

逃げてきたと潤子がいうからには荒事（あらごと）になるかもしれない。それなら諒三に一枚かんでもらったほうがいい。自分たちの男としての面子（メンツ）がといっている場合ではない。諒三なら頼りになるはずだ。あんなヤクザの一人や二人は何とでもしてくれるに違いない。

「じゃあ、潤子さん。すぐ近くに前にも話した『いっぱい』という、わしたちのたまり場の居酒屋があるから。ともかくそこで待ち合せることにしよう」

　正造は店の位置を詳しく潤子に話して電話を切る。そのあとは市川と山下への連絡だ。急いでケータイから電話をすると、二人共すぐにつながった。二人に訳を話し『いっぱい』で落ち合うことにして、正造はアパートを飛び出した。

古い引戸を開いてなかを覗くと、潤子がカウンターの奥の席に一人でちょこんと座っていた。他に客は数人いるだけで、市川と山下はまだきていない。

「沼さん、この子が――」

という諒三の声に、

「すまない、諒さん、騒がせてしまって」

正造が両手を合せたところへ、市川と山下がなだれこむようにやってきた。潤子を挟む(はさ)ように三人はカウンター席に座りこむ。その前に熱いお茶がそっと置かれた。

「ごゆっくり」

といってその場を離れようとする諒三に、

「この子が例の潤子さんなんだが、諒さんも一緒に話を聞いてやってくれないか。わしたち年寄りだけでは解決できないかもしれないから。もし、よければ一緒に潤子さんの話を」

正造は哀願するようにいった。

「俺でよければ何でもしますよ」

太い腕をくんで四人の前に立った。

「この人はいい人で、頼りになる人だから大丈夫だ」

正造は諒三を目顔で指してこういい、

「何があったか、正直にわたしたちに話してくれるかな」

潤子に優しく問いかけた。

沈黙が周囲をつつみこんだ。

ようやく潤子が口を開いたのは、五分ほどがたったころだ。

「私、お金が欲しくて。あの人、腹を括れば大金を手にすることも可能だって。ただ、それをするなら今しかない、若いうちしか大金を手にすることはできないって。それで私、思いきって昨日、あの人に電話をして今日学校が終ったあと、会うことに」

両肩を震わせた。

潤子は全身で泣いていた。

津島と会ったのは京王百貨店に近い喫茶店だったという。そこで話を少ししてから、津島は潤子を外に連れ出した。そして、強い力で潤子の腕をつかみ、有無をいわさぬ勢いで、すぐ近くのラブホテルに連れこんだ。

「てめえはまず、俺の女にする。商売のほうはそのあとだ」

津島はそういって潤子をベッドの上にねじ伏せた。抵抗できなかった。力の差がありすぎた……。

行為が終ったあと、津島はこんなことを潤子にいった。

「てめえはしばらく客には新品で通す。売値は一回三十万。その顔なら、その値段でも買手はいくらでもいるはずだ。てめえの取分は三万円、あとの金は俺がもらうから悪く思うな。何たっててめえは俺の女だからよ」

こういって津島は、いかにも嬉しそうに笑ったという。

これがまだ一時間ほど前のことで、そのあと酒を飲んで眠りこけている津島の隙を見て潤子はラブホテルを逃げ出した。

「そんなことが……」

正造は目の前が真暗になるのを感じた。

以前の潤子は目の前にもういない。

潤子は無垢ではなくなった。

絶望的な吐息を正造はもらした。

「ごめんなさい、おじいさん。私、お金に目がくらんで」

潤んだ目が正造を見ていた。

「いや、そんなことは」

ようやく声を出した。

「辛かったな、潤ちゃん。でも、もう大丈夫だ。逃げてきて正解だったと私は思うよ。あんな連中と関わっていたら、ろくなことにならないから」

市川の優しい言葉が正造の耳には虚ろに聞こえた。目の前にいる潤子は以前の潤子ではもうないのだ。何もかもが変ってしまったのだ。

「だけど、あの津島って野郎。すぐに潤ちゃんを探しにかかるんじゃねえのか。そうなったら、いったいどうしたらいいんだろうかね、諒さん」

山下が諒三の顔を見た。

「警察に介入してもらうより、他に手はないでしょうね。暴力は権力で押えこむしか。それがいちばんだと俺は思いますよ」

そう諒三がいった瞬間、

「その前にヤクザの筋だけは、きちんと通させてもらうぜ」

怒鳴り声が店内に響いた。

いつのまにきたのか、引戸が開いて男が立っていた。津島だった。

「あんた、いったいどうしてここへ。なぜここに潤ちゃんがいるってわかったんだ」

市川が上ずった声をあげた。

「先日、じいさんたちに会ったときの、駅裏の汚い串揚げ屋がたまり場だという言葉を思い出してな。ひょっとしたらそこじゃねえかとダメモトで探してみたら、どんぴしゃりだったぜ──潤子がまず相談するのは、そこのくそじじいぐらいしかいねえだろうからな」

津島は嘲笑を浮べ、

「さあ、俺の女を返してもらおうか」

潤子の顔に視線をあてた。

「返してもらって、どうするつもりだ。こんなことをして、すぐに警察に捕まるぞ」

山下が叫んだ。

「捕まる前にヤキだけはその女の体にいれておかねえと、俺のナンパ師としての面子が立たねえからよ。何たって、潤子は俺の女だからよ」

へらっと笑った。

「この子は誰のものでもない」

そのとき声が響いた。

諒三だ。諒三がカウンターのなかから津島の顔を見ていた。

「何だ、てめえはよ」

津島の視線がゆっくりと諒三に移る。

「年はちょっと違うが、俺もこの子を守る、くそじじい連盟の一人だ」

「素人が何をほざいてやがる。俺の女だから俺のもんだといってるのにどこが悪い。何か文句でもあるのか、おっさん」

津島が吼えた。

「汚い手で撫でた程度で俺の女とは、あんたはよほどの莫迦か。何をしようがどうしようが、昨日の潤ちゃんと今日の潤ちゃんに変りなどない。人を判断するのはその人の心しかない。潤ちゃんの心のなかに、あんたという人間が好ましく刻まれているのなら潤ちゃんは変りもするんだろうが、あいにくそんな物は薬にしたくてもない。そういうことだ」

妙に腹に響く声だった。

「そういうこととは、どういうことだ」

津島が諒三を睨みつけた。

「だからいってるじゃないか。潤ちゃんは誰のものでもない。汚い手で何をされようが、心が変らない限り潤ちゃんは無垢だっていうことだ」

無垢だと諒三はいった。

正造の胸がぎしっと音をたてた。

何かが胸の奥に入りこんできた。

とたんに正造の体に嫌悪感が走った。勝手すぎる自分に対しての嫌悪感だ。そういうことなのだ。

隣の潤子の顔を見た。

目が合った。

ほんの少しだったが潤子は笑った。眩しかった。無垢の顔だった。以前と変らない潤子がそこにはいた。恥ずかしかった。

「訳のわからん、御託はもういい。俺は俺の女をもらっていくだけだ」

津島が奥に向かって歩こうとしたとき、

「俺の店で勝手なまねは許さん」

諒三が凜とした声をあげた。

津島を睨みつけた。

何かがみなぎっている目だ。

あれは鬼の目だ。

鬼の目が津島を見ていた。

津島が一歩、後退(あとずさ)った。

「素人の目が怖いのか、津島」

そのとき声が響いた。

入口に男が一人立っていた。この男もきていた。サラリーマン風の服装だったが今日はネクタイを締めていない。新藤だ。

「あんた、どこかで見た顔だが、俺と会ったことはあるか」

新藤は妙なことを諒三にいった。

「単なる勘違いだろ」

ぼそっと諒三がいう。

「そうか――なら、津島、ヤクザの意地を見せてみろ」

新藤の言葉に津島が叫んだ。

「表に出ろ、おっさん。でねえと店のなかも客もぼろぼろにするぞ」

空いていた椅子を蹴った。

のそりと諒三が動いた。カウンターのなかから通路を通って引戸に向かった。津島はすでに外に出て諒三を待っている。表情に張りついているのは怒気と、それに怯(おび)えだ。

諒三が津島の前に立った。

津島の拳が諒三の顔面を襲った。

諒三は……。

意外な展開だった。諒三は殴られつづけるだけで何の抵抗もしなかった。津島の拳が諒三の顔から鳩尾へ容赦なく叩きこまれる。だが諒三は無抵抗だ。何の反撃もしない。

新藤が小さく首を振った。

正造はふらりと前に出た。

殴られるだけなら自分でもできる。死ぬかもしれなかったが自分でも……というより、これは自分の役目なのだ。潤子を守るためなら、いくら殴られてもいい。それで命を落したとしても本望だった。

一歩ずつ正造は二人に近づく。

誰が知らせたのか、遠くからパトカーのサイレンの音が聞こえてきた。

おやごころ

夕方の六時ちょっと過ぎ。

『いっぱい』と染めぬかれた、染みだらけの暖簾をくぐり、古ぼけた硝子戸をゆっくりと開ける。

すぐに油と揚げ物と酒のにおいが磯村（いそむら）の顔をわっと襲う。思わず両目を閉じるが、決して不快感からではない。安堵感だ。このにおいを嗅（か）ぐと磯村はほっとするものをなぜか覚える。生きているという気持が、わずかだが取り戻せる。

客の数は数人。

磯村は奥に近い、自分の定席にすとんと尻を落とす。

「いつものやつで、いいですか」

すぐに店主の諒三の、ぶっきらぼうではあるけれど柔らかな声が耳を打つ。

「あっそれ、いちまいセットを」

いったとたん、隣の席からコップが磯村の前に置かれた。

「どうぞ、磯村さん」

ビールを持って笑いかけているのは、すぐ近所に住んでいる、市川という年金生活のじいさんだ。

「これは恐れいります」

素直に礼をいって、磯村は市川のビールを受ける。そうこうしている間に磯村の前にも、ビールの大瓶とコップがとんと置かれる。差しつ差されつの安らぎの時間が、これから始まるのだ。

「どうですか、タクシー業界は」

他愛のないことを市川は訊く。

「だめですね。大手のほうはわかりませんが、俺たちのような十台にも満たない、ちっぽけなタクシー会社は、大きなお得意様もないし、余禄もないし——食ってくだけで精一杯の状態ですよ」

頭を振りながら、今度は市川のコップに自分のビールを満たす。

「景気は上向きって国はいうけど、どこもかしこも儲かっているのは大会社だけで、なかなか末端まではねえ」

と市川がいったところで、磯村の前に揚げ物の皿がそっと置かれた。湯気のあがる大振りの串カツが三本に野菜の串揚げが一本。今夜の野菜は茄子(なす)のようだ。上にはたつぷりの味噌ダレがかけ回してある。

「これこれ」

独り言のようにいって、磯村は串カツを取りあげて口に持っていき、ぐいと噛みしめる。甘くもなく辛くもない、ちょうどいい塩梅の味噌ダレが肉汁と一緒に、どっと口中に染みわたる。両目が細くなるのが自分でも、はっきりわかる。

「磯村さん、やっぱり芥子をつけないと。そのほうが、うまさがぐんと増しますから」

隣の市川が子供の世話を焼くようにいった。

「いや、わかってはいるんですがね。目の前に出されると、すぐに食べないと気が収まらなくてね。その暇がないんですよ」

熱さに口を、はふはふさせながら磯村はいう。

「ごもっとも！」

ふいに市川が大声をあげ、

「実は私もそうなんですよ。一本目だけは、すぐにかぶりつく。たまに上顎を火傷することもありますが、あの一瞬のうまさはそんなものに代えられませんからな。まさに、至福そのもの。その一言につきますなあ」

大袈裟なことをいうが、むろん磯村も同感で反論する気はさらさらない。上顎の火傷は磯村も何度か経験している。しかし、手のほうが勝手に伸びてしまうのだ。

「火傷なんてのは、ビールで冷やせばすぐに治りますからな」

「そうそう、ビールという強い味方があれば、天下無敵です。この年になったら、食べることぐらいしか楽しみはありませんから」

磯村はまだ、口をはふはふさせている。

「この年って、確か磯村さんはまだ五十一のはず。人生、これからですよ」

上から声がかかった。

顔を上げると、濃紺の作務衣に真白な前だれをつけた諒三が、腰に両手をあてて目を細めながら笑っていた。

「そんなことないですよ。俺なんか女房も子供もいないし、このままねぐらのボロアパートで朽ち枯れていくのを待ってるだけの人生だからね」

睨むような目つきで磯村は諒三を見た。

「それをいえば諒さんも同じだ。女房もいないし子供もいない。店といっても、こんな薄汚ねえ、ねぐらでは――」

何かを察したのか、市川が助け船を出すようにいう。

「どこもかしこも呉越同舟。ボロは着てても心は錦で、何とか気力をふりしぼって生きていかないとね」

やんわりと諒三がそれを受けると、

「諒さんは――」

と磯村はそれだけいって、口をつぐんだ。

「人間はみんな、弱い生き物だから」

諒三は誰ともなしにいい、ぺこりと頭を下げて離れていった。

「何だよ、諒さんと何かあったのか、磯村さん」

市川が声をひそめて磯村の顔を見た。

「何にもないけど……」

磯村も声をひそめ、

「ほら、市川さんも関係していた、この前の事件だよ。高校生の女の子を探しにヤクザ二人がこの店にきて……」

「ああ、それが何か？」

「俺もあのときは、この店にいたんだけど。日頃の諒さんの噂から、ヤクザの二人ぐらい、ぽんぽんと片づけるだろうと思ってたら――ぼこぼこに殴られる一方で、あれでちょっと、腹んなかがモヤモヤしてて……」

そういうことなのだ。磯村は何の手出しもせずに、殴られている諒三を見て、涙が出てくるほど悲しかった。この年でファンというのも変だが、磯村は諒三の生き様が好きだった。どこにも属さず、何も欲さず、ただひたすら飄々(ひょうひょう)として生きているのに自分の筋だけは頑(がん)として貫き通す——その諒三がチンピラヤクザにいいように殴られていた。情けなかった。

それを小さな声で、ぼそぼそと磯村は市川に話した。

「ああ、あの件か」

掠れた声で市川はいい、

「あれには磯村さんだけじゃなく、他にも失望した人間がいただろうな。私もけっこう諒さんの活躍に期待してたからね。でも——」

やけに真面目な表情を浮べた。

「でも、何です」

「あのときは、ヤクザの偉いほうが、諒さんの昔を知ってるようなことをいったからね。だから我慢したってことも考えられるんじゃないかな。昔を知ってる人間の前で、ヤンチャをするのは誰しも嫌だろうから」

しみじみとした口調でいう市川に、

「昔を知ってる人間か――そうすると諒さんは昔、ヤクザの世界に身を置いてたって市川さんは？」

磯村は身を乗り出す。

「もしくは、何か罪を犯して刑務所暮しをしていて、そこであいった連中と知り合いになったとかね」

磯村はううんと唸る。

そこまで考えたことはなかった。

「何はともあれ、余計な争いごとはしないのがいちばん。特に、相手を傷つけたり、傷つけられたりとかはね。私はそう思うけどな」

低いがはっきりした口調でいう市川に、

「もちろん、そうだと俺も思うよ。余計な争いごとはしないのが、いちばん」

磯村も慌てて相槌を打つ。

これでまた、諒三に対する磯村の評価が少し変った。全部ではなかったものの腹のなかは収まってきている。が、磯村はヤクザが嫌いだった。客としてクルマに乗ったヤクザに、何度も嫌な目に遭わされた経験があった。

「それにしても、あのとき捕まったのはチンピラヤクザだけで、偉いほうは直接の関与は立証できないということで、お咎めなしというのは残念だった」

本当に残念そうな口調で磯村がいうと、

「まったく、その通り。しかし、私が驚いたのは諒さんの頑丈さ。あれだけ殴られているのに、ほんのちょっとの擦り傷だけで骨には何の異状もないっていうんだから……あれはよっぽど、修業時代に鍛えられてんだろうね。下っ端時代に」

市川が感心したようにいった。

「そういえば――」

磯村の声が普通の調子に戻った。

「さっき、余禄なんかは何にもないといったけど、今日はありましたよ。それも一万円。いやあ、驚きました」

話題を変えるようにいった。

タクシー乗場でひろった客に半日クルマを貸し切りにしたいといわれ、磯村はすぐに了承した。これで今日は目の色を変えて客をひろわなくてもすむことになる。

しかしこの客、都内をぐるぐる回りながら時折クルマを道路脇に停めて、そこで待っていた人間を車内に入れて何やら話していたと思ったらすぐその客を降ろし……ということの連続だった。それが夕方までつづいて、その間に待ち合せた人の数は二十人ほど。

磯村は解放される際ケータイの番号を訊かれ、

「また、頼むぞ。今度は直接、ケータイに電話するからな」

そういわれて、一万円のチップをもらったのだ。

「ほうっ、それは何でしょうな。何やら推理小説の話のようですな」

話を聞き終えた市川はこういって唸るが、何がどうなっているかはわからないようだ。

二人が頭をひねっていると、

「そりゃあ、多分、覚醒剤の受け渡しだと俺は思うぜ」

市川の向こうに座っている男が話に割りこんできた。この男は確か、長距離トラックの運転手をやっているはずだ。

「立ち止まって売り捌(さば)いていると、足がつくということらしくてよ。近頃は電話連絡で指定された場所へ出向いて車のなかで、ひそかに商売する者が出てきたとトラック仲間から聞いたことがある」

とんでもないことを口にした。

しかし、そういわれればその男は頻繁にケータイをいじっていたような。

「自分の車だと足がつきやすいし——おそらく、何度かその片棒を担がされたあと、仲間になれといわれるはずだよ」

「仲間に、俺が、覚醒剤の」

驚きの声を出す磯村に、

「すぐに警察に行ったほうがいい」

上から声が降ってきた。顔をあげると、また諒三である。覚醒剤という言葉に反応してやってきたようだ。

「そんな仕事を何度も受けてたら抜け出せなくなって、大変なことになる。すぐに、警察へ行って事情を話したほうがいいですよ」

「といっても、相手のことは何もわかりませんよ、俺には。今ではどんな人相をしていたと訊かれても、目つきが鋭かったとぐらいしか答えられないし」

磯村の胸に、また諒三に対する反発心が湧いてくる。

「それは警察が考えることで、磯村さんが考えることじゃない。何はともあれ、事実だけは警察に知らせたほうが」

諒三の言葉に市川と長距離トラックの男が同時にうなずくが、磯村にはもうひとつ警察を敬遠する理由があった。

「実をいうと――五番目ぐらいの客だったはずですが、見知った顔がクルマに乗りこんできたんですよ」

これが警察を敬遠する、磯村の最大の理由だった。

「見知った客って？」

上ずった声をあげる市川に、

「市川さんも諒さんも知っている、知子ですよ」

困ったような口調で磯村はいった。

「知子って、あのマンガ家志望だった、樋口知子のことか」

市川の言葉に磯村は首を縦に振る。

「高田馬場あたりの裏道にある、汚いアパートから出てきた女が……」

「そうだったというのか。しかし、あの樋口知子なら、磯村さんは以前……」

市川が呆れた口調でいうと、

「わかってますよ。わかってはいるけど、何となくなあ」

弱々しい声を磯村は出した。

磯村には娘が一人いたが、その娘をネタにした口車に乗せられ、知子に五十万円の金を騙し取られていた。

一人娘の名前は磯村ひなた。磯村自身がつけた名前で、ひなたもその名前は気にいっているようだった。

そのひなたが死んだのは、今から十二年前、小学三年生のとき。原因は重度の肺炎だったが、親の不注意ともいえるものだった。

前日から風邪をひいて学校を休んでいたひなたは、その日は特に調子が悪いようで熱も三十八度近くあった。それまでは薬を飲ませていたのだが、

「ちゃんと、早めに医者に連れていけよ」

妻の亜矢子に、そういいおいて磯村は家を出た。亜矢子は夕方から都内のホテルで行われる同窓会に出る予定だった。

このころの磯村は大手の製紙会社の営業をやっていて、小さな物件だったが池袋のマンションに賃貸で住んでいた。

夜の八時すぎ、磯村が家に戻ると、ひなたの様子が変だった。体が燃えるように熱く、ひどく息苦しそうで呼吸困難をきたしているように見えた。

すぐに亜矢子のケータイに電話すると、今は二次会の真最中だからと、まずいっ

た。

「ひなたのこと、医者はどういってたんだ」

と大声で訊くと「医者は……」と亜矢子は絶句した。

「連れていってないのか、莫迦野郎」

怒鳴りつけてケータイを切り、すぐに救急車を呼んだ。病院に運ばれたひなたは、次の日の朝死んだ。手遅れだった。苦しみながら死んだはずなのに顔だけは、あどけあどけなかった。磯村はいつまでも号泣しつづけた。

その後、亜矢子とは心の折りあいがどうしてもつかなくなり、離婚。磯村は会社も辞め、ホームレス同様の生活を五年ほどつづけてから、ようやく気を取り直して西武新宿駅の裏にある、現在のタクシー会社に勤め出した。

樋口知子に会ったのは一年ほど前、『いっぱい』でだった。

その三ヵ月ほど前から知子は一人で時々この店を訪れていたが、親しく口を利いたことはなく、名前も知らなかった。その日は、たまたま隣同士で座ることになり、初めて磯村は知子と話をした。

そのときの第一声が、

「樋口ひなたです。よろしく」

人形のようにぺこっと頭を下げた。

磯村は驚いた。

死んだ娘と同じ名前の若い女性がすぐ隣にいたのだ。年齢を訊くと十九歳だといった。ひなたが生きていれば同じ年だった。磯村の胸は躍った。娘の生まれ変り……そう考えてみると、くりっとした目と、ちょっと上を向いた鼻がひなたによく似ていた。

ひなたと名乗った知子は、現在この店の裏手にあるボロアパートに一人で住み、マンガ家を目指して猛勉強中だといった。一時間ほど現代のマンガについての自分の考えをあれこれ並べたてたが、磯村にはさっぱりわからなかった。

「とにかく頑張れ、おじさんも陰ながら応援するから」

こんなこととしかいえなかったが、磯村は幸せだった。

話し終えた知子は自分の右手を磯村に見せた。爪は墨汁で黒く染まり、大きなペンダコができていた。

そして帰り際、こんなことをいった。

「せっかくおじさんと知り合いになったけど、来週から私はもう、ここには来られません」

理由を訊いてみると、あちこちに借金をしていて首が回らなくなり、あとは夜逃げをするしか手はないと知子はいった。借金の額を訊いてみると、五十万円ほどだということだった。

「じゃあ、おじさんが出してやる」

すぐに言葉が飛び出した。この娘のためなら、どれだけ金を使ってもいいと思った。といっても、そのころの磯村の預金高は百万円ほどだったが。

磯村は明日、金は持ってくるから夜逃げなどしないで、そのまま頑張れといって知子を送り出した。

翌日の昼、知子のアパートの前までクルマで行き、銀行から下ろしてきたばかりの五十万円を知子の手に握らせた。

「すみません。これでマンガを描きつづけることができます。お金は必ず返しますから。本当にありがとうございます」

目に涙をためて知子はいった。

「金は出世払いでいいから。とにかく頑張れ」

と磯村は励ましたが、その日の夜に知子は姿を消し、そのアパートには二度と戻ってこなかった。

あとでアパートの大家に訊いてみると、知子は半年ほど家賃をためこんでいて、磯村が金を渡した日の夜には出て行く約束がすでにできていたということだ。ひなたという名前が嘘だったのを、磯村はこのとき知った。

磯村は、娘のひなたのことを『いっぱい』の常連の数人に話していた。知子はそれを小耳にはさみ、大芝居を打ったとしか考えられなかったが、磯村の胸に怒りは不思議に湧いてこなかった。知子の目鼻立ちは、やはりひなたによく似ていた。

その知子が、高田馬場の近くの古いアパートから出てきて、自分のクルマに乗りこむのを磯村は確かに見たのだ。向こうは気づいたかどうかはわからなかったが……覚醒剤のせいなのか、知子はかなり老けこんでいるように見えた。肌も髪も荒れていた。

運転をしながら、磯村はぼんやりと知子のことを考える。

警察に行くのは簡単だった。だがそうなれば知子も逮捕されることになる。それは嫌だった。その前に知子を更生させたかった。知子は、ひなただった。幸せになってほしかった。

磯村が『いっぱい』に行くのは普段は週に一度ほどだったが、その夜も磯村は古びた硝子戸を開けていた。市川か諒三と話がしたかった。諒三とのあれこれなど、もう、この際どうでもよかった。

店内を見回すと奥の席に市川がいた。ほっとする思いで、磯村は市川の隣の席にすべりこむように座る。

「市川さん、きてたんだ。よかった」

安堵の声をあげると、

「どうせ今夜もくるだろうと思って、一時間ほど前から待ってたんですよ」

市川は何でもない口調でいった。

「ありがとう、本当にありがとう」

礼をいう磯村の前に、コップとビールがとんと置かれた。

「俺もいるから、ちゃんと仲間にいれてくれないと」

諒三がいかつい顔でうなずいて磯村を見た。

「あっ、もちろん」

磯村の返事を聞いてから、いつものやつでいいですねといって諒三は揚げ場に戻っていった。

「あの知子って娘のことが、磯村さんはよっぽど心配なんだな」

ビールを注ぎながらいう市川に、

「似てるんだよ、やっぱり。目鼻立ちが死んだひなたに……」

いうなり、磯村は内ポケットから財布を取り出し、そのなかから角の擦り切れた写真を取り出した。三つ編みをした小さな女の子が笑いながら写っていた。

「これが、ひなたちゃんか。可愛い子だなあ」

ぽつりと市川はいう。

「ひなたが死んでから肌身離さず持ち歩いているんだが、どうだ市川さん。あの知子っていう娘に似てるって思わないか」

すがるような目を向けた。

「申しわけない、磯村さん。私は、その知子って娘の顔がどうしても思い出せないんだ。何といっても一年前に、ほんの数度顔を見ているだけだから」

市川が頭を下げた。

「ああっ、そうですよね」

磯村が絶望的な声をあげると、

「俺にも見せてくれますか。俺ならぼんやりではあるけれど、覚えているから」

諒三の声が聞こえてきたが、いちまいセットを運んできたわけではない。

「お願いします」

磯村の声と同時に、市川の手から写真が諒三に渡る。諒三は睨みつけるように写真を凝視する。

「確かに似ているといわれれば、目と鼻のあたりが似ているような」

写真を返しながら諒三がいうと、

「でしょう、でしょう」

上ずった声で磯村は大きくうなずく。

「それで、磯村さんは、あの知子っていう娘をどうしたいんだね」

こくっとビールを流しこんでから、市川が声をあげた。

「何とか更生を……」

蚊の鳴くような声で答えた。

「更生はその娘次第で可能だと思いますが、その前にその娘は逮捕されます。磯村さんが事の次第を警察に話せば。それはどうにも止められません」

柔らかな声で諒三がいった。

「そうなんだ。だから俺は――」

磯村はちょっと言葉を切り、

「いっそ、警察にいうのはやめようかと。そうすれば、知子は逮捕されることはないし、八方丸く収まるんじゃないかと」

恐る恐るいった。

「おそらくまた、その売人の男から磯村さんのケータイに電話がありますよ。そのとき磯村さんは、どう対応するんですか。むげに断ればどうなるか……私たちには見当もつかないことになりかねませんよ」

噛んで含めるようにいう市川に、

「それは――」

としか磯村には答えられない。

「それに、その娘の更生はどうするんですか。磯村さんが一人で、引きうけるつもりですか。どう考えても、それは無理だと俺は思いますが」

ゆっくりとした口調で諒三がいう。

「無理ですか……やっぱり」

「おそらく本人がそれを拒否するんじゃないですか。優しく諭すだけでは、本人は動かないと思いますよ。ここはやはり、思い切った手段を取らないと」

決定的な言葉が諒三の口から出た。

「思い切った手段とは——警察を介入させるということですか」

掠れた声でいう磯村に、

「私も、それがいちばんいいと思うよ。警察に身柄を押えてもらって、そのあとにしかるべき更生施設に入れてもらう。これがいちばんいいように思えますよ」

励ますように市川はいい、

「それに相手は反社会的な連中です。何人いるかは知りませんが、このまま放っておいたら、磯村さんの身に危険が及ぶことも充分に考えられるんじゃないですか」

ぶるっと体を震わせた。

「その娘のためにも、磯村さんのためにも。ここはやはり、警察に入ってもらうのがいちばんんです」

諒三の手が磯村の肩にゆっくりと置かれた。分厚くて力のある手だった。

「わかりました」

磯村の両肩がすとんと落ちた。

わかっていた。最初からわかっていたが、磯村の一存では無理だった。誰かに強く背中を押してもらいたかった。そのために磯村はここにきたようなものだった。

「そうときまれば、急いで串を揚げないと。話がまとまるまで串どころじゃないと思って後回しにしました。どうか熱いところを食べてください」

そういって諒三の手は肩から離れ、揚げ場に戻っていった。

「どうですか、この際。警察に話す前に一度、その娘に会って話をしてみたら。住んでいるアパートはわかってるんでしょ」

市川がこんなことをいった。

これは磯村が考えていたことでもあった。

一度知子に会って話がしたかった。むろん、五十万のことではない。知子の今後のことだ。どうしたら、知子が幸せを手にすることができるのか。それを二人でじっくり話してみたかった。

「実は俺もそう思っていたんです。明日にでもアパートを訪ねてみようと」

「そうですか――じゃあ、二人だけで心置きなく話をしてきてください。警察のほうは、その後でいいでしょう」

市川がぽんと磯村の肩を叩き、二人でコップを取りあげて乾杯をしたところへ、諒三がやってきた。

「盛りあがってますね」

そっと、いちまいセットを磯村の前に置いた。

「熱いのを食べてください。野菜のほうはピーマンですから、塩のほうがいいかもしれませんが」

明るい声でいう諒三に、

「今、市川さんから一度知子に会ってみたらどうだといわれて。それで、明日にでも行ってくるつもりだと、話をしていたところなんです」

顔を綻ばせて磯村はいった。

「その娘のところへ、明日ですか」

諒三はほんの少し表情を曇らせ、

「気をつけてくださいよ、磯村さん。覚醒剤は人を変えます。その娘が素直に話を聞いてくれればいいですが、もし、そうでない場合は、とにかく警察のほうへ駆けこんでください。決して一人で深追いはしないように」

念を押すようにいった。

鉄骨モルタル造りの二階建て。

ところどころ塗料がはげ落ちて赤錆が浮きあがり、いかにも古そうだ。何となく建物全体が傾いているようにも見えた。

磯村はアパート脇の道路にクルマを停め、まず一階の表札から調べ始めるが樋口の名前はない。次は二階だ。階段の塗装はほとんどペンキがはがれて赤錆だらけの状態だった。崩れ落ちないのが不思議なくらいだ。

磯村は一軒一軒、ていねいに表札を調べる。樋口の名前があったのは二階のいちばん西の端、墨を使ったのか筆で書かれていた。

腕時計を見ると三時を少し回ったところ。どうせ仕事をしているなら夜の商売だろうと、この時間を選んでやってきたのだ。

ドア横のチャイムをゆっくり押した。

何の返答もなかった。つづけて数回、チャイムを押しつづける。なかで何か動きがあったような——と思った瞬間、いきなりドアが開いて女の顔が覗いた。

「やっぱり、きたんだ」

老けた顔が吐き出すようにいった。

「気づいてたのか、先日のクルマ」

なるべく明るい調子でいうと、

「気づいてたわよ、横顔を一目見て、すぐにわかったよ」

「そうか、それは身に余る光栄だ」

ちょっと皮肉っぽくいってから、

「入らせてもらって、いいかな」

低い声でいった。

「じゃあ、入ったら」

知子は乱暴な口調でいって、ドアノブから手を離した。

「邪魔するよ」

と磯村はいい、玄関口に入りこんだ。

「そこでいいんじゃないの。どっちみち、話すことなんて、ほとんどないし」

知子は玄関を入ったところに膝(ひざ)を抱えて座りこみ、磯村は玄関に立ったまま話をすることになった。

なかを見渡すと部屋は一間きり。トイレはあるようだったが風呂はなさそうだ。すえたようなにおいが部屋中に漂っていた。

「今は何をして食べてるんだ、知ちゃんは」

できる限り親しみをこめていうと、

「水商売」

一言だけ返事が戻ってきた。

「マンガはどうしたんだ。当時あれほど熱っぽく語っていたマンガは」

知子の肩がぴくっと動いたような気がした。

「やめたわ、あんなもん」

はすっぱな調子でいい放った。

「あんなもんって——小さいころから、マンガ家になるのが知ちゃんの夢だったんじゃないのか」

「夢は単なる夢——実現するとは限らないから夢っていうのよ」

「それはそうだけど、それではいかにも惜しいじゃないか」

「惜しいって。おじさん、私のマンガ見たことあるの」

突き放すようにいった。

「見たことはないけど、あれほど熱っぽく語るんだから、さぞ」

「さぞ、何！」

叫ぶような声を知子はあげた。

「うまいんだろうと思って……」

「へただから、なれなかったのよ。ただそれだけのことよ」

うんざりしたような口調でいってから、

「もう帰ったら。おじさんと話すことなんてもうないから。返すお金もないし、ここにいるだけ、無駄――帰らないんなら、怖い人たちを呼ぶことになるよ」

脅しの言葉が出た。

「怖い人というのは、覚醒剤がらみの連中のことか」

「ふうん、知ってたんだ。気がつかないと思ってた。けっこう利口なんだ、おじさん」

「それぐらいのことは誰にだってわかる。それに俺は借金の取り立てにきたんじゃない。あれは、出世払いでいいといったはずだ。あの言葉は今でも立派に生きている」

諭すようにいうと、

「何だ、取り立てじゃなかったのか。なら、上がったらどう」

急に愛想がよくなった。

「えっ！」

と思わず声をあげると、

「上がったらっていってるのよ。私もこんなところで座ってると、お尻も痛くなるし」

知子はゆっくりと立ちあがって、磯村の顔を真直ぐ凝視した。

怖そうな目だった。

店の奥を見ると今日も市川がきていた。

磯村は壁づたいに歩いて、隣の席に腰をおろす。

挨拶をかわしていると、カウンターの反対側で客の応対をしていた諒三が磯村の前に立った。

「いらっしゃい。いつものやつでいいですか……それとも」

強面の顔に笑みを浮べた。

「それともって？」

怪訝な表情を磯村が浮べると、

「今年も始めましたから」

諒三は目顔で揚げ場の脇を差した。

大きな鍋がどんと置かれて、柔らかそうな湯気が立ちのぼっている。鍋のなかから突き出ているのは沢山の串だ。

「おでん、始めたんですか」

思わず疳高い声をあげた。

「そろそろ寒くなる時期ですから。それでというか、何というか。まあ、いつもよりちょっと早めではありますけどね――」

何となく弁解じみたいい方を諒三はした。

「理由はどうあれ、ありがたいね。何たって俺は、ここのおでんの大ファンだから、嬉しい限りですよ」

磯村は本当に嬉しそうな声を出した。

『いっぱい』のおでんは串カツのタレと同様、味噌味だった。タネは、大根、竹輪、半平、里芋、蒟蒻と玉子、それにダシを兼ねた牛スジの七種類のみ。タネはすべて竹の串に刺して、鍋のなかの濃厚な味噌ダレに突っこんである。

「ということは、いちまいセットは、おでんでもいいということなのか」

独り言のようにいう磯村に首を縦に振って諒三は目を細める。

「じゃあ、俺はビールとおでんの、いちまいセットをもらいます」

叫ぶようにいってから、

「タネは、大根と竹輪と里芋。それに、何といっても玉子と牛スジを」

磯村はすらすらと続ける。

おでんのいちまいセットは、ビールまたは焼酎に具が五品だった。

すぐに磯村の前にビールの大瓶と、皿の上に盛られた熱々のおでんが置かれる。

磯村はこの、東京では珍しい味噌おでんが好きだった。どれにしようかと一瞬迷ってから、牛スジの串を右手でそっとつまむ。口に頬張る。甘辛いタレの染みこんだ肉汁が口のなか一杯に広がる。濃厚だった。肉が喉を通り抜ける前後に、こくのある味噌ダレがゆったりとからんでいく。うまかった。

「磯村さん、七味はかけないのか」

隣の市川がビール瓶を手にして声をかけた。

そうだった。味噌おでんには七味唐辛子がよく合うのだ。

「食べるのに夢中で忘れてました」

照れたようにいい、コップを手にして市川からのビールを受ける。喉を鳴らして半分ほど飲んでから、カウンターに置いてある七味唐辛子の容器を手に取って残りの牛スジの上に振る。

ひょっとしたら、諒三は落ちこんでいる自分のために、おでんを店に出すのを早めたのでは――。

容器を戻す磯村の脳裏に、こんな思いがふと浮んだ。そっと顔をあげると諒三はまだカウンターの向こうにいて目が合った。笑っている。思わず頭を下げると、諒三が微かにうなずくのがわかった。

残りの牛スジを頬張った。

「ところで磯村さん。知子のところには行ってきたのか。どういう塩梅になってるんだ」

市川が訊いてきた。

「行ってきたよ……」

磯村はぽつんといい、コップに残っていたビールを一気に飲みほした。

あのとき――。

部屋に上がった磯村は体を固くして知子と向きあった。

沈黙がつづいた。

「何か喋りなよ。せっかく、あげてやったんだから」

嗄れた声がいった。

「そうだな。何か喋らないと勿体(もったい)ないな」

こう答えながら磯村は、どう喋ったらいいのかを考える。むろん、覚醒剤の件だ。知子をこの状況から救う手段である。膝に両手を置いたまま考えをめぐらせるが、なかなか話の切り出し方がわからない。

「お説教だけは、ご免だからね」

そのとき、先手を打つように知子がいった。

「説教をするつもりはないけど、ただ……」

「ただ、何だよ」

「俺は知ちゃんが幸せになってくれさえすれば、それで――」

もごもごした声でいった。

「私の幸せねえ……」

知子は視線を宙に泳がせてから、

「それなら、私を買ってくれない」

ざらついた声でいった。

最初は意味がわからなかった。

「何を莫迦なことをいってるんだ」

少しして叫ぶような声を磯村は出した。

「莫迦なことでも何でもないよ。どうせおじさん、あっちのほうは不自由してんだろ。だったらちょうどいいじゃない。安くしとくからさ、一万円ぽっきり」

両目が真直ぐ磯村を見た。

目尻が吊りあがっていた。が、力のこもらない目に見えた。

「そんなことができるはずがない。俺はただ、知ちゃんに幸せになってほしくて。ただ、それだけで」

「だからぁ」

妙に間延びした声を知子はあげ、

「私を買ってくれるのが、いちばん私の幸せになるってことなの。いい年をして、それぐらいのことがわからないの。莫迦なんじゃないの、おじさん」

今度は一気にいった。

「体を売った金で、また覚醒剤を買うつもりなのか」

思わず怒鳴った。

「射ったときがいちばん幸せ——だから、買って欲しいっていってんじゃない」

いうなり知子は羽織っていた上衣を脱ぎすてた。下はTシャツ一枚だった。

睨みつけた。

さっとTシャツも脱ぎすてた。下には何も着けておらず、小ぶりな乳房が磯村の目に飛びこんできた。綺麗な乳房に見えた。顔には張りがなかったが、ここにはまだ張りがあるように見えた。滑らかだった。

これならまだ後戻りがきく。

素人考えだったが、そう思えた。

「ほら、目の色が変ったじゃない」

薄い胸を突き出すようにして知子がいった。

顔には冷笑が浮んでいる。

「どう思われようと、俺には知ちゃんを買う気はない。だけど」

ぽつんと磯村は言葉を切る。

「だけど、何だよ」

催促するようにいう知子に、磯村は上衣(うわぎ)の内ポケットに手を入れて二つ折りの財布を取り出した。

「金は出す。だけど」

「また、だけどかよ？」

むき出しの乳房を隠そうともせず、知子がいった。

「申しわけないが、これだけしかない」

財布を開いて、なかにある紙幣をすべて出して床の上に置いた。五千円札が一枚と千円札が二枚だった。

「七千円かよ。相変らず貧乏人やってんな、おじさん」

さっと手が伸びて、引ったくるように札を取った。

「せっかくだから、貰ってやるよ」

抑揚のない声で知子はいった。

「それはありがたいな」

磯村はできる限り優しい声でいい、

「じゃあ、俺はもう帰るから」

ゆっくりと立ちあがった。

「七千円分、やってかなくていいのか」

冗談とも本気ともわからないことを、知子はいった。

「そんなに安くはないだろ。知ちゃんの体は。もっと、自分を大切に扱ったほうがいい。それだけの価値があるはずだから」

そういって磯村は靴をはき、アパートの外に出て扉をゆっくりと閉めた。

「ある意味、けっこうな修羅場だったじゃないですか」

話を聞き終えた市川が唸り声と共に、こんなことをいった。

「確かにねえ。だけど、部屋にあげてくれてほっとしています。これで、取っかかりができましたから」

磯村は手酌でビールを注ぐ。

「その口振りだと、知子のアパートにまた行くつもりなんですね」

という市川のコップにも、ビールを注いでやる。

「行きますよ。こうなったら、何度でも行きますよ。殴られようが蹴られようが、あの娘が覚醒剤をやめる決心がつくまで、何度でも足を運ぶつもりでいます」

はっきりした声で磯村はいった。

「いいですね、それは」

カウンターの向こうの諒三が声をあげた。

「あの娘は今、居場所がなくなってきてるんですよ」

「居場所がなくなるとは？」

市川がコップを置いて訊いた。

「覚醒剤を常用してると、日頃の言動がおかしくなるのは確かです。そうなると周囲から妙な目で見られて浮いてしまい、必然的に普通の社会とは縁遠くなって孤立してしまう」

「そうすると、どうなるんですか」

磯村は身を乗り出した。

「裏社会に自分の居場所を見つけて、はまりこむことに——あの娘は今、そのとば口にいるんじゃないかな。あれからまだ、一年ほどしかたってないし」

「ということは、まだ救うことは充分できるとも……」

「もちろん」

諒三は強い口調でいい、

「そして覚醒剤の場合、若年層の再犯率は中高年に較べてかなり低くなっていますしね」

強面の顔を縦に大きく振った。

「若年層の再犯率が低いというのは、何でだろうね」

市川が真面目(まじめ)な表情で訊いた。

「次の居場所を見つけるのが容易なんですよ。いざとなったら簡単に転居できるし、仕事を変えることも難しくない。その点、中高年はなかなか」

「そういうことか。私たちがそういうものに手を出した場合、立ち直るのは容易じゃないということか」

市川の言葉にかぶせるように、

「詳しいですね、そういうことに諒さんは」

ぼそっと磯村はいった。

諒三の顔がほんの少し歪んだ。

「ところで磯村さん。食事のほうはどうします」

話題を変えてきた。

「お願いします。これでいただきますから」

皿のなかに残っている玉子を目顔で差した。

味噌の染みこんだ玉子は飯とよく合った。文句なしにうまかった。そういえば知子も、味噌おでんの玉子が好物だったことを磯村はこのとき思い出した。

知子のアパートを再度訪ねたのは、三日後だった。時間はこの前と同じ三時頃だ。

ドア横のチャイムを鳴らすと、少ししてからチェーンを外す音が聞こえた。ゆっくりとドアが開いて知子が顔を覗かせた。

「入ったら」

顎をしゃくった。

この前と同じように、なかに入りこんで正座した。

「私の体を買いにきたの」

蓮っ葉(はすっぱ)な調子でいった。

「買いにきたわけじゃないが、金は持ってきた」

さらっといった。

「へえっ……」

驚いた表情を知子は浮べた。

磯村は内ポケットに手を入れ、五千円札一枚と千円札二枚を取り出して知子の前にそっと置いた。

「えっ、今日も七千円なの？」

驚いた表情は、まだ顔に張りついている。

「貧乏なタクシーの運転手には、これぐらいが精一杯だからな」

「貧乏か」といって知子は札を凝視していたが、すぐに手が伸びてきて七千円をつかんだ。

「貰っとくわ。私もおじさんと同じで、貧乏だから」

自嘲ぎみにいってから、

「でも、なんでこの前と同じ七千円なのよ。何か訳でもあるの」

怪訝な表情を浮べた。

「訳か――」

ぽつりと呟いて磯村は天井を見上げる。

先日、知子は一万円で自分の体を買えといった。だから一万円以上をわたすのは嫌だった。いやらしい金のように感じられた。それに、知子がいうように磯村は決して裕福ではない。七千円が精一杯の額といえた。給料でまかなえなくなったら、わずかな預金を取り崩していくつもりだった。磯村は長丁場を覚悟していた。

「七千円は入場料といったところかな」

できる限り柔らかな表情でいった。

「入場料！」

呆気にとられた顔を知子はした。

「ちょっとした催しの、一等席の値段だと考えてもいいな」

冗談っぽく磯村はいう。

「一等席の値段か――」

独り言のように知子はいい、

「じゃあ、ストリップでもしようか。全部脱いで、ご開帳ということで」

こちらは冗談でもなさそうな口調だ。

「それじゃあ、七千円では安すぎて後味が悪くなるから、やめにしよう」

慌てて顔の前で手を振ると、

「ふうん」

と知子は鼻にかかった声をあげ、

「面白いね、おじさんて」

ほんの少し笑った。

それからは他愛のない話に終始した。

タクシー業界のことや芸能界のこと。町の噂話や子供のころのこと……一人娘のひなたのことと、覚醒剤に関する話は決して口にしなかった。

磯村は一時間ほど、ほとんど独りで喋りつづけてから「どっこいしょ」といって、ゆっくり腰をあげた。さすがに疲れたが、そんな表情は顔に出さない。

玄関で靴をはいたあと、

「『いっぱい』で、味噌おでんが始まった。知ちゃんの好きだった玉子とか……この前食べたけど絶品だった」

ぽつりと口にした。

むろん、返事は何もなかった。

それから二、三日置きに磯村は知子のアパートを訪ねた。部屋に入って七千円を出し、一時間ほど、とりとめのない話をしてアパートを後にした。

何度目だったか、アパートを訪ねた帰り際、知子はこんなことをいった。

「多分、近々梅谷(うめたに)から、おじさんに連絡があるはず。タクシーの貸し切りの件で」

梅谷とは覚醒剤の売人の名前だ。

「断ったほうがいい」と、知子はいった。

「そうだな、断ったほうがいいよな——事前に聞いておけば心の準備もできるから助かるよ、ありがとう」

素直に嬉しかった。だが、そういう情報を知子が知っているということは、梅谷たちとまだ繋(つな)がりがあるということでもある。

「断ったほうがいいけど……」

知子はまだ何かを話したそうだ。

磯村は知子の顔をじっと見る。

「私、おじさんのことを梅谷にいろいろ話したから。初めにおじさんが梅谷をタクシーに乗せて、このアパートにきたあとに。住んでいるところや、一年前に、『いっぱい』でおじさんと知り合っておきた、あのことや、いろんなことを面白おかしく。だから、梅谷はおじさんのことといろいろ知ってるから」

掠れた声で知子はいった。

「しかし、まあ。殺されはしないだろうから大丈夫だよ」

そんな間尺に合わないことをプロがするはずがない。精々が脅されるぐらいで、命の危険はないはずだ。

「だけど、あいつは執念深いから。あいつ自身が、シャブ中だし」

物騒なことを知子はいった。

「大丈夫だよ。極力気をつけるから。知ちゃんが心配することはないよ」

諭すようにいうと、

「ごめん」

わずかだったが、知子は頭を下げた。

磯村の胸がどんと鳴った。

知子は変ってきている。覚醒剤との縁は切れていないようだが、心のほうは確実に変ってきている。心を開いてきている。もう少し辛抱強く、ここに通えば。

知子がいった通り、その日の夜、磯村のケータイに梅谷から電話があった。ちょうど『いっぱい』にいるときで、諒三や市川と話をしている最中だった。

「また、車を半日ほど貸し切りにしたいんだが」

と梅谷はいった。

「申しわけないんですが、その件はお断りしようと……」

いくら事前に知らされているとはいえ、磯村の胸の鼓動は速くなっている。相手は堅気ではないのだ。

「こんないい話を断るってえのか、磯村さんはよう」

ドスの利いた声を梅谷は出した。

「はあ、いくらいい話でも、この件はちょっと。私は普通の市民ですから、そういう話に乗るわけには……」

声が震えてくるが仕方がない。

「そういう話なあ……まあ、いい。とにかく余計なことは誰にもいうな。いえば、あんたの身がどうなるか。そのあたりは、よくわかってると思うがよ。まあ一度、腹を割って話をしようじゃねえか。あんたが知子に騙された串揚げ屋でもいいからよ」

嘲笑するように梅谷がいった。

「あっ、それはちょっと」

と否定の声をあげたとたん、

「また、連絡する」

ぷつんと電話は切れた。

「例の覚醒剤の売人か」

心配そうな口振りの市川に、磯村は何度もうなずきを繰り返す。顔色が青くなっているのが自分でもわかった。

「一度、この店で腹を割って話をしようと、そいつが」

「この店で、そいつと話!」

ぶるっと市川が体を震わせた。

「いざとなったら、警察にかけこめばいい。向こうだってそれぐらいのことは百も承知だから、とんでもないことはしないはずだ」

カウンターの向こうの諒三がいった。

「そうなんだろうけど、知子の話では梅谷はシャブ中だっていうから」

「シャブ中ですか、その男」

低い声でいって諒三は太い腕をくんだ。

「その知子なんだが、こんな物騒な電話があって、この先どうするんだ。もう行かないつもりなのか」

市川が、これも心配そうにいった。

「そんなことは絶対にない。せっかく心を開きかけてくれてるんだから。これぱっかりは殺されても行きますよ。何がどうなろうと、アパート通いはつづけますよ」

知子の名前を耳にしたとたん、体に力がこもるのを磯村は覚えた。たとえ名前は違っていても、知子は一人娘のひなたと同義だった。誰が何といおうと、磯村にとって知子はひなただった。

磯村が知子のアパートへ通い出して、そろそろひと月になろうとしていた。

季節も秋から冬に変っている。北風が吹き始め、朝晩は冷えこみが強くなった。磯村はいつものように知子の部屋の前に立ち、ドア横のチャイムを押す。すぐにドアが開いて知子が顔を覗かせる。

部屋のなかに入ると今日はストーブが焚(た)いてあった。

「おっ、もうストーブか」

素頓狂な声をあげる磯村に、

「年寄りに寒さは、辛いだろうと思ってさ」

冗談っぽく知子はいった。

知子は確実に変ってきていた。口調に蓮っ葉なところがなくなってきた。いい傾向だったが、知子はまだ覚醒剤を射ちつづけているようだ。

これもいつものように、磯村は知子の前に正座して内ポケットに手を入れて五千円札一枚と千円札二枚を取り出して床の上に置いた。入場料だ。一等席だ。

知子がその三枚の札を凝視する。

いつもならすぐに手が伸びるのだが、今日はなかなか伸びてこない。しばらく待ってみるが知子は動かない。

「どうしたんだ、知ちゃん」

心配になって声をかけると、

「入場料はもういらない」

思いがけない言葉が返ってきた。

「いらないって、それは……」

磯村は呆気にとられた声を出す。

「私の芸は未熟すぎるから、お金を貰うなんてとてもできない」

「…………」

「この舞台から私は降りる」

いっていることが、よくわからなかった。

「覚醒剤、やめることにする」

ぼそっといった。どことなく恥ずかしそうなかんじだった。尖っていた何かが外れて、普通の女の子に戻ったような。

「やめるって、本当にやめるのか」

怒鳴った。胸の鼓動が速くなった。

「やめる。このままやってたら、五十万円騙し取った、おじさんに悪いから。ずっと私の我儘（わがまま）を聞いて優しくしてくれた、おじさんに悪いから。なかなかいえなかったけど、今日はいうつもりで、おじさんを待ってた。だけど……」

ぷつんと言葉を切った。

「やめようと思っても、そう簡単には」

肩を震わせた。

大粒の涙が知子の頬を伝った。

「やめられるさ。知ちゃんは一人じゃない。俺がついてる。何としてでもやめさせる。二人で一緒に頑張ろう」

磯村は知子の手を握りしめた。

「それに、警察にも行く。知ってることは全部話す。逮捕されるんだろうけど、それがいちばんいいと思うから」

泣きながら知子はいった。

「そうだな、それがいちばんいいな。それがいちばんだな」

磯村の鼻の奥も熱くなった。

むしょうに嬉しかった。知子が逮捕されるのは悲しかったが、それでも嬉しかった。知子はまだ若いのだ。やり直しは何度でもきくのだ。先は長いのだ。

「よしっ。そうときまったら、『いっぱい』へ行こう。諒さんや市川さんには随分心配をかけたから。二人で行って今の気持を報告しよう。もちろん、そのあとには、『いっぱい』特製の串揚げと、熱々のおでんを食べて」

叫ぶように磯村はいった。

「『いっぱい』へ私が行ってもいいの。あそこはおじさんを騙したところだよ。そんなところへ私が行って……」

「いいさ。あそこにくる人は、みんないい人ばかりだから。喜んで知ちゃんを迎えてくれるはずだ。大威張りで行けばいいさ」

だが、磯村にはひとつ気になることがあった。

梅谷のことだ。このあと、あの男がどんな行動をとるのか予測できなかった。何かが起こる前に警察に逮捕してもらわなければ——そういったことも含めて磯村は諒三と市川に話を聞いてほしかった。

一時間後——車を会社に戻した磯村は知子と一緒に『いっぱい』の奥の席に並んで座っていた。

カウンターの前には諒三もいるし、隣には市川もいる。電話をして、わざわざ出てきてもらったのだ。『いっぱい』は店を開けたばかりで、客は磯村たちだけだった。

「何はともあれ、めでたい」

市川の音頭（おんど）で、四人はビールの入ったコップを高くあげて乾杯した。

「それで、警察にはいつ？」

ビールを飲みほした諒三がいった。

「今夜はうちのアパートに泊ってもらって、明日の朝一番に行こうと思っています」

磯村の言葉に、

「じゃあ、俺も一緒につきそって行こう。何の力にもなれないかもしれないけど」

機嫌よく諒三がいった。

「じゃあ、私も一緒に。こんなときは大勢のほうが何かと心強いからね」

市川がすぐに同調した。

「すみません。私のような女のために」

素直に知子が頭を下げた。

「何をいってるの、知ちゃんはまだ若いんだから。年寄りが若い人のために手を貸すのは当然のことで、気にすることなんてないから」

市川が怒鳴るようにいった。

「体から覚醒剤を抜くのは割に容易だけど。脳のほうもその感覚をしっかり覚えていて、それを抜くのはかなり大変だから。腹を括ってやらないと」

発破をかけるように諒三はいい、

「ところで、知ちゃんの脇に大事そうに置いてある大きなバッグだけど。それはいったい何が入ってるんだ」

美大生が持つような大きなバッグを、目顔で差した。一緒にアパートを出るとき、知子がわざわざ持ってきたもので、中身は磯村も知らなかった。

「これは……」

知子はちょっと恥ずかしそうな表情を浮べ、

「私が中学生のとき、初めて描いたマンガが入っています」

うつむいていった。

「あっ、マンガか」

諒三が納得した声をあげた。

「タイトルは『小さな恋と大きな風船』というもので、中学生の恋愛をあつかった幼稚なものですけど、これを私、磯村さんに見てほしくて、それで」

また、恥ずかしそうにいった。

「なら見よう。ここで見よう。みんなで見よう」

市川が大声でいった。

「ここでですか。アパートに行ったとき、ひそかに見せようとおもってたんですけど。ここで見せるんですか」

「そりゃあ不公平だ。磯村さんだけなんて酷すぎる。そういうのはやっぱり、みんなで見ないと」

市川がまた大声を出した。

「それはいいですけど。けっこう私、恥ずかしくって、それで」

知子は本当に恥ずかしそうだ。

「いいだろ、磯村さん。ここでみんなで見たって」

市川の矛先が磯村に向かった。

「いいよ俺は、どこで見たって。俺も早く見たいというのが本音だし。なあ、知ちゃん、ここでみんなで見たらどうだ」

磯村が駄目押しの一言を口にした。

「いいですけど、本当に恥ずかしくって――でもみなさんがそういってくれるなら」

と知子が承諾の言葉を出したとき、磯村のポケットのケータイが音をたてた。

画面を見ると非通知の電話である。通話ボタンを押すと低い男の声が響いた。

「磯村さんか、梅谷だけどよ」

覚醒剤の売人の梅谷だ。

「あんた。まさか、知子と一緒じゃねえだろうな」

ドスの利いた声がいった。

「えっ、そんなことはないですよ。私は一人で酒を飲んで飯を食ってますから」

とっさに、でたらめをいった。

「じゃあ、『いっぱい』にいるのか。まだ夕方だっていうのに、いい身分だな、磯村さんよ」

皮肉めいたことをいう梅谷に、

「ところで知ちゃんが、どうかしたんですか。何か用事でもあるんですか」

さりげなく理由を訊くが、語尾が震えるのが情けない。

「大ありだぜ。あのアマ、近頃様子がおかしくてよ。何かやらかすんじゃねえかと胸騒ぎがして、アパートのほうにも店のほうにも行ってみたが姿はねえし。警察にチンコロでもされたら目も当てられねえことになるから、こうして探してるんだ。てめえも隠し事なんぞしたら、ただじゃおかねえからな。とにかく知子は一緒じゃねえんだな」

「一緒じゃ、ありません」

きっぱりといい切ったとたん、電話はぷつんと切れた。磯村は電話の内容を諒三たちにざっと話して聞かせる。

「まずいな」

ぽつりと諒三が呟いた。

「磯村さんの嘘に気がついてなければいいが、気がついてたとしたら、三十分以内にここにやってくるだろうな。電話は多分、遠くからじゃないだろうから」

「やってきますか、ここへ」

市川がごくりと唾を飲みこんだ。

知子の顔は真青だ。

「何がやってこようが、知ちゃんを俺は守る。命を懸けても俺が守る」

悲痛な声を磯村はあげた。磯村にとって知子はやはり、ひなただった。

「とにかく。こうなったからには明日といわず、この足で警察に出向いたほうがいいな。そのほうが安全だ」

諒三の言葉に三人はすぐにうなずく。

「その前に、味噌おでんの玉子を、知ちゃんに食べさせてやってくれないかな、諒さん。知ちゃんは、ここの玉子のおでんが大好きだったから」

磯村の哀願するような口調に、

「お安い、御用だ」

諒三はさっと動き、皿の上に湯気のたつ玉子のおでんをのせてきた。

「熱いから気をつけてな」

諒三の言葉に知子はうなずき、ふうふういいながら玉子を食べ始める。

「おいしい！　やっぱり玉子は味噌がいちばん。なかにまで味が染みこんで、本当に頬っぺたが落ちそうなぐらい、おいしい」

青かった知子の顔に血の気が戻っていくような食べっぷりだ。

「頬っぺたが落ちそうか――これはまた昔風のいい回しだなあ」

磯村が目を細める。

知子が半分ほど玉子を食べたとき、入口の戸ががらっと開いた。大柄で人相の悪い三人の男が店のなかを睨みつけていた。そのうちの一人は梅谷だ。

「思った通り、やっぱり嘘だったか。磯村さんよ、嘘はもう少し上手につかねえとな」

薄笑いを浮べて磯村を睨みつけた。

「おい、知子。こっちへこい。てめえはヤキをいれて、しばらくこっちで監禁する。性根を叩き直さねえと、危なくってかなわねえからな」

怒鳴りつけた。

知子の体がびくんと震えた。

「ほら、さっさとこんかい。でねえと、他の人間が痛い目にあうことになるぞ」

手招きした。

知子が椅子から立ちあがった。

「行くことはない」

声をあげたのは諒三だ。

「何だ、てめえはよ」

梅谷の視線が諒三に移る。

「俺の店で勝手なまねは許さん」

梅谷たち三人を睨みつけた。

凄まじい眼光だった。

これはやはり、鬼の目だ。

梅谷たちの表情に微かに狼狽が走るのがわかった。

「何だよ。てめえが相手になるっていうのか。上等じゃねえか。表に出ろよ」

それでも肩をそびやかして梅谷はいった。

諒三が動いた。梅谷にいわれるまま、諒三はゆっくりと厨房を出た。梅谷たちは、すでに表に飛び出している。諒三もそれにつづいた。磯村、市川、知子の三人も順番に表に出る。知子の胸にはマンガが入っているという、大ぶりのバッグがしっかり抱えられていた。

諒三と三人が向かいあった。

「やったれや」

梅谷の声が飛んで、二人の男が左右から諒三に殴りかかった。結果は呆気なかった。左からの男の拳を諒三はひょいと顔を動かしただけでかわし、同時に右の拳をその男の顎にちょんと当てた。その一撃で男は呆気なく路上に沈んだ。

右からの男の拳は簡単に左腕で払われ、反転した諒三の左の拳がフックになって脇腹を襲った。男は体を二つに折って苦しさに転げまわった。残ったのは梅谷一人だ。

「てめえ、いったい何者だ」

梅谷は明らかに怯えていた。

腰を低く落して、懐から何かを抜いた。匕首（あいくち）だ。誰かの口から甲高い悲鳴があがった。

「ぶっ殺したる」

梅谷は肩で大きく息をした。

その瞬間、入口を出たところで勝負を見守っている知子に向かって梅谷は走った。

「元はといえば、てめえのせいだろうが」

叫び声をあげて梅谷は知子に突進した。

諒三も走った。だが、間に合わない。

そのとき、磯村が知子の体に飛びついた。梅谷の匕首は磯村の脾臓(ひぞう)のあたりに深々と埋まった。血がさあっと飛び散った。諒三の右の拳が梅谷の顔面をまともにとらえた。一発で梅谷の顔はつぶれ、血まみれに変った。大の字になって倒れこんだ。

「市川さん、救急車」

諒三が叫んだ。

「磯村さん、気をしっかり持って。磯村さん」

怒鳴った。

「知ちゃんは、知ちゃんは……」

細い声が磯村の口からもれた。

「知ちゃんは無事だ。無傷だ」

諒三が耳許で叫ぶ。

「磯村さん、これを見てください。これを」

知子が泣いているような声をあげた。

手にしているのは中学のときに初めて描いた『小さな恋と大きな風船』のマンガ

だ。ケント紙に描かれたタイトルの下には作者の名前があった。そこには。

樋口ひなた――とはっきり書かれてあった。

ひなたは知子の偽名ではなく、ペンネームだったのだ。知子は決して磯村を騙していたわけではなかったのだ。

「いおう、いおうと思ってたけど、機を逃してしまっていえなかった」

知子は独り言のようにいい、

「磯村さん、お願いだから目を開けて、これを見てください」

ありったけの声で叫んだ。

救急車の音が聞こえてきた。

姥桜（うばざくら）が咲いた

味噌おでんは好かなかった。

静枝の生まれ育った神奈川では、おでんといえば鰹だしの醤油味で、それ以外のものは考えられない。

それでも店のいちばん奥に座った静枝の前に味噌おでんの、いちまいセットが並んでいるのには訳があった。この店にくる馴染みの男たちは、これを美味だという。どこがどう美味なのかは食べてみないとわかるはずもなく、だから静枝は今夜初めて『いっぱい』で味噌おでんを頼んだ。

静枝は今年六十四歳である。

年の数は物を食べてきた歴史の積み重ねともいえ、その自分の舌が味噌おでんにどんな反応をするのか。楽しみといえば、そうでもあった。

静枝は皿の上のおでんを睨みつけるように見る。大根、竹輪、里芋、蒟蒻と、それに玉子だ。ここの半平は、なんと茶色をしているし、牛スジは最初から口に合わないものと決めてかかっていた。

静枝はまず大根を箸で割って、そっと口に入れる。すぐに甘辛の強い味が舌の上にへばりつく。が、これは良し。それなら竹輪はと口に運ぶと、荒っぽい味だがこれもまあ……結局全部食べ終えて静枝が出した結論は、悪くはないの一言。もっと正直にいえば、欠点が見つからなかったといってもいい。

しかし、味を別にすればひとつだけ大きな問題があった。食べたあとの皿だった。食べかすと味噌がまざりあって、いかにも見た目が悪い。これは串揚げにもいえることで、汚れが酷かった。

「どうですか、静枝さん。初めて食べた味噌おでんの感想は」

カウンターの向こうから、強面の諒三が声をかけてきた。

「味が濃い分、満足感が大きくて悪くはないんですけど、ただ――」

静枝は一瞬いい淀んでから、

「食べたあとの器が……ぐちゃぐちゃになって、汚いというか何というか……ごめんなさい、諒三さん」

申しわけなさそうにいった。

とたんに強面の諒三の顔が、ぐにゃりと歪んで大口を開けて笑い出した。

「それは静枝さんのいう通りです。味のうんぬんをいわれれば反論もできるけど、そこのところをつかれると何とも」

太い首を手のひらで叩きながら、

「いいようがないなあ。容れ物が、ぐちゃぐちゃになるのは確かですから。あとは慣れてもらうしかね、その潔癖症の部分を何とか」

諒三はそういって、静枝の前を笑いながら離れていった。

皿の上にはまだ玉子が半分残っている。これは飯を食べるときのために取っておいた。実をいえば、味噌おでんの玉子はけっこう好きだった。味噌と玉子はよく合った。

「潔癖症の部分か……」

箸で玉子をころりと転がしながら、静枝は離れぎわに諒三のいった言葉を反芻する。これは静枝がここのところ、真剣に自問自答している言葉でもあった。

「静枝さん、おまけです」

いつのまにきたのか、諒三が静枝の前に串揚げが三本のった皿を置いた。

「野菜の串揚げですから塩をかけて食べてください。味噌じゃないから、器は汚れないはずです」

「あっ、ありがとうございます」

素直に礼をいうと、

「そろそろ、島川さんか長友さんが現れるころでしょうから、命の洗濯ということで楽しく飲んで楽しい話でもしてください」

それだけいって離れていく諒三の背中から、視線を店の壁にかけてある古いゼンマイ時計にやると八時半を少し回っていた。

五分ほどすると、諒三がいった通り島川がやってきた。

「おっ、静ちゃんが、おでんを！」

嬉しそうに顔を綻ばせて隣の席に座り、串揚げのいちまいセットを頼んだ。

長友が顔を見せたのはこの十五分ほどあとで、こちらは静枝の顔を見て、

「大当たり！」

と叫ぶようにいい、味噌おでんのいちまいセットを頼んで島川の隣に座りこんだ。

簡単にいえば、島川も長友も静枝の取りまきといったところだった。

家に帰ると十時をまわっていた。

静かな足取りで、奥の寝間に行くと、夫の寛は介護用のベッドでおとなしく仰向けになって眠っていた。

わずかに口を開けて小さな鼾をかいている。無精髭が目立っていたが、剃るのは二日に一度で明日の朝だ。頭頂部に髪はほとんどなく頬もすとんとこけていて、実際の年よりもかなり老けてみえる。

「おじいさん」

枕許に腰をおろして小さく口に出して呼びかけてみるが、寛はうんともすんともいわない。小さな鼾をかいているだけだ。

この人がおじいさんなら、私はおばあさんと胸の奥で呟いてから静枝は慌てて首を横に振る。

「私はまだまだ、米屋小町だから」

今度は大きく首を縦に振って、両膝をぽんと叩いた。

静枝が『いっぱい』と同じ町内の浅野米穀店に嫁いできたのは四十二年前のことで、二十二歳のときだった。

相模原の高校を出た静枝はそれまで地元の信用金庫に勤めていたが、親類筋から西武新宿駅裏で米穀店をやっている浅野寛との見合話が持ちこまれ、数度会ってから、あっさり結婚をきめた。七つ違いの寛は実直そうな男だったし、何よりも静枝をその気にさせたのは西武新宿駅裏という、浅野米穀店の立地条件だった。万事控えめな性格だったが静枝は都会に憧れを持っていた。

静枝は誰が見ても美人だった。それも鋭角的な顔ではなく、柔らかで優しげな顔立ちだったので大抵の男からは好かれた。浅野米穀店に嫁いできたとき、町内の男たちは静枝のことを陰で米屋小町と呼んで憧憬（しょうけい）の目を向けた。すでに人妻の静枝に言い寄る男もかなりいたが静枝はむろん、見向きもしなかった。静枝は身持ちが固く、夫の寛が最初の男だった。

小さな浮き沈みは何度もあったが、米は毎日の主食ということで食いっぱぐれはなく、女の子供も一人授かって静枝の描いた華やかさはなかったものの、堅実で平穏な毎日がつづいた。

一人娘も無事に嫁がせ、肩の荷を下ろして十三年目。静枝が還暦を迎えたときに夫の寛が脳梗塞（のうこうそく）で倒れ、幸い一命は取りとめたが右半身の自由が利かなくなった。年がいっていることもあり、商売をやめることに未練はなかったものの、それからはわずかな年金と蓄えの金を取り崩す生活になった。そして、一人では何もできなくなった寛の介護が待っていた。毎日が戦争になったが、それはそれで仕方がないと静枝は諦めている。

「さてと」

自分も寝ようと声に出して静枝が立ちあがろうとすると、ベッドの上の寛の両目がゆっくりと開いた。

「あら、起こしちゃいましたか」

明るい声でいうと、

「いや、そろそろトイレにな」

ざらついた声で寛はいった。麻痺(まひ)のせいで滑舌(かつぜつ)はかなり悪い。

「そうですね。そろそろトイレに行ったほうがいいかもしれませんね」

ベッドの脇にまわりこむと、

「息抜きは楽しかったか」

やや大きな声でいった。

「おかげさまで、いい息抜きになりました。ビールとおでんで格安の千円という値段ですけど、今の我が家には勿体ないことですから。その点は感謝しています」

強くもなく控えめにもしていたが、静枝はもともと酒が好きだった。

「それで心が安まるなら、いいじゃないか」

ぼそっと寛はいう。

たまに諒三の店に行くことは寛も了承していることだった。正直なところ、そんなことでもしなければ静枝の心は折れていたかもしれない。

『いっぱい』に静枝が行き出したのは半年ほど前から。病人の介護に疲れきって、口数も少なくなり愛想も悪くなった静枝に、何か息抜きをしてみたらと勧めたのは寛のほうだった。まさか寛の口からそんな言葉がと最初は驚いたが結局、静枝はそれに素直に従い、今に至っているのだが――。

肩を貸して、ゆっくりと寛をベッドから下ろす。そこで一息つき、体勢を整えて、そろそろと二人三脚の格好で歩き出す。最初のころはトイレに入る直前で寛がもらしてしまうこともあったが、要領とコツを覚えこんだ近頃はそういうことも滅多にない。

トイレに入り、パジャマとパンツをひとつにして下ろし、体を支える。寛は左手を使って放尿する。ゆっくりとゆっくりと……。

トイレを出るとき、壁にかけてある小さな鏡に静枝の顔が映った。三つ四つは若く見えるが、やはり還暦を迎えた顔だ。いくら若いころは美しかったといっても鏡に映る顔は正直だ。だが、年寄りの顔が年寄りに見えない場合があることを静枝は知っている。それもすべて、諒三の店に通うようになってから知ったことだった。

いつもの、いちばん奥の席に座り、静枝は首を反らして両肩をぐるぐる回す。

「お疲れのようですね」

カウンターの前にきた諒三が柔らかな声をかける。

「今日は車イスに主人を乗せて散歩する日だったので、かなり」

背中を反らして静枝はいう。

「車イスで散歩ですか。どれぐらいの時間、そうするんですか」

「あっちこっちと主人から指示が飛ぶので、二時間以上は車イスを押すことに」

笑いながら静枝がいうと、

「それは大変だ。静枝さんはまさに奥さんの鑑といったところですね」

諒三も強面の顔に笑みを浮べる。

「そんなんじゃありませんよ。その証拠に六十過ぎの女が、こういうところにきてビールを飲むことになるんですから。いくら息抜きといっても、多少の引け目は感じます。これでも昭和の女ですから」

ひょいと首を竦める。

「昭和の女ですか――いいですね、その言葉。何となく奥床しさを感じますね。そして一本気なところも」

諒三の言葉にはたして自分は一本気なんだろうかと静枝は自問自答する。何の文句もいわずに寛の介護をしているのだから、一本気とはいえるのだろうが。そして寛しか男を知らないことも、しかし……。

「ところで今夜は何にしますか。串揚げですか、それともおでんですか」

諒三の強面の顔がじっと見ている。

「あっ、今夜もおでんにします。あれも決して悪くない味ですから」

慌てていうと、

「またしても、おでんに挑戦ですか。早く潔癖症が直るといいですね。タネはこの前と同じでいいですか」

静枝がうなずくのを確認して諒三はその場を離れる。

しばらくして、湯気の立つおでんの皿が静枝の前にそっと置かれ、コップに諒三の手からビールが注がれる。

「ごゆっくり」

それだけいって諒三は背中を向けた。

長友がやってきたのはそれからすぐだった。静枝の隣の席にさっと腰を下ろした。

「おっ、今日もおでんか。ようやく静ちゃんにも味噌おでんの良さが、わかってきたようだな」

長友は機嫌よくいい、揚げ場に向かって「諒さん、私にもおでんのセットね」と大声で伝える。

「味噌おでんの良さというより、味はわかったような気がするわね。おでんだと思わずに、味噌味の煮物だといい聞かせれば、すとんと胸に落ちて、おいしいなあと思うもの」

竹輪をこくっと飲みこんで静枝はいう。

「相変らず静ちゃんは真面目で融通(ゆうずう)が利かないなあ。そんな面倒なことを考えなくても、味噌おでんは味噌おでんでいいような気がするけど」

長友が軽く頭を振ったとき諒三がやってきて、おでんの皿とビールがカウンターの上に置かれる。

「今夜は島川さん、遅いですね。いつもなら、もう、そろそろなのに」

諒三の問いかけに、

「もう、くるとは思うけど——どうなんでしょうね、あいつはまだ仕事を持っている身だから、今夜は顔を見せないかもしれませんね」

長友は少し顔をしかめて答える。

「そうか、島川さんはまだ左官屋の現役か、なかなか大変だ」

「大変なのは違いないけど、年を取っても仕事があるってことは羨しい限りだよ。私なんて――」

ここで長友は口を閉じる。

「長友さんはいいじゃないですか、無事定年退職して悠々自適の生活。それも勤めてたのが大企業だから、年金のほうも半端な額じゃないだろうし」

「その点はありがたいけど、やっぱり男は仕事がなくなると気が抜けるというか、生きがいがなくなるというか」

得意さと淋(さび)しさをまぜたような口調で長友はいう。

「それはまあ、そうですが。しかし、食うに困らないというのも羨しい限りですよ」

諒三はそういって、その場から離れていった。

「だから」

ふいに長友が静枝の顔を真直ぐ見た。

「私の現在の生きがいは、静ちゃん。ここでこうして静ちゃんと二人で話ができるというのが生きがいになっているんだよ」

静枝の胸が気持よく揺れた。

こうした言葉を聞きたいがために、静枝はこの店に通っているのだ。口にするのは長友と島川。二人は今年六十五歳になる同級生で、静枝がこの町へ嫁いできてからのファンといってもいい。

人妻ということを知ってのうえで、二人は何度も静枝を口説（くど）いてきた。

「寛さんと別れて、俺と一緒になろう」

これが若いころの二人の言い分だったが、むろん静枝はそんな言葉は受け流して相手にしなかった。その後二人はいい相手を見つけて結婚したが長友は七年前、島川は四年前にそれぞれ子宮癌（がん）と蜘蛛膜下（くもまくか）出血で妻を亡くし、今は独り身だった。年を経てからの長友と島川とはこの店に通い出してから親しく口をきくようになったのだが、長友も島川も一人になって向きあうと、今でも必ず真剣な表情で静枝を褒（ほ）め称（たた）えた。

それが静枝をいい気持にさせた。心地良かった。まさか還暦を過ぎた年寄りに、こんな熱烈なファンがいようとは。驚きだった。長友も島川も昔の静枝の姿を脳裏に大切にしまいこんでいるようなのだが、男とは何と奇妙な生き物なのだろうとも思った。

「さあさあ、そんなことより。まず一杯どうぞ」

静枝は愛想のいい声を出して、ビールをコップに注いでやる。

「あっ、すまないね。だけどこれは、そんなことというようなことじゃなくて、もっと重いというか真摯なことというか」

長友は独り言のようにぶつぶついい、それでもコップのビールを飲みほす。

「おでんも食べたらどうですか」

母親のように優しくいう。

「あっ、そうだな」

長友はいわれるままに、大根の串を手にして口に持っていく。

「おいしい？」

短く訊くが、これではまるで恋人同士の会話になってしまう。静枝は慌てて、

「おいしいですか、今日の大根は」

と、いい直す。

「うまい、うまい。静ちゃんが目の前にいれば何でもうまい」

長友は機嫌よく答える。

それからはなるべく当り障りのない話に徹するが、そんな会話でも静枝に対する熱い気持がこめられていて、けっこう心地いい。

称讃ぐらいはいいとしても、最初のうち静枝がとまどったのは二人がよく口にする、こんな言葉だった。

「静ちゃんは昔と、ちっとも変らない。いつまでたっても美しい」

これが静枝にはわからない。

誰がどう見たって、昔とは大変りの年老いた女に見えるはずだ。肉はたるみ皺は増え、肌の色艶（いろつや）だって格段になくなり、潤（うるお）いなどは薬にしたくてもないほどだ。だが長友も島川も、こんな言葉をしょっちゅう口に出す。最初は冗談かとも思ったがどうもそうではないらしいし、からかっているようにも見られない。二人の顔は真面目そのもので、いかがわしさなどは皆無（かいむ）だ。

疑念が晴れたのはひと月ほど後だ。

二人は事実を見ていない。そういうことなのだ。長友と島川の頭のなかには若かったころの静枝の顔形がしっかりと焼きこまれて、ゆるぎのないものになっている。だから実際の今の顔をどれだけ見ても、昔の顔がその上に覆いかぶさって現実を修正してしまう。つまり、長友も島川も虚像しか見ていない……そういうことになるのだが。

男とは何と不思議な生き物、そして何と純粋な生き物だと静枝はつくづく思う。しかし、それが男の本性なら、それはそれでいい。悪いことなどは何もないのだから。

「ところで、静枝さん」

おでんを食べ終えた長友が、やけに真剣な表情で静枝を見た。

「今度、静枝さんはいつ、この店にくることになりますか」

「いつっていわれても、家には病人がいるから二、三日中にとはいきません。やはり、日を置かないと」

とまどいながら静枝は答える。

「どのくらい、日を置けば出てこられますか」

「さあ、少なくとも一週間ぐらいは……」

「じゃあ、一週間後。夜の八時頃会ってくれませんか。大事な話があります。とても重要な話です」

胸の鼓動が速くなるのを静枝は感じた。

大事な話って、いったい何なのか。

「夜の八時頃、町境の水明神社の境内で待っていますので、必ずきてください。この店にはそこでの話がすんでからくればいいでしょうから」

長友は時と場所をはっきり告げた。

「あの、それは――」

と静枝がいったところで「よう」という声が頭上から聞こえた。

顔を上げると島川が笑っていた。

「おう、きたか。今日は静ちゃんを一人占めできるんじゃないかと期待していたんだが、やっぱり駄目か」

長友が軽口を飛ばすようにいう。

「そんなことをさせねえために、静ちゃんがくる日は大体の見当をつけて、俺も必ず顔を出すようにしてるからな。抜けがけされたら、かなわねえからな」

島川は長友の隣に腰をおろし、

「いちまいセット、今日は揚げ物でよろしく、諒さん」

と揚げ場に声をかける。

これで長友との話はつづけられなくなった。さて、どうしたらと静枝がぼんやり考えていると、

「どうした、静ちゃん。長友の野郎に苛められでもしたか」

長友の隣から身を乗り出すようにして島川がいう。

「莫迦いえ。私が静ちゃんを苛めるわけがないだろう。口説くことはあっても、そん

なことは絶対にない」

「そうだろうな。だから心配して、こうして静ちゃんがここへくる確率の高い日は必ず顔を見せることにしてるんだ」

島川がそういったところへ、諒三がいちまいセットを持ってきた。

「はい、串揚げ。今夜の野菜はアスパラガスだから塩を振って——ところで皆さん、仲がいいですね。いいもんですねえ、幼馴染みというやつは」

羨しそうにいう諒三に、

「静ちゃんは幼馴染みじゃねえから。静ちゃんは俺たちが若いころに突然現れた、女神様というかマドンナというか、そんな大切な存在だから」

噛んで含めるように島川がいう。

「そうだった——いずれにしても仲がいいのはいいことです」

諒三はここでぷつりと言葉を切ってから静枝の顔をちらっと見て、

「大切なご主人は寝たきりの病気の身。みんなで静枝さんを何とか助けてやらないと心のほうが参ってしまいますからね」

それだけいってその場を離れていった。

諒三は静枝の顔を見て、大切なご主人といった。あれは何かに対する警告のようなものだろうか。長友、島川、そして自分の間に漂っている、何やらあやういものへの……。

そんなことを考えていると、島川が妙に素頓狂な声をあげた。

「俺、静ちゃんに一世一代の大事な頼みがあるんだけどよ」

今度は大事な頼みだと島川がいった。だが、長友のときと違って今は二人きりではない。となると、どんな……。

「実は静ちゃんのケータイの番号を、教えてほしいと思ってよ。俺一人が教えてもらうのも卑怯(ひきょう)だと思って、こうして長友もいるところで訊いてみたんだが」

照れたような表情で島川はいった。

「それは、無理」

凛とした声を静枝は出した。

とたんに島川の顔が泣き出しそうなものに変る。同時に長友の表情にも失望感がありありと浮ぶ。

「無理って、そんなにはっきりいわなくても、もう少しいいようが」

掠れた声を島川があげた。

「無理なものは無理。それ以外にいいようがないから仕方がないね。だって私、今まで一度もケータイというものを持ったことがないんだから」

ああっという溜息のような声が二人から同時にあがった。

「何だ、静ちゃん、ケータイ持ってないのか。それなら無理にきまってるよな。教えられるはずがないよな」

納得したような島川の言葉にかぶせるように、

「静ちゃんはやっぱり、根っからの昭和の女なんだなあ」

しみじみとした口調で長友がいった。

「だって、私はほとんど家にいるんだから、そんなものを持つ必要性はまったくないじゃない。勿体ないだけで」

「しかし、プライベートな連絡というか、何というか……」

いいにくそうに長友が声をあげると、

「そういえば俺たちの若いころは、そんなもんなくっても、充分に毎日が回っていったもんな、長友」

それを押しやるように島川がいった。

「それはそうだ。充分に毎日は回っていった。それがどうして……いつからこんな世の中になっちまったんだろうなあ」

長友も慌てて話題を変えた。

「それはあれだよ、あれ」

島川のあやふやないい方に、

「ああ、あれな。多分、そういうことなんだろうな」

長友も曖昧な言葉を並べたてる。

「あれって、何。私にはさっぱりわからないんだけど」

静枝が怪訝な表情を二人に向けると、長友も島川も腕をくんで天井を見上げた。

「それはつまり、昭和が終って義理も人情もどこかへ行っちまったってことじゃねえかな。多分、そういうことだと俺は思うよ。間違いねえよ」

島川がこんなことをいって、この件は落着と思ったとき、

「義理と人情よりも、昭和が終ってなくなった大きなものは愛じゃないか。命を賭けるような本物の愛がなくなっちまったんじゃないかな」

はっきりした口調で長友がいった。

「命を賭けた本物の愛か。長友もたまにはいいことをいうじゃねえか。確かにそうだ。ストーカーになって命を奪う勝手な愛はあるけど、互いに命を賭けるような烈（はげ）しくて美しい愛はなくなっちまったよな」

話が急にもりあがり出した。

どうやら昭和の男は、この手の話題が好きなようだ。静枝にはまったく理解できない話であるけれど。

静枝はコップのビールをごくっと飲んだ。

「こんにちは」

という声とともに、かつて米を販売していた店のなかに誰かが入ってくる気配が伝わってきた。

こんなことをするのはと、食器洗いの手を止めて店に出てみると、やっぱり栄奈（えいな）が顔中を笑みにして立っていた。手に提（さ）げているのは通学カバンだ。

「どうしたの、栄奈。突然やってきて」

栄奈は静枝の一人娘である栄子（えいこ）の娘で都内の高校に通う二年生だ。

「お母さんが、おじいちゃんの様子を見てこいって」

ちょっと恐縮したような顔でいう。

どんな事情があるのか、娘の栄子は精々（せいぜい）盆か正月ぐらいにくるだけで、なかなか実家には顔を出さない。しかしそれでは悪いと思うのか、時々こうして孫の栄奈を自分の名代(みょうだい)のようにして送りこんでくる。

「おじいちゃんは相変らずの状態だよ。まあ、上がったらどう」

静枝は栄奈を家にあげ、寛の寝間に連れていく。

「こんにちは、おじいちゃん」

の一声で寛の表情はぱっと輝く。

「栄奈、きてくれたのか。悪いなあ、遠いところをなあ」

遠いところといっても、栄子の嫁ぎ先は八王子である。

「みんなは元気なの」

静枝の素朴な問いに、

「うん、お母さんもお父さんも、みんな元気でやってるよ」

栄奈も一人娘だった。

「元気ならけっこう。おじいちゃんのようになったら、おしまいだから」

弱々しい声で寛はいう。こういう話題になると必ず両目が潤んでくる。

「何いってるの。おじいちゃんはまだまだ、これから。うんとうんと長生きしてもらわないとね」

社交辞令ではあるだろうが、そんなに長生きをしてもらったら、こっちの身がもたないと静枝はふと思う。

それからも、ぽつりぽつりと二人のやりとりはつづき、合間に静枝も言葉を挟む。そんなやりとりを繰り返していて、静枝はあることに気がついた。

栄奈の顔だ。前から感じていたことではあったが、大きくなるに従って、どんどん静枝の若いころの顔に似てきたように感じる。目といい鼻といい口といい……栄奈を見ていると、何だか昔の自分と対面しているような錯覚に陥ってしまう。

つまり栄奈は静枝似の美人なのだ。

これは嬉しいことでもあり、くすぐったいような気持でもあるが、まあ、喜ばしいことは確かだった。そんな思いでふわっと口元に笑みが浮んだとき、静枝の胸に妙な考えが浮んだ。

栄奈を長友と島川に会わせてみたら——。

若いころの自分に酷似した栄奈を目の当たりにして二人はどんな態度を取って、どう思うのか。知りたかった。むしょうに知りたかった。そしてそれは若いころの自分の美しさを確認することでもあった。

「いつか、機会があったら」

独り言のように呟くと、

「どうしたの、おばあちゃん。変な笑いかたをして」

栄奈が声をかけてきた。

「いや、栄奈は、すくすくと綺麗に育ってきたなと思ってね」

静枝は顔中を笑いにしていうが、心配事がひとつあった。

長友との約束が明後日に迫っていた。


その約束の前日。

静枝は意を決して『いっぱい』に出かけた。

すでに奥の席には島川がきていて、その隣に静枝は腰をおろす。

「今夜は串揚げですか、それともおでんにしますか」

カウンターの向こうから諒三の声がかかる。

「おでんのほうを」

静枝の言葉に、諒三の強面の顔がわずかに緩んだような気がした。

「ようやく、味噌おでんを好きになってくれましたか」

冷蔵庫から出してきたビールとコップを静枝の前に置き、よく通る声でいった。

「そういうわけじゃないと思う」

静枝はぼそっといい、

「確かにおいしいのはわかるし、玉子なんてご飯との相性はすごくいいし……でも、前にもいったように食べていると味噌ダレが皿にへばりついてきて、汚いというか何というか。だから、ここでは食べても家でつくろうとは……ごめんなさい、余計なことをいって。でも、これが私の本音」

ふっと吐息をもらした。

「相変らず一本気なんだな、静枝さんは」

諒三は静枝のコップにビールを注いでから、傍らのおでんの鍋に手を伸ばす。

「一本気というより、静ちゃんは女には珍しく理屈っぽいんだよな。だからつまるところ、駄目なものは駄目で、なかなか受け入れることができねえんだよな」

隣の島川が解説口調でいう。

今夜はまだ、長友の姿は見えない。

「一言でいえば頑固ということになるけど、頑固な女って見ようによっては、たまらなく可愛いんだよな」

すでに酔っているのか、島川はいいたいことをいっている。

「はい、どうぞ」

静枝の前に、湯気を立てているおでんの皿が諒三の手でぽんと置かれる。

「あっ、ありがとう」

思わず礼の言葉を出す静枝に、

「ごゆっくり」

諒三は軽くうなずいて、その場を離れていった。

「ところで寛さんの容体は、どうなの」

珍しく島川が寛のことを訊いてきた。

「相変らず——右半身がほとんど動かないから、いつも寝たきりの状態」

大根を箸で割りながら静枝はいう。

「寝たきり状態か——」

島川はぽつりと言葉を切ってから、

「看病されるほうも、看病するほうも大変だ。本当に大変だ」

しんみりした口調でいった。

どうやらまだ、酔ってはいないようだ。

「だけど、寛さんは幸せだよな。そんな状態になっても、ちゃんと静ちゃんから世話をしてもらってるんだから」

島川の言葉に静枝の箸の動きが止まる。

胸の奥がざわっと騒いだ。

近頃、介護の手抜きが多くなったと自身でも感じている。食事の世話も、トイレの世話も、身のまわりの世話も——前に較べると丁寧さがなくなっていたし、時間もかけなくなった。

以前、諒三に寛を乗せた車イスの散歩のことを訊かれたとき、

「——主人から指示が飛ぶので、二時間以上は車イスを押すことに」

と静枝は答えたが、あれは嘘だ。今は精々一時間、それぐらいで切りあげて家に戻っている。寛の世話に嫌気がさしているとはいわないが、面倒になってきているのは事実だった。

そこまで考えて静枝は愕然とした。

介護の手抜きを始めた時期だ。あれは、静枝がこの店に通い始めたころからだ。あのころから確実に手抜きが始まった。確かなことだった。

静枝は乱暴に箸を使って大根を割った。

「仕方ないじゃないか」

口のなかだけで呟いて、これも乱暴に大根を頬張った。

「どうかしたのか、静ちゃん。えらく怖い顔をしてるけど」

隣の島川が心配そうに顔を覗きこみ、

「俺、何か悪いことといったのかな。もしそうだとしたら、謝るけどよ」

情けなさそうな声を出した。

「島川さんは関係ないわよ——主人の容体がちっともよくならないから、ちょっと情けなくなっただけ」

適当にごまかした。

「ああ、そうだな。いくら一生懸命介護しても、その成果が見られないということになると、辛いよな」

小さな溜息をつく。つられて静枝も吐息をもらす。

「どうしたんですか、二人で吐息をついたりして」

カウンターの向こうに諒三が立っている。

「いくら一生懸命に介護をしても、静ちゃんのご主人はよくならないという話をね」

島川が声をあげる。

「ああっ」

と諒三は唸るような声をあげ、

「それは困った、本当に困った。何を答えていいか、まったくわからん」

太い腕をくんで宙を睨みつけた。口をへの字に結んでいるので強面の顔が余計に怖く見える。

「すみません。諒三さんにまで心配をおかけして」

蚊の鳴くような声を静枝はあげる。

「かける言葉が見つからなくてね、何をいっても嘘になるようで。申しわけないね、静枝さん」

ぺこりと頭を下げた。

「そんなこと！」

静枝は慌てて顔の前で手を振り、

「ただ、主人が倒れて、もう四年。これだけ長引いてくると、疲れてくるというか悲しくなってくるというか。そんな気になってくるのも事実です」

静枝は本音を口にした。

「そりゃあ、そうだよな。一年二年ならまだしも、四年だもんな。疲れてくるというのも当然だよ。何にしても、静ちゃんはよく頑張ってるよ」

追従するように島川がいう。

「この状況が、この先どれほどつづくのか見当もつきませんし。そんなことを考えると……本当はこんなことをいっちゃ駄目なんでしょうけど」

低すぎるほどの声で静枝はいった。

「駄目だな」

すぐに諒三が反応した。

「そういうことを口にしちゃ、駄目だ。ここには島川さんだけだから、誰に話すこともないだろうけど」

じろりと強面の顔で島川を睨んでから、

「どこで誰が聞いてるかわからない。他人に聞かれると言葉は一人歩きをし出して、大きく膨らんでしまう。そうなると、弁解はもうきかなくなる。だから」

静枝の顔を真直ぐ見た。

「手を抜けばいいんです」

意外なことをいった。

「長引きそうなことは、手を抜かなければ務まらない。でないと、自分が壊れてしまうかもしれない。頃合いを見計らって手を抜けば、丸く収まることもある。昔の人はいいことをいっていますよ。腹八分に医者いらず——表現は違いますが、意味は同じのような気が俺にはします」

静枝の胸がすうっと軽くなった。

八分目……。

しかし、自分はすでに介護の手を抜いている。それに、ここに通わせてもらっている分もある。それでいけば、八分目には達しているともいえる。

「ぎりぎり腹八分の気持で、病人とつきあえっていうことですか」

思いきって口に出してみた。

「腹八分では厳しすぎますから、腹七分ぐらいがちょうどいいんじゃないですか」

やけに真面目な顔で諒三はいった。

「一分は、おまけですか」

呆気にとられた思いで静枝がいうと、

「そうですね、神様からのおまけかもしれませんね」

煙に巻くようなことを諒三はいう。

静枝の胸がまた騒(ざわ)めいた。

「じゃあ、その一分の神様のおまけは、どう使うのがいちばんいいんですか」

少しむきになったように静枝はいう。

「それは静枝さん次第です。神様のおまけですから、いい悪いに拘わらず好きなように使えばいいんですよ」

何かを見こしたようなことを、諒三はいった。だが、いい悪いに拘わらず、好きなように使えとはどういう……。

静枝が考えを巡らせていると、

「しかし、今夜は長友さん遅いですね。いつもなら、とうにきてるはずなんですが」

諒三はがらっと話題を変えてきた。

「そうなんだよ。あいつが今夜、ここにこないはずはねえんだけどよ――ほら、今夜はそろそろ静ちゃんが、ここに顔を見せる日だからよ」

島川の言葉に静枝は心のなかで「あっ」と叫ぶ。

もしかして長友は明日の夜、静枝がくるのなら、今夜はくるはずがないと考えて姿を見せないつもりなのでは。そうであれば、どれだけ待っていても無駄ということになってしまう。

実は今夜、それとなく長友を観察しようと思い立って、静枝は『いっぱい』の暖簾をくぐったのだ。長友の真意が知りたかった。いったい明日の夜、長友は静枝に何を話すつもりなのか。ほんの一端でもいいので静枝はそれが知りたかった。

寛以外の男と二人切りで逢った経験など皆無に等しい静枝は、明日の夜の呼び出しにまだ躊躇(ちゅうちょ)していた。不安だった。だから、今夜のさりげないやりとりの結果でその諾否を決めようと考えていたのだが、それも無駄足に終りそうだ。

「どうしたんだよ、静ちゃん、妙な顔して。ひょっとして、長友の野郎が現れるのを心待ちにしてたってことじゃないだろうな」

島川がなじるようにいった。

「違うわよ、そんなことないわよ。ただ、いつものメンバーが揃わないのは、淋しいことだなって、ちょっと思っただけよ。島川さんがいなかったとしても、私は同じことを思うわよ」

噛んで含めるように静枝がいうと、

「そんなら、いいけどよ」

島川は照れたような声を出した。

「まったく、男というやつは――」

口のなかだけで声をあげて正面を見ると、いつのまにか諒三はいなくなっていた。

その夜、長友は『いっぱい』に姿を見せなかった。

約束の日になった。

静枝は朝から落ちつかなかった。

長友に逢うかどうかは、まだ決めかねていた。いずれにしても、昨夜『いっぱい』には行っているので、今夜は出かけるつもりはなかったものの、水明神社へは……。

ただ、静枝はこの日、寛に対していつもより優しく接した。

いつもなら着替えをするときは、力まかせに着せたり脱がせたりすることが多かったが、この日は寛の体を丁寧に扱った。食事のときも急かせることなく、ゆっくり時間をかけて寛に摂らせた。

「何だよ。今日はえらく親切じゃないか。どういう風の吹きまわしなんだ」

ベッドに半身を起こして昼食を摂る寛が、怪訝な面持ちでいった。

「昨日テレビで物事は何でも、ゆっくりやったほうが精神にも体にもいいっていうのを偉い先生がいってたからね。スロー生活とか何とかいって。だから、私もそれを実践してみようかと思ってね」

こんなことをいってごまかした。テレビでこういってたのは確かだったけど、一年以上も前のことだった。

「そりゃあ有難いな。病人は急かされると気が動転して、どうしていいかわからなくなるからな」

　嗄れた声を出す寛に、

「だから、スロー生活――それがいちばん人間らしい生き方らしいから」

　静枝は何でもないことのようにいい、手にしたスプーンを寛の口に運ぶ。

「人間らしい生き方か……」

　寛はざらついた声でいい、

「すまないな。俺がこんなことになっちまって、お前に人並な生活もさせてやれなくて。本当に申しわけなく思ってるよ。すまない、本当にすまない」

　寛は静枝に向かって両手を合せようとしたようだが、右手は思うように動かない。それでも何とか手を合せようと、体をひねったり肩を揺すったりしているが何ともならない。

「あなた、スロー生活」

　見かねて静枝が声をかけると、寛の体から力が一気に抜けた。左手だけをあげて静枝を拝んだ。

「ありがとう……」

　体をひねって深く頭をたれた。

「何よ、水くさい。夫婦なんだから、そんなことはなし」

照れたようにいうが、じゃあ、今夜長友と逢うのをよそうとは静枝は思わない。行くかやめるか、まだ迷っていた。

こんなときは体を動かしたほうがいいと、静枝はたまっていた洗濯物を洗いにかかる。それが終ったら次は掃除だ。

静枝はせっせと体を動かし、時間はいつのまにか過ぎていく。

陽が落ちて夕食がすんだ。

時計は七時半を指している。

奥の寝間をそっと覗いてみると、寛はおとなしくテレビを見ているようだ。静枝はそのまま洗面所に向かった。

鏡の前に立って顔を映す。化粧はここ数年したことがないが、それでもやはり年齢より若く見える。目を細めて焦点をぼかすと顔全体がぼんやりして、かなり若く見えた。もともと整った顔なのだ。

「まだまだ、米屋小町――」

呟くように声に出した。

静枝は行く気になっていた。

腹を括ったら気持が落ちついた。

逢って話をするだけなのだ。ただそれだけなのだから、深く考えることなどは何もない。それに諒三の言によれば、手を抜くうちの一分は神様のおまけ、好きに使えばいいといっていた、だったら。

妙な理屈を頭のなかでこねながら、静枝は鏡のなかを覗きこむ。引出しを開けて、口紅をそっと取り出した。鏡のなかの顔を凝視し、唇に紅をひいた。

焦点をぼかして睨みつけた。

鏡のなかに美女がいた。

紅をひいたのは久しぶりだった。

境内は暗い。

拝殿の両脇に電灯が二つ灯っているが、周囲をぼんやり照らしているだけで奥まで光は届かない。

そろそろと歩いて行くと、

「静ちゃん——」

拝殿の陰から声がかかった。長友だ。

声のしたほうへゆっくりと近づく。

「きてくれたんだ。ひょっとしたら、こないかと思ってたけど」

掠れ声で長友がいった。

「どうして？」

静枝も掠れ声を出す。

「島川の野郎からケータイに電話があって、昨夜、諒さんの店で静ちゃんを独占させてもらったという報告があったから」

長友はぽつりと言葉を切り、

「なんで昨夜、『いっぱい』へ？」

なじるような声で訊いた。

「このあと私は、諒三さんの店へ顔を出すつもりがなかったから。二人だけで逢ったあとに行くのはちょっと……だから、昨日のうちに顔をね。てっきり長友さんもくるもんだと思ってたら、とうとうこなかった」

すらすらと答えた。

「私は今夜、静ちゃんは、『いっぱい』へ行くもんだと思いこんでいたから、昨夜は行くのをやめて。行ったって静ちゃんはいないもんだと思ってたし」

長友は事のあれこれを説明するが、これではまるで恋人同士の会話だ。が、それでもいいと静枝は思い始めている。二人だけというのと周りの暗さが、静枝の心を知らず知らずのうちに大胆にさせていた。

「もう少し、奥に行こう」

長友が静枝の背中をそっと押した。静枝は素直にそれに従った。二人は拝殿脇の奥に入りこんだ。

「話って、何？」

低い声で静枝が訊くと、

「今夜の静ちゃんは、特に綺麗だな」

喉につまった声を長友は出した。

綺麗にきまっている。この暗さで顔はぼんやりとしか見えないのだ。おまけに今夜は紅までひいてきているのだ。

「私は静ちゃんがこの町に嫁にきてから、ずっと好きで好きで。この年になった今でも、ずっとずっと好きで」

ここまでは静枝にも予想できた言葉だった。問題はこのあとだ。だから長友はどうしたいというのか。

「私は静ちゃんが欲しい」

震え声がいった。

「えっ、何ていったの」

「だから、私は静ちゃんが欲しいんだ。静ちゃんのすべてが欲しいんだ」

「すべてって？」

わかりきったことを静枝は訊いた。

「私は静ちゃんを抱きたいんだ。静ちゃんの体が欲しいんだ」

これもわかりきった言葉だったが、体の奥がぞくりと波打った。下腹部が熱くなるのがわかった。心地いい熱さだった。ここまではいい。これから先は……。

「そんなこと、いわれても」

さすがに声が震えた。

「私は主人がいる身だから、そんなこといわれても困るだけ。長友さんの気持はわからないでもないけど、これぱっかりは、どうしようもできないこと。そんなことは無理」

震え声のままいった。

長友の両手が静枝の右手を握りこんだ。

「だったら、結婚しよう。一緒になろう。私はずっとそう思ってた。なあ、私と結婚しよう、静ちゃん」

切羽（せっぱ）つまった声を長友は出した。

静枝の全身を快感が貫いた。

そうだ。この言葉が聞きたかったのだ。

この究極の心地好い言葉が。

が、むろん静枝には長友と結婚する気はない。この究極の心地好い言葉をしょっちゅういってほしい。その思いだけだ。第一、自分には寛という亭主がいるのだ。結婚などできるはずがなかった。

「長友さんは独り身だけど、私には主人がいるのよ。どこをどうしたら、結婚できるっていうの」

高飛車にいった。

「別れればいい。寛さんと別れて私のところへくればいい」

とんでもないことをいい出した。

「病気の主人をすてて、長友さんのところへこいっていうの。そんなこと、世間が許すはずがないじゃない。私のところと長友さんのところは同じ町内なのよ」

正論をいうと、

「世間なんてどうでもいいじゃないか。他人なんて、どうせいいことはいわないんだから。そんなものは無視すればいい」

乱暴なことを長友はいった。

「長友さんは無視できるかもしれないけど、女の私には到底無理。そんなことができるはずがない」

「じゃあ、どうすれば」

長友は独り言のように呟いてから、

「そうだ、寛さんが死んだら――何だかんだといっても、あの体だから。それほど長生きするとは思えない。そうだ、そうしよう。それしかない」

子供のような声をあげた。

「そんなに待ってたら、ただでさえおばあちゃんの私は、大おばあちゃんになっちゃうわよ。それでもいいの」

静枝は呆れ声を出す。

「いくつになっても、静ちゃんは昔のままだ。綺麗なままの静ちゃんだ」

いうなり長友は握っていた静枝の右手を強く引いた。あっと思った瞬間、静枝の体は長友の両腕に抱きしめられていた。長友の顔が近づき、唇に何かがかぶさってきた。

これは長友の唇だ。すぐに口がこじ開けられ、分厚い舌がさしこまれてきた。これ回された。静枝は寛以外の男と唇を合せるのは初めてだった。顔中が火がついたように熱くなった。一瞬、このまま押し倒されてもという気持がわきおこったが、これ以上は駄目だ。神様のおまけを越えてしまう。おまけの一分以上になってしまう。

長友の右手がスカートのなかに入るのがわかった。下穿き（したばき）に指がかかった。静枝の体がびくんと震えた。強い力で体をよじった。左手で長友の右腕を振り払った。

「駄目、これ以上は」

強い口調でいって睨みつけた。

「何度もいったじゃない。私には主人がいるって。結婚した相手じゃないと、こんなことは許されないって。私は今時の若い子と違って昭和の女だから、そうしたけじめだけはつけておきたいから」

噛んで含めるようにいった。

「そうだな、そういうことだよな。ご主人がいるんだから、こんなことは駄目にきまってるよな。でも……」

長友は言葉を切った。

「でも、何？」

詰問(きつもん)調の言葉が出た。

「でも、キスぐらいなら、いいんだよな」

恐る恐る長友は声を出した。

「あれは特別。今夜だから許したけど、これからはきちんと私の承諾を得てからにして。勝手なふるまいだけは、やめて」

「承諾を得ればいいんだな」

掠れた声でいう長友に、

「気が向いたら許してあげるわ」

勝ち誇ったように静枝はいった。

体中が高揚感に満ちていた。

昔の自分に戻ったような気分だった。

正真正銘の米屋小町だった。

「じゃあ。そろそろ帰ろ、長友さん」

うながすようにいうと、

「あっ、そうだな。じゃあ私は諒さんの店に寄ってくけど、静ちゃんは本当に行かないんだな」

未練たらしい声が返ってきた。

「行かないわよ――でも」

静枝は一瞬宙を睨んでから、

「その代り、来週の今日、諒さんの店へ行ったときに、いいものを見せてあげる」

嬉しそうにいった。

「えっ、何を？」

「昔の私――若かったころの私を見せてあげるわ」

孫の栄奈だ。自分の若いときに酷似した栄奈を見て、長友と島川はどう思うのか。その驚き具合が静枝は見たかった。

「何をいってるのか、私にはよくわからないんだけど」

「私の孫よ。栄奈っていう高校生なんだけど、この子が私の若いころにそっくり。だから、長友さんたちに拝ませてやろうと思って。本当にそっくりで驚くわよ」

得意気に静枝はいう。

「お孫さんが、静ちゃんの若いころにそっくりなのか。それはぜひ見てみたいな。いら。

「じゃあ、それを楽しみに待ってて。私はもう帰るから」

それだけいって、静枝はあっさり背中を向けた。長友の強い視線を後ろに感じながら、

弾んだ声を長友はあげた。

や、楽しみだな」

一週間が過ぎた。

電話で呼んでおいた孫の栄奈は、奥の寝間で寛と話をしている。時間は八時ちょっと前。そろそろ『いっぱい』へ栄奈を連れて行くころだ。

奥の寝間に行くと、栄奈は寛と談笑していた。容姿だけでなく、愛想のほうもいい娘なのだ。

「栄奈、そろそろ行こうか。お腹も空いただろうから」

機嫌よく声をかけると、

「高校生を飲み屋になんかに連れていって、本当に大丈夫なのか」

寛が心配そうな声をあげた。

「何を古くさいことをいってるんですか。今は高校生の女の子が居酒屋でバイトをす

る時代なんですよ。そんなことを心配してたら笑われますよ、ねえ栄奈」

「終戦直後に生まれた、おじいちゃんには理解できないだろうけど。今はおばあちゃんのいう通り、そういう時代。だから、心配なんかしなくて大丈夫」

顔を綻ばせて栄奈はいう。

「そういう時代なのか。何もかも変ってしまって時代後れの、おじいちゃんにはなかなかついていけないなあ」

ざらついた声でいう寛に、

「じゃあ、行ってきますから留守番を頼みますよ」

静枝はそういい、栄奈をうながして部屋を出る。

「私、味噌ダレの串カツと、おでんなんて初めて。どんな味か、とっても楽しみ。ひょっとしたら、口に合わないかもしれないけど」

そんなことをいう栄奈の背中に、

「気をつけてなあ……」

寛の弱々しい声が重なった。

十五分後、静枝と栄奈は『いっぱい』のいちばん奥の席に座っていた。

壁際のいちばん奥が栄奈で次が静枝、その隣が島川だったが、長友はまだ姿を見せていなかった。

「この子が静ちゃんのお孫さんの栄奈ちゃんか。確かに静ちゃんの若いころによく似てるなあ。びっくりするほど、よく似てるなあ。何だか昔に戻ったような気がするなあ」

島川は栄奈を紹介されてから、同じようなことばかりいっている。両目は壁際の栄奈の顔に釘づけでいっときも離れない。かなり驚いた様子がありありだ。

「お待ちどお——」

諒三がカウンターの前にやってきて、静枝の前には味噌おでんのいちまいセット、栄奈にはさすがに酒はまずいので、単品の味噌おでんと串揚げの皿が並べられる。

「俺は静枝さんの若いころを知らないから何ともいえないけど、面影があるのは確かですね」

こちらは驚いた様子はない。

「面影だけですか」

物足らない気分で静枝が唇を尖らせると、

「そりゃあそうです。何といっても年が五十歳ほども離れてるんですから——違って見えるのは当たり前ですよ」

今度はかなり正直なことをいった。

「そりゃあ、まあ。諒さんのいってることはもっともですけど。だけど、もう少しいいようがあるんじゃないですか」

冗談っぽく抗議の声をあげて、

「ねえ、島川さん」

と静枝は同意を求める。すると、

「やっぱり、五十年の差は感じるなあ」

意外な言葉が島川の口から返ってきた。

そんなやりとりなどは気にせず、当の栄奈は味噌ダレの串揚げとおでんを交互に口に運んでいる。

「おでんも串揚げも味噌ダレにすごく合ってる。私、こういうの嫌いじゃない。串揚げの辛子も、ぴりっとしてオシャレだし、玉子と味噌ダレは絶妙で、ご飯が何杯でもお代りできそう」

感想をいう栄奈の声が聞こえたが、今の静枝にはどちらでもいいことだった。そんなことより早く長友がきてくれるのを願った。長友なら栄奈の顔を見て、昔の自分にきっちり重ねてくれるはずだ。

そんなことを考えている静枝の胸に一週間前の夜が鮮やかに蘇った。長友は静枝に綺麗だといった。年は感じられないともいった。さらに、静枝の体が欲しいといい、極めつけの結婚の二文字を出した。そして、寛以外の男とかわした、初めてのキス……。

想いをたどる静枝の全身を再び高揚感と幸福感がつつみこんだ。いい気分だった。いい気持のまま、静枝は箸を取っておでんの皿にのばした。大根を口にした。おいしかった。里芋も竹輪もおいしかった。皿の汚れも気にならなくなった。

ふと顔をあげると、まだ諒三がいた。

「諒三さん。味噌おでん、やっぱりおいしい。文句なしにおいしい」

素直に胸の裡をいうと、

「ありがとうございます」

諒三も素直に頭を下げた。

「それに、この前からいっていた、お皿の汚れ。それも今は気にならなくなったみたい。やっぱり慣れだと思う。慣れれば、汚れなんかどうってことないみたい」

顔中を笑みにしていうと、

「そりゃあ、駄目だ」

妙な返事が耳を打った。

「汚れに妥協は許されない。汚れに簡単に慣れてしまったら、一本気だった静枝さんの立つ瀬がなくなります。今まで通り、頑固に汚れた皿を嫌うほうが静枝さんらしい。慣れるなら汚れ以外の何か。神様のおまけが許される、別の物に慣れてください」

諒三は一気にいって静枝の顔を真直ぐ見た。真摯な目だった。怖い目にも見えた。静枝の胸がざわっと鳴った。何もかも見通しているような目だった。

「それは……」

何かいわなければと口を開いたところへ、

「悪い、遅くなっちまった」

戸口から男の声が響いた。

長友だ。真直ぐ奥へとやってくる。

長友の目が栄奈の顔をとらえた。

「あっ」という低い声があがった。

まじまじと栄奈の顔を凝視した。

「若いころの静ちゃんに、そっくりじゃないか」

長友はそういって、視線を静枝に向けた。

顔に浮んだのは失望の色だ。静枝の老いをはっきり認めた顔に見えた。大きな溜息を長友はもらした。

「年を取ったんだなあ、静ちゃんも」

ぽつりといった。

呪縛が解けたのだ。

栄奈の顔と静枝の顔を実際に見較べて。

自分はやっぱり昔のマドンナ……静枝ははっきりそう悟った。決して現在進行形のマドンナではなかったのだ。

「長友さん、今日はどっちにしますか」

諒三が威勢のいい声をかけた。

「串揚げにしとくよ」

ぼそっといってから、視線はまた静枝を素通りして栄奈に向かった。

「静枝さん――」

諒三の声が聞こえた。

「あとで、持ち帰りの串揚げとおでんを用意しておきますから、ご主人に」

ふわっと笑った。

持ち帰りの串揚げとおでん……諒三のいう一分のおまけとは、こういうものなのかもしれないと静枝はふと思った。

嬉しそうにそれを食べる寛の顔が胸に浮んだ。

しあわせごっこ

二日前の夜――。

平太（へいた）は皆子（みなこ）と一緒に『いっぱい』のカウンターの前に座っていた。

前に並んでいるのは、いちまいセットだ。平太が串揚げで、皆子はおでん。別々の物を頼めば、二人で二つの味が楽しめる。

「平ちゃん、ほらっ」

皆子が半平を箸でつまんで、平太の串揚げの隣にそっとおく。

「あっ。じゃあ、僕のほうは――」

平太も串揚げを指でつまんで、皆子の皿にそっとおく。

平太と皆子は同い年の二十一歳で、現在近くのアパートで同棲中の仲だ。

「仲がいいわねえ、あなたたち」

皆子の隣の客が声をかけた。

この店で知り合った、近くの商店街で化粧品店を開いている理代子だ。

「で、今日は、どっちの給料日だったっけ」

　理代子は目を細めて訊く。

「今日は僕の給料日です。だから、月に二回の、串揚げの日」

　機嫌よくいうと、

「あとの一回は皆ちゃんの給料日の夜か――いいなあ、何となく」

　本当に羨しそうにいう理代子に、

「でも、理代子さんは、しょっちゅう、この店にきてるじゃないですか。羨しがることなんかひとつも」

　皆子が笑いながらいうと、

「そういう問題じゃなくてね……」

　ぽつりと理代子はいい、

「あなたたちは二人、私は一人――そういう問題なの」

　顔をしかめてから、ふわっと笑った。

　けっこう美人顔だ。確か年は四十過ぎと聞いていたが、どう見たって三十なかばぐらいにしか見えない。

「理代子さんなら、相手なんか選(よ)り取り見取りなんじゃないですか」

　思った通りのことをいうと、

「主人はとうに亡くなり、一人息子は遠く離れて、長野の地。私は一人で毎日店番の人生。こう並べ立てると、私って自由そのものなんだけどね」

理代子はぷつんと言葉を切り、

「でもね、相手が誰でもいいっていう訳じゃないから」

ちらっと揚げ場に目を走らせた。視線の先は――わかった。理代子はこの店の大将に気があるんだ。

「好きな人がいるんですね、理代子さんの胸のなかには」

皆子もそれを感じたようで、こんな言葉を口から出した。

「そうね。でも相手は朴念仁のようだから、密かに思ってるだけ。残念だけどね」

そういってから、細い指で串をつまんで豪快に頬張った。顔に似合わず、いい食べっぷりだ。

このあと、串揚げと味噌おでんを平らげた皆子と理代子は何やら楽しそうに、時折りビールを口にしながら話をし出した。

皆子は名古屋出身で理代子は岐阜県の郡上八幡。二人とも味噌たまり文化圏の育ちなので気が合うらしい。

平太が皆子と知り合ったのもこの店だった。

一年近く前、味噌カツとはどんなものだろうかと、値段も安かったのでふらりとこの店に入ったら、男の子のようなショートカットの若い女性が、串揚げをいかにもうまそうに食べていた。それが皆子だった。

その後、何度かこの店で顔を合せるようになり、自然に口をきくようになった。

「味噌カツは王様の味！」

物心のついたころから味噌味に馴染んできた皆子にいわせると、こういうことになるらしい。

そんなことを思い出していると、

「味噌カツ大好きな三人さんに、おまけ」

カウンターの向こうから声がかかり、理代子と皆子、それに平太の皿の上に串揚げが二本ずつ置かれた。

「あら、ありがとう、諒さん」

理代子の声に合せて、平太と皆子もぺこりと頭を下げる。

「二人を見てると、いかにも爽やかそうで、そばにいるだけで幸せな気持になってきて、何かと応援したくなるから不思議だな。といっても、俺にはこれくらいのことしかできないけどな、平太」

いつも強面の諒三が、珍しく顔中を笑いにしていった。それに、よほどこの二人がお気に入りなのか、平太の名前も呼びすてだ。

「あらっ。じゃあ、私は平太君と皆ちゃんのおまけなの」

理代子がこれも笑いながら頬を膨らませて抗議する。

「そう、理代ちゃんはおまけ。といっても俺も二人を前にしたら、単なるおまけそのものに違いないから」

強面の顔に戻っていう諒三に、

「諒さんと一緒のおまけなら、許してあげる。でも——」

といって、理代子は首を回して平太と皆子の顔をしみじみと見る。

「どうして二人を見ていると、幸せな気分になれるんだろう。相思相愛のオーラでも出ているのかな」

「それも、あるだろうけど」

諒三の強面の顔がまた緩んだ。

「精一杯生きてるっていう様子が、今時珍しい健気さを感じさせるんじゃないか」

小さくうなずいた。

「健気さか……」

理代子は目を細めて眩しそうにいい、

「何だか、かつての昭和の言葉っていうかんじ。そんな懐しさを感じるってことは、今の時代ではもう死語になってるのかも」

言葉を噛みしめるようにいった。

「そんな、大袈裟なもんじゃないですよ。僕らはその、正直にいえば貧乏なだけで。でも、それを気にしないで生きているというだけで」

幾分照れたように平太がいうと、同時に皆子がこくっとうなずき、

「それに私たち、愛しあってますから」

小さな声で恥ずかしそうにいった。

「立派！」

思わず理代子が叫んだ。

「今の世の中見てると、愛だの恋だのといわれると凄く嘘っぽく聞こえるんだけど、この子たちの口から出ると、素直に受けいれてしまうから不思議。ねえ、諒さん」

諒三の顔を真直ぐ見て、理代子が同意を求める。

「そうだな。まさに二人にぴったりの言葉というか。中年の俺なんかから見ても本当に似合いの二人といえるな」

珍しく今夜は諒三の口数が多い。

「でも、お金もこつこつ貯めたものが少しあるだけで、時々不安になることもあります」

平太の言葉に、

「だけど一人じゃなくて二人ですから。どんなにお金がなくても、どんなに苦労しても、何とかやっていけるような気がします。二人で頑張れば、力がいくらでも湧いてきて乗りきれるような」

幾分胸を張って皆子が答えた。

「やっぱり、健気なんだよ」

諒三が強く首を縦に振った。

これが二日前のことで、昨日は皆子の仕事のシフトの関係で顔を合せる時間は余りなく、事件のおきた金曜日の今日を迎えた。

朝、平太が仕事のために部屋を出るとき、皆子は普段と変らない様子で台所に立ち、洗い物をしていた。

夜の八時頃、一時間の残業を終えて平太がアパートに戻ってみると、なかは真暗で皆子はまだ帰っていないらしく部屋はからっぽだった。

　シフトでいえば今日は早番のはずで、当然皆子は帰っている時間だが――と、部屋のなかを見回してみるが1DKの小さなアパートである。隠れるような場所は、むろんあるはずがない。

　その代り、キッチン前のテーブルの上にメモのようなものがあるのを、平太の目がとらえた。

　手に取ってみて、どきりと胸が音を立てた。

　メモには皆子の手で、たった一行。

『二者択一……』

　とボールペンで書かれてあった。

　意味がわからなかった。わからないまま、平太は皆子の帰りを待ったが、その夜は戻らなかった。

　翌日の土曜日。朝の十時になると同時に、平太は皆子の勤め先に電話した。皆子は西武新宿駅の裏にある『巴里(パリ)』という名の喫茶店に勤めていて、土曜日の今日も営業しているはずだった。

　店主はすぐに出た。

皆子がいるかどうか訊いてみると、

「皆ちゃんは一昨日休みを取ってね。昨日は時間になってもこないから変だなと思っていたら、昼頃電話があって、辞めたいといい出して、それっきり出てこないんだけど」

困惑した声で店主はいった。

つまり皆子は一昨日仕事を休み、さらに次の日、勤めている店に辞めることを申し出て、それっきりどこかに消えてしまったということになる。

何が何だかわからなかった。

皆子とは、うまくいっていたはずだ。

少なくとも、『いっぱい』へ行った夜までは諒三も理代子も羨むほど、いい関係を保っていた。何か問題があったとしたら、次の日の皆子の欠勤——いったい皆子はこの日、仕事を休んでどこへ行ったのか。そして、そこで何がおきたのか。

まったく雲をつかむような話で、平太の頭は混乱した。

何かヒントになるようなものはないかと部屋のなかを探してみたが、何も見つからなかった。どこか心当たりをといっても、皆子は都内に友達はほとんどいないはずで、強いてあげるとすれば勤め先の喫茶店の同僚ぐらいのものだった。

実家のほうも生まれは名古屋ということは聞いていたが、正確な住所も電話番号も聞いていない。いくら結婚はしていないといっても迂闊という他はなかった。

そうなると、たったひとつの手がかりは皆子の残したメモしかない。しかし『二者択一』だけでは、どう理解すればいいのか、まったくわからなかった。

このあと平太は皆子の勤めていた『巴里』に出かけて店主に会ったものの、参考になる話はなかった。

「休みを取る前までは何の変りもなく、何がどうなっているのか、私にもさっぱりわかりません」

と初老の店主は困った表情で首を振った。

同僚のウェイトレスの春奈という名前の若い女性にも訊ねてみたが、首を振るだけで何の収穫もなかった。

平太は途方に暮れた。

頭を絞って考えた。

その結果、ひとつの答えを出した。

二者択一の二者だ。

皆子には平太の他に男がいた。平太とその男とを較べて皆子は、その男のほうを選んだ。どう考えてみても、こんな意味にしかとれなかった。何か他の解釈はないかと、死物狂いで平太は考えてみたが浮んでくるものはなかった。

平太はごろりと畳の上に横になった。

仰向けになって天井を見た。

皆子の顔がぼんやりと浮んだ。

ケータイにも何度も電話をいれたが、まったく連絡はつかなかった。

『いっぱい』で初めて皆子を見たとき、平太は一目で好感を持った。ボーイッシュで飾らない髪形も、くりっとした大きな目も、小さな唇の下にある細い顎も。すべてが形よく、こぢんまりとまとまって可愛かった。

話をしてみると、皆子は自分と境遇がよく似ていた。名古屋生まれの皆子は両親が小学生のときに離婚をして、母親のほうに引き取られて育った。

平太も両親が離婚をしていた。平太が中学生になったばかりの年で、皆子とは逆に父親のほうに引き取られていた。

皆子のほうは女手ひとつの稼ぎのため暮し向きは貧しく、平太のほうも離婚を境に父親が荒れて酒とギャンブルにのめりこみ、借金だけが嵩（かさ）んでいった。

そんななか、平太は高校卒業を機に父親の許を飛び出して、一人暮しを始めたものの思い通りの職場は見つからず、今は四ツ谷にある食品会社の配送センターで契約社員として働いている。

皆子は高校三年のとき母親が再婚。不動産会社に勤めていたその男が、半年もたたないうちに皆子を妙な目で見るようになった。このままでは何をされるかわからないと、意を決して卒業を前に家を飛び出して皆子は東京に向かった。そのあとは飲食店を転々として、今の職場に落ちついていた。

そんな境遇の二人が諒三の店で出逢い、親しく口をきくようになって、やがて一緒に住むようになった。

同じような育ち方をした平太と皆子は互いの気持がよくわかり、話も合った。住居のほうは皆子が平太のところに転がりこんできて、その分のアパート代が浮くことになった。といっても生活費のほうは丸々というわけにはいかない。

「ほんの少しだけど、貯金ができる」

それでも皆子は、こういって喜んだ。

それまで皆子は、ぎりぎりの生活を送っていたのだが、これは平太のほうも同様で貯金をするまでの余裕はなかった。契約社員の給料は安かった。

二人の貧乏生活はこうして始まったが、平太も皆子も貧しさには慣れていた。たまに食料を買う金がなくなっても、冷蔵庫のなかの残り物を工夫して腹を満たした。

それでも何もないときは、

「今日は、抜こうか」

と平太がまずいい、

「うん、抜こう」

と、皆子も男の子のような口調でいって、こくっとうなずく。

浮んでいるのは笑顔だ。

一人で貧乏に耐えるのは辛かったが、これが二人ということになると面白さに変った。仲のいい二人にとっては、貧乏も娯楽の一種になった。

夜になると小さな布団のなかにもぐりこみ、二人は身を寄せあって眠った。世界中でたった二人だけの家族だった。

夜になって、平太は『いっぱい』に顔を出した。

出費は痛かったが、そんなことはいってられなかった。諒三と理代子の顔が見たかった。話がしたかった。

引戸を開けてなかに入ると、

「いらっしゃい」

諒三のいつもの声に迎えられて平太は奥の席に座る。

「どうかしたのか、平太」

平太の様子を見た諒三が、怪訝そうに声をかけてくる。

「まだ、ついこの間きたばかりじゃないか。皆ちゃんの給料日は、もっと先のはずじゃ……」

「そうですね、もっと先です」

ぼそりといった。

「それに、今夜は皆ちゃんが一緒じゃないようだが」

とたんに平太の目が涙で滲んだ。滲んだ涙は目から溢れ出て、平太の膝にしたたり落ちた。

「どうしたの、平太君」

横から声がかかった。

理代子の声だ。

たった今きたようで、さっと平太の隣に座りこんだ。

「皆ちゃんが――」

「皆ちゃんがどうしたの。はっきりいいなさい」

理代子が大声をあげた。

「皆ちゃんが、どこかに行ってしまいました。皆ちゃんが……」

いっているうちにも、平太の目からは涙が流れ出て膝を濡らした。

「どこかに行ってしまっただけじゃ、わからないじゃない。ちゃんと詳しく経過を話しなさい」

理代子にいわれ、平太は皆子がいなくなった状況の一部始終を二人に話した。

「二者択一……」

聞き終えた諒三が独り言のようにいって宙を睨んだ。

「それで平太君は、その言葉から皆ちゃんに別の男がいたと推測したわけなのね。でも、あの皆ちゃんに限って、そんなことは信じられない」

理代子が一気にいった。

「この店にきてからの平太君と皆ちゃんの様子はずっと見てきたけど、あの子はそんな酷い二股を掛けるような子じゃない。あの子の好きなのは平太君だけ。そうとしか考えられない」

強い口調でまくしたてた。

「ひとつ、訊きたいんだが」

ふいに諒三が声をあげた。

「皆ちゃんは普段から、その二者択一のように要点だけ口にして、あとは省略する癖があったんだろうか」

「それは」

諒三の言葉にちょっと平太は考えこみ、

「なかったように思います。話すときも、何かにメモ書きするときも、ちゃんと相手に伝わるようにしていたはずです」

低い声でいった。

「ということは、今回は特別ということか。そうなると、すべてを書くのが躊躇われたということになるのか」

低すぎる声でいった。

「ですから、他に男がいたんです。そして、その男のところへ皆ちゃんは行ったんです。そうとしか考えられない」

一気にいった。そうでもしなければ、言葉が全部出てこないような気がした。

「そうだろうか」

はっきりした口調で諒三がいった。

「あれは本物のはずだ」

「えっ、何のことなの、諒さん」

怪訝な声を理代子があげた。

「健気さだよ。俺が感じた、あの健気さは本物だったと思う。皆ちゃんは今時珍しい、昭和の女のはずだ」

「ああっ」

と理代子が高い声をあげる。

「そうよ。皆ちゃんは正真正銘、昭和の女。あのメモ書きには、必ず別の意味があるはず。他の男のところへ行ったという意味じゃなくて、もっと深い意味が」

「深い意味って何ですか。どんな意味が他にあるっていうんですか」

食ってかかるようにいった。

「それは、今はまだ」

情けなさそうな声を出す理代子に、

「すみません。せっかく心配してくれてるのに、声を荒げて」

平太は体を折るように頭を下げる。

「とにかく——」

諒三が叫ぶようにいった。

「食え。食わないと体が弱る。体が弱ると心も弱る。皆ちゃんが帰ってくるまで代金はいらん。毎日でもいい、いつでもいいからここにきて飯を食え、平太」

いい終えるなり、諒三は揚げ場に急ぐ。

数分後、湯気のあがるいちまいセットが平太の前に置かれた。大盛りだった。

その夜、平太は寝つかれなかった。

いつも隣にいるはずの皆子がいないのだ。

体の半分がなくなったようで、寝ていてもバランスがとれなかった。重心線がずれた感覚に陥り、寝ていても体が転がっていくような気がして何度も手をついて体を支えた。平太は皆子が好きで仕方がなかった。皆子のいない生活は考えられなかった。

まんじりともしないで朝を迎えた平太はのろのろと起きあがって洗面所へ行き、顔を洗った。歯を磨く気はせず、そのまま何杯も水を飲んだ。

幸い今日は日曜日なので仕事はない。

一日中、部屋のなかで過すつもりだった。本当は、あちこちをうろつき回って皆子を探したかったが、もし自分がいないときに皆子が帰ってきたらと考えると、外へ出る勇気はなかった。

水だけ飲んで何も食べずに過した。

「二者択一、二者択一……」

と何度も口のなかで呟き、座っていることに疲れると、うろうろと狭い部屋のなかを歩きまわった。

昼を過ぎても皆子は帰ってこなかった。

とにかく待つしか術はなかった。

といっても、皆子がこの部屋に戻ってくるという保証はどこにもないのだ。それでも待った。

夜になっても皆子は帰らない。

悲しさの表面に怒りの感情が薄い膜を張った。むしょうに腹が立ってきて、ふいに酒が飲みたくなった。しかし、外に出れば皆子が帰ったときに……と思ったが、帰ってくるはずがないと断定して、ふらふらとドアを開けて外に出た。

酒が飲みたいといっても金に余裕があるはずもなく、平太の足は西武新宿駅の裏にある角打ち酒屋に向かった。あそこなら割安で酒が飲める。水っ腹で立っているのは辛いかもしれないが。

肴はなしで、日本酒の生酒をコップで五杯ほど飲んだ。胃のあたりがおかしかったが、気分のほうは上向きだ。足元がふらついて、体が左右に揺れている。母親と別れて酒とギャンブルに走った父親の気持が、わかったような気がした。

「兄ちゃん、何かあったんか」

隣に立っていた、鼠色の作業服を着た中年男が話しかけてきた。

「女に振られました」

と頭をがくがくさせながらいうと、

「そうだよな。女は振るんだよな。世の中、ひでえ女ばっかりだからよ。そんな薄情な女なんて忘れて、もっと飲め。女なんてクズばっかりだ」

カウンターを顎でしゃくった。

「皆ちゃんは薄情な女じゃない。ちょっと魔が差しただけだ」

平太は中年男を睨みつけた。

「何だ、この野郎。人がせっかく同情してやってるのに、恩を仇で返すつもりか。この莫迦野郎が」

男もかなり酔っていた。

胸倉をつかまれて揺さぶられたが、止めに入ってくれる人間は一人もいない。

「皆子っ」

と叫んだとたん、顔を殴られて、ものすごい力で平太は外に放り出された。したたか道路に体を打ちつけたが、不思議と痛みは感じなかった。

起きあがって、のろのろと歩き出したが、どこにも行くあてはなかった。それでも平太は歩いた。歩いているうちは、皆子のことを忘れられた。どこをどう歩きまわったのか記憶になかったが、足は自然に諒三の店のほうに向かっていた。

前方に『いっぱい』の古ぼけた建物が見えた。が、暖簾はかかっていない。変だなと、平太がぼんやりした頭で考えたとき、今日は日曜で諒三の店は休みだとようやく気がついた。

しかし、平太はそのまま真直ぐ諒三の店を目がけて進んでいく。店のすぐ前に行くと、どういうわけか引戸が開いていた。それならということで店のなかに入りこむと、理代子が何やら、諒三にまくしたてている。

「あっ、平太君。ちょうどよかった」

理代子が叫ぶような声をあげた。

「何度も皆ちゃんのケータイに電話してたら、最初は無視されてたけど、ついさっき通じて皆ちゃんが出たのよ」

勢いこんでいった。

「理代子さん、皆ちゃんのケータイの番号知ってたんですか。いつ盗んだんですか」

頓珍漢（とんちんかん）なことをいうと、

「何を莫迦なこといってるのよ——同じ出身地域のよしみで以前、番号の交換をしたの。それで何度も皆ちゃんに電話して、ようやく出てくれたんだけど、私は平太君のケータイの番号もアパートも知らないから、とりあえずここに飛んできたの」

じろりと理代子は平太を睨み、

「今後のこともあるから、番号を教えておきなさい」

皆子の話の内容を聞く前に、突然の番号交換になった。それが終ったあと、今度は諒三の顔を理代子は睨んだ。

「ほら、諒さんの番号も早く」

そう急（せ）き立てて諒三にケータイを持ってこさせ、こちらのほうも番号の交換をした……。

「それで、皆ちゃんとはどんな話をしたんですか。早く教えてください。僕も何度もケータイには電話してるんですが、まったく応答がなくて」

現金なもので、ぼんやりしていた平太の頭は皆子が電話に出たと聞いたとたん、しゃきっとして正常に回り始めた。

「ちょっと、待て」

諒三がふいに声をあげた。

「平太、自棄をおこして誰かと喧嘩でもしたのか。顔に痣ができて腫れてるじゃないか。話を聞くのはその手当てをしてからだ」

すでに皆子との話の内容を聞いているはずの諒三はこういって奥に入り、すぐにトレイの上に肉片をのせて戻ってきた。赤っぽい肉だ。

「俺は馬肉が好きで、うちの冷蔵庫のなかには常にこいつが入っててな――打身には馬肉が一番と昔からきまっているから、こいつを張りつけてやる」

諒三は手際よく馬肉を平太の顔に張りつけ、落ちてこないようにガーゼを当て、テープで留めた。

「これで、大丈夫だ。俺も昔は、こいつの世話によくなったもんだ」

こんなことを、ぽつりといった。

「昔、よく世話になったって、それってどういうことなの」

すぐに理代子が反応して口を挟んだ。

「何でもないよ。遠い遠い、俺がまだ若かった大昔の話だから」

諒三は理代子の質問をはぐらかすようにいって、

「ほら、理代ちゃん。早く話してやれよ。さっきからイライラした顔で、平太がお待ちかねだ」

ふわっと笑って理代子をうながした。

「そうね、それが先ね」

理代子は平太に向き直り、

「まず、結論からいうと、二者択一の二者は他の男のことじゃ、ないんだって」

はっきりした口調でいった。

アパートに戻った平太は、敷きっ放しの布団の上にごろりと横になる。

諒三のおかげで腹は減ってはいない。店が休みだったので串揚げは無理だったものの、理代子の話のあと諒三は手早く炒飯（チャーハン）をつくり、それに若布（わかめ）の味噌汁と野沢菜の漬物をそえて出してくれた。

ほんの少し心が楽になったからなのか、残すこともなく、炒飯は全部食べることができた。

あのとき理代子は、皆子との会話の一部始終を詳しく話してくれた。

「諒さんも私も、そして、もちろん平太君もみんな皆ちゃんのこと心配してるのよ」

という理代子の言葉に、

「すみません。勝手なことをして、みなさんにまで心配をかけてしまって」

皆子はざらついた声で答えたという。

「で、皆ちゃんは今、どこにいるの。実家のほうにいるの。何をしてるの」

と理代子が重ねて訊くと、

「実家には戻る気はありませんから、都内のカプセルホテルで寝泊りしています」

と皆子は答えた。

「カプセルホテルで、皆ちゃんは何をしているの。平太君は皆ちゃんがいなくなって、ご飯も喉を通らない様子で、この世の終りって感じになってるわよ」

諭すようにいう理代子に、

「そうですか……」

皆子はそれだけいって沈黙した。無音の状態が少しつづいてから、

「何かをしてるんじゃなく、ただ考えてるだけです。私と平ちゃんのことを」

抑揚のない声でいった。

「皆ちゃんと平太君のことって……二人のいったい何を考えてるの」

「それは……」

また、皆子は黙りこんだ。

「二者択一って、どういうことなの。どういう意味なの」

理代子は少し声を荒げる。

が、やはり皆子は黙りこんだままだ。

「平太君は、皆ちゃんには他に男がいて、その男のところへ行くためにアパートを出たんじゃないかと思ってるわ」

怒鳴るような声をあげた。

「違います」

すぐに強い口調の言葉が返ってきた。

「他に男なんていません。あれは、そんなつもりで書き残したんじゃありません」

泣き出しそうな声だった。

「じゃあ、あれは……」

思わず声をあげる理代子に、

「もう少ししたら、帰ります。すみません、もう少ししたら」

それだけいって、電話は切れた。

これが、皆子と理代子の会話のすべてだった。

「他に男はいない……」

天井を睨みつけて、平太は独り言のように呟く。

じゃあ、あの二者択一という言葉は何を意味するのか。何をどう考えても答えは出てこない。だが、皆子が男ではないというのなら、そういうことなのだ。正直、ほっとしたのは確かだった。

それに皆子は、もう少ししたら帰るといったのだ。もう少ししたら……でも、もう少しというのはどれほどのことなのか。三日なのか、五日なのか、十日なのか、それとも……平太はとたんに不安になってきた。

そうだ、メールを送ろう。そう思った。今までも何度かメールを送ったが、内容はただ単に早く帰ってほしいというだけのものだった。しかし、今度は少しだが具体的なことが書ける。

平太はケータイを取り出して、メールを綴り始める。

『理代子さんから聞きました。男のことじゃないとわかり、正直ほっとしている。というより、嬉しいというか生きる望みが湧いてきたというか。やはり僕は、皆子がいないと駄目なようです。

　ところで二者択一の意味はなんですか。いくら考えても、まるで見当もつきません。まあ、皆子が帰ってきたときに教えてもらえればそれでいいんだけど。

　それよりも、もう少ししたら帰るという、もう少しとはどれぐらいのことですか。まさか、半月や一ヵ月先というんじゃないんだろうね。数日という意味だよね。とにかく早く帰ってきて、二人でよく考えてみようよ。それがいちばんいい方法だと思います。

大好きな皆子へ――平太』

　平太はこのメールを皆子のケータイに送信した。皆子の気持が落ちついていれば、返信はすぐにでもあるはずだ。

　平太は皆子の返事を布団の上に座って待った。三十分がたち、一時間がたっても皆子からの返事はなかった。にわかに不安になってきた。しかし、明日の朝になればきっと返事はきているはずだ。

　平太はそう考えて寝ることにした。何といっても明日からは仕事なのだ。一晩中起きて待っているわけにはいかない。平太は布団の上に横になるが、やはり隣に皆子がいないと不安定で、体が転がり出てしまいそうな気がした。落ちつかなかった。不安だった。

三十分後、平太は布団から出て、狭い部屋のなかを、うろうろと歩きまわった。皆子の代りになる物を探したが、精々が熊のぬいぐるみがあるぐらいで、これでは小さすぎるし軽すぎた。

平太はキッチンに向かった。何かないかと見まわすと、格好の物が目に入った。皆子が消える少し前に買った、米の入ったビニール袋だ。まだ手つかずで封も切っていない。これなら重さもあるし形もなんとか……平太は米袋を布団の上に運んだ。自分の寝る隣に置いてから、これではいくら何でも殺風景すぎると思い、箪笥(たんす)から皆子がいつも着ているパジャマを引っぱり出して米袋にかぶせる。いい感じだった。

「皆ちゃんの出来あがりだ！」

独り言を呟き、早速その隣に体を横たえる。パジャマを着た米袋を抱きしめるようにして目を閉じる。不安感がなくなった。これなら、布団の上で転がることはない。何とかちゃんと寝られそうだ。

平太は安堵の吐息をもらした。

ていなかった。

翌朝、目の覚めた平太が枕許のケータイを見てみると――皆子からのメールは届いていなかった。

「なぜ！」

口に出して叫ぶような声をあげたとたん、平太の全身を不安感が包みこんだ。ひょっとしたら、皆子は自分のことを嫌いになったのでは。そう考えれば二者択一の言葉も、好きか嫌いかのどちらかと考えられないことはない。

ぺたりと床の上に尻を落した瞬間、妙なことに気がついた。いくら安いカプセルホテルに泊っているといっても、それなりに金はいるはずだ。自分も皆子も普段から財布のなかに大金は入れていない。いったい皆子は毎日の生活費をどうしているのか。

のろのろと平太は立ちあがり、簞笥の引出しを開けてなかを探ってみる。あった。貯金通帳だ。開いてみると残高は減っていない。そうなるといったい……。

考えられるのは誰かに借りたということだが、皆子には都内に親しい友達はほとんどいないはずだった。あとは給料の前借りぐらいしか思い当たらなかったが、先日『巴里』に出かけたとき店主は何もいっていなかった。

そういえば、あのときは何を訊いても首を振るだけだった、同僚のウェイトレスの春奈はどうだろう。ひょっとしたら、本当は事情を何もかも知っていて、春奈は口を閉ざしていただけなのでは。普通、こんなことをするときは誰かに相談ぐらいはするはずだが、皆子の場合はそれがたった一人の同僚である春奈——そんな気がした。

ともあれ会社には行かなければと身支度をしながら、帰りに『巴里』に寄って春奈に質してみようと平太はきめる。

不安感から何度か失敗をしながらも、何とか仕事を終え、平太が『巴里』の扉を押したのが夜の七時ちょっと過ぎ。閉店の五十分ほど前だった。

店のなかを見まわすと、時間が時間だけに客は二人だけ。奥のほうから店主の「いらっしゃい」の声がかかる。厨房の前に行くと「おや、あんた」という声と一緒に、店主が外に出てきた。

「皆ちゃん、帰ってきたのかい？」

店主の声に平太は首を横に振り、

「それでちょっと、春奈さんに訊きたいことがありまして」

と平太は頭を下げる。

「ああ、そうかい。じゃあ、春ちゃんに席のほうへ行ってもらうから——ところであんた、何か飲むのかい」

飲まなければ悪いような気がして、平太はコーヒーを頼む。

しばらくして平太が座りこんだ奥の席へ、水の入ったコップと湯気のあがるコーヒーをトレイにのせて春奈がやってきた。手際よくテーブルの上に飲物を置いて、平太の前に座った。春奈は確か、平太たちと同い年の二十一のはずだった。

「あの、訊きたいことって？」

おどおどした様子で春奈は訊いた。

「皆ちゃんのことが、少しわかってね」

と平太はいい、理代子と皆子との電話でのやりとりのことを春奈に話し、その後に疑問に思っていた金の件を話した。

「だから、ひょっとしたら皆ちゃんは春奈さんにお金を借りて、アパートを出ていったんじゃないかと思って。というより、それしか方法がないんじゃないかと思って」

きめつけた口調で平太はいった。

そのせいなのかどうなのか、春奈の体が硬く強張ったように見えた。

「とにかく、本当のことを教えてほしいんだ。春奈さんは皆ちゃんから何か今度の件の事情を聞いているのか。そこのところを――」

哀願するようにいった。

「お金は……」

ぽつんと春奈がいった。

「貸してないわ」

同じような声だ。

「貸してないって、おかしいじゃない。皆ちゃんの友達は春奈さんぐらいしかいないんだから。通帳を見ても残高は同じだし、誰かから借りたとしか。そう考えると、やっぱり春奈さんしかいないということに」

当て推量にすぎなかったが、やはり断定した口調でいって春奈を見ると、口のなかで呟くように何かをいった。

「えっ、何ていったの」

催促の言葉を出すと、

「キャッシュカード」

と春奈は蚊の鳴くような声でいった。

なるほど、その手があったかと、目から鱗の思いで春奈の顔を凝視しながら奇異な感じをふと抱く。春奈は推測でキャッシュカードという言葉を出したのか、それとも皆子から何かを聞いていて口にしたのか。もちろん、単なる推測でも充分口にできる言葉ではあったが。

「春奈さん、皆ちゃんから何か聞いてるんだよね。そうでなければ、キャッシュカードなんて言葉、すぐには出てこないんじゃないかな。本当は聞いてるんだよね」

今度も断定した口調で言葉をぶつけた。

とたんに春奈がうつむいた。

やっぱり聞いているのだ、春奈は。はったりが効を奏した。春奈は共犯者なのだ。平太の胸がざわっと騒いだ。

「だったら教えてくれないか、皆ちゃんが春奈さんに話したことを。いったい皆ちゃんはなんでアパートを出ることにしたのか、書き残した二者択一の意味は何なのか。知ってることを全部教えてくれないか」

かきくどくように平太はいった。

だが、春奈はうつむいたままだ。

「僕は皆ちゃんがいないと、生きていけないんだ。一人でまともに眠ることさえできないんだ」

理屈で駄目なら、平太は春奈の情に訴えようと思った。

「現に昨日の夜だって――」

と、アパートのなかを皆子に代る物はないかと探しまわって米の袋を見つけ、それに皆子のパジャマを着せて自分の隣に置いて寝たことを話した。

「僕は何事においても皆ちゃんがいないと駄目なんだ。僕と皆ちゃんは一心同体で離れて暮すことなんてできないんだ」

そう話をしめくくると、

「お米の袋を持ってきて、皆ちゃんのパジャマを着せたんですか」

ぼそっといって、春奈は平太の顔をちらっと眺めた。

「そうだよ、かわいそうなもんだよ」

溜息まじりにいうと、

「それって、ほとんど、ギャグなんじゃないですか」

とんでもないことを春奈はいった。

「ギャグって、そんなつもりは……」

「でも、お米の袋でしょ。もう少し、ましな物はなかったんですか」

低い声でいった。

「探したけどなかったんだよ。だから、仕方なくお米の袋を……それくらい切羽つまっていたんだ」

ふいに平太の目頭が熱くなった。

一生懸命やったことが、他人から見たらギャグだと思われたことが悲しかった。たとえ、そうだとしても、皆子への思いを莫迦にされたような気がしたのは確かだ。

「あっ、ごめんなさい」

涙ぐんだ平太の姿を見て動揺したのか、春奈は慌てて謝りの言葉を口にした。

「そうですよね。ギャグっぽいことって、もう少し奥を探ってみると悲しさに通じますよね。だからこそ、よけい辛いってことかもしれませんよね」

いたわるような声を出した。

ほんの少し沈黙が流れた。

「話します。私の知っていることは全部話しますから」

春奈の目が真直ぐ平太の顔を見た。

『いっぱい』の戸を開けると、揚げ物と酒のにおいのまじった熱気が、わっと平太の顔に押しよせた。

店のなかは混んでいた。

客の顔を見まわすと理代子がいた。幸い、その隣は空いている。平太は躊躇なく、その空いている席に向かって突き進んだ。早く理代子と話がしたかった。諒三にもすべてを聞いてほしかった。

壁にそって忙しなく進んでいくと、理代子の二つ隣に座っていた客がじろりと平太の顔を見た。

どきっとした。時折この店にやってくるヤクザ者だ。確か名前は新藤、どこかの組の幹部だという話を聞いたことがある。そして、一度この店で問題をおこしたという噂も……だから隣が空いていたのだ。よく見れば反対側も空いている。

「小僧、混んでるときは、もう少しゆっくり歩け」

ドスの利いた声を出した。

「あっ、すみません」

平太は素直に謝って、理代子の隣にゆっくりと座る。つまり、新藤の隣ということにもなる。

「新藤さん、相手は若者なんだから、もう少し穏やかな声で」

揚げ場から諒三の声が飛んだ。

「これでも、けっこう優しい声を出してるつもりなんだがな」

低い声で新藤はいう。

「いくら優しい声といっても、その強面じゃ、誰もがびびってしまいますよ」

諒三のこれも低い声に、

「あんたにだけは顔のことはいってもらいたくねえな。どっちも似たりよったりの顔なんだからよ」

面白くもなさそうに新藤がいう。

「俺の顔なんて、新藤さんの顔に較べたら、ちゃちなもんですよ」

さらに諒三はいいつのる。

何となく険悪な雰囲気が——そう思って隣の理代子の顔を平太はちらっと見る。

「大丈夫、いつもこんな感じだから。といっても今夜はちょっと、やりとりがくどいようだけど」

平太の耳許で理代子がささやくように教えてくれた。

「ちゃちな顔なあ。これだけ俺にずけずけ物をいって、ちゃちな顔っていうのもちゃんちゃらおかしいよな、ええっ、諒さんよ」

いつのまにか、辺りは静まり返って騒がしかった店のなかから話し声が消えている。誰かがごくっと唾を飲みこんだ。

「いえね、俺はこんな貧乏人の集まる店に、金持ちの新藤さんがくるのが不思議でしようがなくてね」

「何だか、俺にはこの店にきてくれるな。そういっているようにも聞こえるんだが、それは無理だな、諒さんよ」

じろりと新藤が揚げ場の諒三を睨んだ。正真正銘ヤクザの目だった。平太は思わず体を理代子のほうによせた。

「ここの串揚げは嫌いじゃねえし。それに、俺はあんたに興味があるからよ。確かにどこかで見た顔なんだが、どうにも思い出せねえ、あんたの顔がよ。それがわかるまでは、残念ながら、ここにこさせてもらうつもりだ。そういうことだから、みなさんも、よろしくお願いしますよ」

なんと、新藤は左右の客に向かって深々と頭を下げた。見ようによっては愛敬のある仕草だった。すぐに客のみんなも新藤に向かって頭を下げる。どうやらこの勝負、諒三の負けのようである。

「兄ちゃんも、そっちの綺麗な姉さんもよろしくな」

平太たちにも頭を下げてきた。

「あっ、あっ、こちらこそ、よろしく」

慌てて平太は頭を下げる。横の理代子も頭を下げている様子だ。

「待たせたな。いちまいセットでよかったんだよな、平太」

諒三がやってきて、平太の前に串揚げのセットが置かれる。

「はい……」

平太は力なく答える。

「どうした、何かあったのか。皆ちゃんのことで何かわかったのか」

諒三が真直ぐ平太の顔を見た。

「実は、皆ちゃんの同僚の春奈さんという人に、今度の件で何か知ってたら教えてほしいって誠心誠意頼んだんです。そうしたら……」

消え入りそうな声を出すと、

「教えてくれたのね。その春奈さんていう人が——で、何がどうなってたの」

隣の理代子が身を乗り出してきた。

「それは」

といって平太は周囲を見まわした。できれば、他の人間には聞かれたくなかった。店のなかには再び賑やかな声が溢れていて、平太を気にしている人間はいない。

「春奈さんの話では、皆ちゃんは僕の子供を妊娠したって」

平太は言葉を絞り出した。

「妊娠っ！」

理代子が押し殺した声をあげた。

「ということは、二者択一っていうのは、つまり」

諒三が睨むような目を向けた。

「はい、そういうことです」

平太は力なく答えた。

春奈はそのとき平太に、こんなことをいった。

「今の二人の収入では子供を産んでも、育てることはできない。もし、育てることができたとしても毎日かつかつで、おそらく平太さんとの生活は破綻する。でも、せっかく授かった子供、できれば産みたいけど、もうどうしていいかわからない——思いつめた顔で皆ちゃん、こういってたわ」

そういうことだったのだ。あの、仕事を休んだ日、皆子は病院に行って妊娠の有無を調べてもらってきたのだ。

「それで私は皆ちゃんに、とにかく平太さんとよく相談してって、納得できる結論が出るまで徹底的に話し合ってといったんだけど、よほど皆ちゃん、思いつめていたのか」

春奈は両肩をすとんと落した。

「突然、店をやめて、姿を消してしまったんですね」

喉につまった声を出すと、

「そう。多分、一人で徹底的に考えてみるつもりで」

申しわけなさそうな声で春奈はいった。

「だけど、なぜ、皆ちゃんは僕に相談してくれなかったんだろう。全部一人で背負いこむことにしたんだろう」

平太の心は悲しさにつつまれた。

途方もない悲しさだった。

鼻の奥が熱くなった。平太は涙が出るのを歯を食いしばって我慢した。両手の拳を力一杯握りしめた。

「でも。もう、平太さんのところに帰ると思うから。皆ちゃんだって、こんな大切なこと一人できめられないと思うから。それから……」

春奈はぽつりと言葉を切り、

「赤ちゃんは、四ヵ月目に入ってたそう。皆ちゃん、そういってた」

はっきりした口調でいってから、ほんの少し笑った。

まだ、一時間ほど前のことだった。

「それで皆ちゃん、結局どうしたんだろう。どっちにきめたんだろう」

話を聞き終えた理代子が、掠れた声でいった。

「まったく、わかりません。もう堕(お)ろしてしまったのか。それとも、まだ迷っていて、きめかねているのか」

平太が肩を落したとたん、諒三が苦しそうな声を出した。

「そんなことは……」

妙にドスの利いた声にも聞こえたし、悲しげな声にも聞こえた。

そのとき、隣の新藤が平太の肩にそっと手を置いた。

「俺は三度だ。嫌なものだ、あれは」

ぼそっといった。

聞こえていたのだ、この男には。すぐ隣の席だから無理もなかったが。

新藤はそれだけいって立ちあがった。財布を出して千円札を一枚抜き、カウンターの上に置いた。

「あんた、ひょっとして――」

諒三を凝視するように見た。

「人を殺したことが、あるんじゃねえか」

それだけいって、ゆっくりと壁ぎわを通って外に出ていった。

「諒さんっ」

叫ぶような声を理代子があげた。

「あの男のことは気にしなくていい。それより、平太だ」

諒三が低すぎるほどの声をあげたとき、平太のケータイが音を立てた。呼出し音だ。ざわっと胸が騒いだ。急いでポケットからケータイを取り出すと、画面に「皆ちゃん」の文字が浮んでいた。

急いで耳に押しあてると、懐しい声が聞こえた。

「春奈さんから連絡があって、平ちゃんに全部話したっていうから」

という皆子の声に、

「今、どこにいるんだ」

平太は怒鳴った。

「まだ、カプセルホテル」

ぼそっと皆子はいった。

「二者択一の結果はどうなったんだ」

また、怒鳴った。

「明日帰るつもりだから、そのときに話すわ。いろんなことを全部」

いろんなことと皆子はいった。

「明日のいつ？」

と今度は泣き出しそうな声をあげる平太に、

「そこって、人の騒めきが聞こえてくるけど、『いっぱい』にいるの」

逆に皆子が訊いてきた。

「そうだよ。目の前には諒さんもいるし、隣には理代子さんもいるよ」

「じゃあ、『いっぱい』で逢おうか。諒さんや理代子さんにも話を聞いてほしいし。お客さんの少なくなる十一時頃に」

それだけいって皆子の声は途切れた。

「もしもし」

と平太は呼びかけるが電話は切れていた。ケータイを耳から外して大きな吐息を平太はもらした。諒三と理代子が心配そうな表情を浮べて見ていた。

時計を見ると十一時十分前。

平太はどうにも落ちつかない気分で『いっぱい』のカウンターの前に座っている。

皆子のいった通り、店はほとんどの客が帰って残っているのは中年の夫婦が一組だけ。奥の席に座っている平太の隣にいるのは、むろん理代子である。

「ほら、平太君。もう少し落ちついて」

理代子が背中を軽く叩いた。

諒三は厨房のなかの丸椅子（まるいす）に腕をくんで座っている。両目も閉じているようだ。

時計が十一時を指した。

中年夫婦が帰っていった。

平太の体がぶるっと震えた。

そのまま十分ほどが過ぎたが、皆子はまだ姿を見せない。

「どうしたんだろう、皆ちゃん。気が変ってこないつもりだろうか」

心細そうな声を平太は出す。

「くるといったんだから、くるわよ。それに十一時頃ということなんだから。まだ、その範疇（はんちゅう）よ」

理代子がそういったとき、入口の引戸がそろそろと開けられた。

「今晩は……」

入ってきたのは皆子だ。

平太と理代子が同時に立ちあがり、諒三もゆっくり腰をあげる。

「諒さん。まだ、串揚げのいちまいセット、食べることできる？　ご飯と一緒に」

皆子はまず、厨房に声をかけた。

「もちろん」

皆子の注文に諒三は揚げ場に歩く。

理代子が手招きして、自分と平太の間の席に皆子を呼んだ。皆子はぺこりと理代子に頭を下げ、

「お騒がせしました」

その席にゆっくりと腰をおろした。

「心配した。本当に心配した。もし、皆ちゃんが帰ってこなかったら、どうしようかと思ってた」

泣き出しそうな声で平太はいった。

「平ちゃんが、ものすごく心配してるだろうなということはわかってた。でも、一度一人で、いろんなことをゆっくり考えてみたいという思いもあったし」

申しわけなさそうな口調で皆子はいう。

「いろんなことって――それがよくわからないんだけど」

唇を尖らせて平太はいう。

「一言でいうと、私と平ちゃんの、しあわせごっこ」

妙なことを皆子はいった。

「何だよ。その、しあわせごっこというのは」

怪訝な表情を平太は浮べる。

「誰にも邪魔されず、貧乏も気にせず、未来も気にせず、頑張りもせず、怠けもせず、ただ、ひたすら、二人だけの自由な毎日を楽しむ生活」

すらすらと皆子は言葉を並べる。

「それが駄目だっていうのか。僕は皆ちゃんさえいれば何もいらないから、そんな生活で充分だと思ってるけど」

「私も充分だと思ってた。ぬるま湯に浸かったような、あの生活って妙に心地良かったし楽だったし。私も平ちゃんさえいれば何もいらないと思ってた」

「じゃあ――」

という平太の言葉をつつみこむように、

「でも、心地良くて楽なのは、それが本当のしあわせじゃなくて、ごっこだったからだってことに気がついたの」

皆子がそういったところで、いちまいセットがカウンターの上にとんと置かれた。

「皆ちゃんの大好きないちまいセット――しっかり味わって食べてくれよ」

諒三の低い声に、

「わあっ、いただきます」

歓声をあげて、皆子は箸を取った。

話はそこで中断され、皆子は串を手に取り、顎を大胆に動かして次々に咀嚼していく。気持のいい食べっぷりだった。

皆子は串カツとピーマンの串揚げをすべて食べ、赤カブの漬物と飯もすべて食べた。皿の上に残っている物は何もなかった。

「諒さんの料理をけなすつもりは、まったくないことをまず断ってからいうと――」

皆子はじっと平太の顔に目をやった。

「私と平ちゃんのしあわせごっこは、このお皿と同じ。おいしく味わったあとには何にも残らない。未来はのたれ死にかもしれないし、二人で手に手をとっての心中かもしれない。お金も残らないし、痕跡も残らないし、そして……」

皆子は小さく息を吸いこんでから、

「子供も残らない」

低すぎるほどの声でいった。

「そういったことに、私は気がついたの。この、お腹のなかに平ちゃんの子供ができたとわかったときに。そして、私は迷いに迷った。産んだほうがいいのか堕ろしたほうがいいのかを」

皆子の視線は何もなくなった、皿の上を凝視している。

「産めば、私と平ちゃんの生活は破綻する。堕ろせば、未来はどうなるかはわからないけど、しあわせごっこは持続する」

「それで、どうしたの。皆ちゃんは、どっちの道を選んだの」

平太が叫んだ。

皆子の視線が皿の上から膝に移った。

「三日前に堕ろしたわ。私は、平ちゃんとのしあわせごっこの道を選んだ。あの、生ぬるくて妙に心地のいい毎日を」

教科書を読むように皆子はいった。

「そんな……」

平太の口から吐息がもれた。

「なんで、その前に僕に相談してくれなかったんだよ。そうすれば、ひょっとしたら別の答えが出たのかもしれないのに」

咎めるようにいった。

「出ない、別の答えは出ない。なぜなら平ちゃんはこういうにきまってるから——皆ちゃんのいう通りにするよ。私たちの生ぬるい生活は平ちゃんの、この言葉のような妙な優しさの上に成り立っていたから」

「それは……」

思わず絶句する平太に、

「大体、メモに書いた、二者択一の言葉を見たときに私の妊娠に気がついてほしかった。でも平ちゃんはそんなことはまったく頭になく、春奈さんに教えてもらうまで気がつかなかった。男と女が一緒の生活をしていたら、赤ちゃんができることがあるのは当然のこと。でも、平ちゃんの頭からは、それがみごとに欠落していた」

皆子は一気にいって、さらに後をつづけた。

「それが平ちゃんの、妙な優しさの本質。未来を見すえない、その場限りの優しさ。もっとも、その場限りのしあわせでいいと納得の上の二人の生活だから、それはそれで仕方がないんだけどね。そして私はその生ぬるい、しあわせごっこをまた始めるために、お腹の赤ちゃんを堕ろしてきた……以上、私の報告終り」

皆子が平太を見ていた。

両目が潤んでいた。

ずっと鼻をすすった。

「ごめん。皆ちゃんに何といって謝っていいのか。僕は自分のことしか考えてなかった。皆ちゃんのことも考えているようで、そうじゃなかった。僕が考えていたのは自分の心地良さだけ。僕が持っていたのは妙な優しさでも何でもなく、皆ちゃんに寄っかかった、甘えと優柔不断さ。ごめん、本当にごめん。皆ちゃんに辛い思いをさせて、そして、僕の赤ちゃんにも……」

平太の目から涙が溢れた。

悲しくて悲しくて仕方がなかった。

皆子が大好きだった。

堕ろされた赤ん坊が愛しかった。

「平太。もう、ごっこはやめて、本当のしあわせをつかみ取れ。必死で頑張って正社員を目指せ。それが無理なら夜も働け。何をやってもいいから、家族を養っていけるだけのものを稼げ」

諒三が怒鳴るようにいった。

「家族が一人増えたんだ。ここで頑張らなくて、どうするんだ」

「えっ！」

諒三の言葉の意味がわからなかった。

すぐに理代子が口を開いた。

「ここに入ってきたときの、皆ちゃんのお腹を見ればわかるじゃない。皆ちゃんは赤ん坊を堕ろしていない。お腹のなかに大切にしまいこんでいる。しっかりしなさい、平太君。来年はお父さんなんだから」

平太の背中を、どんと叩いた。

「本当なのか、皆ちゃん」

皆子の顔を覗きこんだ。

「ごめん、嘘ついて。私、堕ろしたといったときの平ちゃんの反応を見て、どうするかきめるつもりだった。でもそんなこと、もう、どうでもいい。私、赤ちゃんが産みたい。子供が欲しい。本当のしあわせをつかみたい。貧乏でもいいから、子供を育てたい。親子三人で暮したい」

一気にいった。

皆子の泣き声が店中に響いた。
心地いい泣き声だった。
二人分の泣き声に聞こえた。

トラック女子の困惑

窓から身を乗り出して後ろを見る。

大胆にハンドルを切りながら、美咲(みさき)は一発で所定の位置にバックで車を停める。ドアを開け、大型トラックの運転台から飛び降りるように外に出た。

大きく伸びをして『東亜(とうあ)運輸』と看板のかかった事務所の扉を開ける。名前は立派だが、従業員三十人ほどの小さな運送会社だ。

「お帰り、山(やま)ちゃん」

カウンターの向こうから専務の星野(ほしの)の声がかかる。

いくら名字が山崎(やまざき)だからといって「山ちゃん」では女性に対してちょっと失礼な気がするが、理由は美咲の体格だ。

身長百七十四センチで体重は六十七キロ。筋肉質でいかつい体は、ぱっと見た限りでは太ってはいないが、これが女性ということになると、とにかく大きく頑丈に見える。だから、山崎さんや美咲ちゃんよりも、山ちゃんという呼び方になってしまう。

美咲の年は二十七歳である。

「今日は岩手までキャベツの配達か。どうだ、紅葉のほうは」

機嫌よく訊く星野に、

「あっ」

と美咲は大声をあげる。

「そうだったんだ。紅葉の季節だったんだ。そんなことはまったく頭になく、気がつきませんでした」

自分の頭を平手でぽんと叩くが、これは嘘である。

車の窓から見える東北の里山は鮮やかすぎるほどの赤や黄、それにオレンジ色が競うように混じりあって溜息が出るほど綺麗だった。しかし、そんなことを素直に口にしようものなら、

「山ちゃんもやっぱり、普通の女だったか」

などという冷やかしや、からかいの言葉が飛びかうに決まっていた。

これにはけっこう、悲しいものがあった。だから、山ちゃんの呼び名にふさわしい行動――こう決心したのはこの会社に入社して半年ほどが経ったころだ。以来、美咲は、とぼけた味のキャラクターを何とか維持している。それでなくとも、世間でいうところのトラック野郎ではなくて、トラック女子なのだ。陰ではいったいどんなこと

をいわれているのか。

机に座って伝票の整理をしていると、同僚の郁世がやってきた。といっても郁世の仕事は事務のほうだが。

「山ちゃん。もう、あがりでしょ。今夜の予定ってどうなってる」

顔中に笑みを浮べていった。

二つ下の郁世は目が大きく柔らかな頰の線が特長の、典型的な可愛い顔の持主だった。

「別にないけど、どうして」

返ってくる答えは想像できるけど、いちおうは訊いてみる。

「合コンが入っててさ。どうしても女子のメンバーがあと一人欲しいんだよね。だから、山ちゃん、どうかなと思って」

思った通りの言葉が返ってきた。

「無理、無理、絶対無理――」

きっぱりといい切る。

「えっ、なんで。別に予定は何にもないんでしょ。だったら、きてくれたって」

顔つきがちょっと険しくなった。

「だって私、今日は作業着通勤だもん。いくら何でも、東亜運輸と名前の入った、鼠色の作業着姿じゃ行けないでしょ」

何でもないことのようにいった。

「えっ、今日も山ちゃんは作業着通勤なの。よく恥ずかしくないわね——まあ、山ちゃんだから、それでいいのか。何にしても、それじゃあ合コンは無理か」

あっさり納得してその場を離れていく郁世の背中を見ながら、美咲は小さな溜息をひとつもらす。

郁世が美咲を合コンに誘った理由はわかっている。他の女子の引き立て役。太ってはいなくても、いかつくて大きな体の美咲が一緒にいれば他の女子は華奢（きゃしゃ）に見えた。合コンに限らず、様々な場面でのそんな引き立て役が嫌で、美咲はよく作業着姿で出勤している。

通勤は自転車を使ってアパートから十五分くらいだし、どうせ自分は山ちゃんなのだから会社でオシャレをしたって始まらない。そして、これも本当は悲しいことなのだが、美咲は作業着姿がよく似合った。ぴったりと身について文句なしに決まっていた。

時計を見ると七時を回っていた。

帰り仕度をすましてから洗面所に行き、髪だけを整える。といってもショートカットなので時間はかからない。あとは化粧直しだが、これも薄化粧なので手間はかからない。素早くこれだけをすませて、美咲は鏡のなかの自分の顔を睨みつけるように見る。

眉毛が濃い。目は大きくもなく小さくもなく、鼻の形も普通だ。その下の唇はやや厚めだが、ワイルドだと思えば納得もできる。要するに美人でも可愛くもないが、それほどとやかくいわれる顔ではない。強いて、いいように表現すれば凜々しい——そんな言葉なら許される気もする。

美咲は鏡のなかの自分に、ほんの少し笑いかける。笑った分だけ目が細くなるが、それなりの可愛らしさはあるような……。

そのとき、洗面所の外で音がした。誰かが入ってくるような気配だ。美咲は慌てて蛇口をひねって水を出し、両手を洗う素振りをする。鏡の前で時間をかけていると思われるのが嫌だった。

入ってきたのは郁世だ。

「やっぱり、勝負顔にしないとね」

へらっと笑ってから、美咲の隣に立って鏡を睨みつけた。へらっと笑った顔が一瞬にして真顔に変った。戦闘準備だ。郁世はバッグのなかから化粧道具を取り出す。鏡のなかの顔はよそ行きの表情に変化している。

「じゃあ、お先に」

と声をかけるが、すでに戦闘態勢に入っているようで郁世からの返事はなかった。


十五分後。

美咲は『いっぱい』と染めぬいた暖簾脇の壁の前で自転車を降りる。

美咲の近頃の楽しみはここで時々食べる、いちまいセットだ。帰りは自転車を押しての歩きになるが、酒が入る以上しかたがない。

古ぼけた硝子戸の前で美咲はちょっと身構える。

何といっても今日は木曜日なのだ。それなりの覚悟を決めてなかに入らなければ。

「よしっ――」

と小さく叫んで、古ぼけた硝子戸をゆっくりと開けて店のなかに入る。すぐに熱気が顔にわっと押しよせる。

油と酒と揚げ物のにおい。食べ物から漂ってくるエネルギーのようなもの。それに集まっている人間のにおいだ。そんな圧力のようなものが体を押しまくる。

「いらっしゃい、美咲さん」

諒三の低いが、よく通る声が耳を打った。

「空いている場所へ、どこでもどうぞ」

カウンターを見回すと六割方が埋まっているが、右端のいちばん奥の席で誰かが手を振っていた。あれは近くの商店街で化粧品店をやっている常連の理代子だ。

壁際をそろそろと歩いて、理代子の隣の空いている席へ大きな体を滑りこませる。

「今日もまた、作業着出勤だったの」

呆れたようにいう理代子に、

「これがいちばん、楽ですから」

笑って答えるが、これも美咲の本音といえた。着るものをあれこれ考えなくていいというのは、女性にしたら相当な時間の節約になったし、それよりも何よりも気が楽で精神的に助かる部分があった。

「まあ、長距離トラック一筋の美咲ちゃんらしいといえば、そうだけどね」

機嫌よく理代子はいう。

会社とは違い、ここでは美咲のことを山ちゃんと呼ぶ者は誰もいない。

「今日はどこまで行ってきたの」

「岩手の市場へ、葉物野菜を届けに行ってきました」

笑顔で答える美咲に、

「あら、いいわねえ。紅葉が綺麗だったんじゃない」

羨ましそうに理代子がいった。

「そりゃあ、もう。金襴の帯の間を走り抜けていくというか、原色の油絵のなかを走り抜けていくというか……」

と、そんな話をしている美咲と理代子の前に諒三が立った。

「いいねえ、若い女性の仕事着姿は。何といったらいいのか。こう、体の真中に一本、芯が入っているというか筋が通っているというか。まさに、凜々しさそのもの——その一言につきるなあ」

太い腕をくんでいった。

実は美咲を称して凜々しいといい出したのは諒三なのである。

今から半年ほど前。

何気なく作業着のまま、この店に入って串揚げを食べてビールを飲んでいる美咲の様子を諒三が見て、

「いい食べっぷりだなあ、姉さん。その仕事着にぴったりの食べっぷりだ。近頃珍し

く凛々しさを感じさせる姉さんだ」

こんなことをいったのだが、このときは理代子も店にきていて、

「そういわれれば、そんな気がする。体型もいいし身のこなしもいいし、本当に女性の若武者といったかんじ」

すぐに賛同した。

これ以後、『いっぱい』での美咲の形容詞は凛々しいという言葉に決定した。

「ところで、いちまいセットでいいのかな、美咲さんは」

注文を訊く諒三に、

「はい。串揚げのほうで」

弾んだ口調で美咲はいい、諒三は「了解」と答えてその場を離れていった。

「諒さんは美咲ちゃんのことが、大好きなのよ」

内緒話をするように理代子がいった。

「大将が！」

「そう。今時の若い娘と違ってオシャレや流行にとらわれない、我が道を行くといった美咲ちゃんの一途さがね。男はみんな、女のそういうところに弱いから」

一途というよりは生活の知恵のようなものなのだが、それを押し通すというのも一

種の一途さなのかもしれない。

「一途さですか。女としてじゃなく、そっちのほうですか。ちょっと、がっかり」

珍しく美咲が軽口を飛ばすと、

「えっ、美咲ちゃん。諒さんのことが好きだったの！」

驚いた声を理代子はあげて、一瞬体を固くした。

「好きですよ。もっとも、男としてじゃなく、人間としてですけどね」

顔中を笑いにしていった。

「何だ、大人をからかって」

ほっとしたような表情を浮べる理代子に、

「だって、大将は理代子さんのことが好きなんじゃないんですか。二人とも、もの凄く仲が良さそうだし」

美咲は思った通りのことをいう。

「確かに仲はいいけれど。あいつの朴念仁ぶりは並大抵じゃないから、なかなか本音を出すことはね……この店を開く前は、どこで何をやってたかということも、まったくわからないし」

首を左右に振る理代子に、

「謎の人なんですね——でも、喧嘩は凄く強いってて誰かがいってましたけど」

美咲も首を傾げる。

「喧嘩はかなり強いわね。もっとも、なかなか、そういうことはしない主義のようでもあるけど。だけど私にいわせれば、謎の人というよりは変な人といったほうが、ぴったりのような……」

と理代子がいったとき、

「はい、お待ち」

美咲の前に味噌ダレのかかった串揚げと瓶ビール、それにコップが置かれた。なんと串カツが二本増しの五本になっていた。あとの一本はシシトウの串揚げのようだ。

「あら、また美咲ちゃんだけ、串カツ追加なの。私はいつも三本なのに」

理代子が唇を尖らせる。

美咲の二本増し串カツは一ヵ月ほど前からのことだった。

「体の大きさが違うからな。美咲さんには沢山食べてもらって、せっかくの体を維持してもらわないといけないからな」

体の大きさのことをいわれても、諒三なら嫌みに聞こえないから不思議だ。

「ありがとうございます」

素直に頭を下げる美咲に、

「飯がほしくなったらいってくれ。漬物の追加と一緒に大盛りで持ってくるから」

それだけいい置いて諒三は揚げ場に戻る。

美咲はカウンター脇に置いてある、味噌ダレの入っている容器から小さな柄杓を取り、更にタレを串カツの上にかけまわす。

すぐに揚げた衣から、ぷんと香ばしい香りが鼻先に漂う。

「よっぽど好きなのね、味噌ダレが」

感心したように理代子がいう。

「私は東京生まれで味噌ダレには縁がなくて、先入観から甘い物だと決めつけてたんですけど。ここの味噌ダレは甘さと辛さが程よく一緒になって、口のなかに入れると幸せ感がじゅうっと染みこんでいくようで、胸のなかのいろんな痞がおりていくような気がするんです」

美咲は一気にいってから、これもカウンターの脇に置いてある容器から練り辛子をたっぷりとすくい取って揚げ物にのせた。

「これがまた、おいしいんです」

言葉もそこそこに、串を手にして口のなかに入れる。

「熱っ！」といいつつ、もごもごと口を動かす。はふはふいいながら、ゆっくりと丈夫な歯で嚙みしめる。

「はい、ビール」

理代子が美咲のコップに冷たいビールを丁寧に注ぐ。

「ひゃっ、ひゃりがとうごはいます」

美咲は熱さで、まだはふはふいっている。

串を皿の上に置き、冷たいビールをごくりと飲みこむ。

「おいしいねえ……」

両肩をすとんと落して目を細めた。

それからは串を頰張りつつビールを飲んで、女二人の他愛のない話がつづく。が、美咲の目は入口の引戸が開く度に、入ってくる客を凝視する。まるで誰かを待っているような……誰かがここにくることを確信しているような。

ちょうど八時半頃。

若い男が入ってきて、美咲たちの対面のカウンター前に座りこんだ。男はいちまいセットを頼んだ。美咲の目が男の顔に走って、すぐに自分の膝の上に移る。美咲の待っていた相手はこの男だ。

男の名前は笹川――これは諒三がそう呼んでいたから確かに違いない。年齢は美咲と同じほどで、スーツにネクタイ姿だった。この店に現れるようになったのは四ヵ月ほど前からで、美咲より少し遅い時期だ。

問題なのは笹川という男の素振りだった。

笹川は串カツを頬張ってビールを飲みながら、時折り視線を美咲のほうに向けてくる。堂々とではない。盗み見るように向けてくる。たまに美咲と視線が合うと、さっとうつむいて何気ない振りをする。

人間というのは不思議なもので、視線を受けると何かを感じるらしく、そのときも美咲は頭から首のあたりに異質なものを感じて顔をあげると、笹川の目とまともにぶつかった。笹川はすぐに視線をそらして何気なさを装った。

これが二ヵ月ほど前のことだった。

それからもこの店で会う度に、このやり取りがつづいた。妙なことに会う曜日はまちまちだったが、木曜日に限って笹川は必ずこの店に顔を出した。

そして、いちばん妙なのが、笹川はかなりのイケメンだということだった。

整った顔だが冷たさは感じられず、全体的に柔らかな線につつまれた顔からは甘さが漂っていた。つまり、笹川という若い男は、女性好みの顔形をしているということなのだ。これが最大の謎だった。

「ねえ……」

隣の理代子が掠れた声でいった。

「向こうに座っている笹川さんて人。度々こっちのほうを見てくるんだけど、あれは美咲ちゃんを見てるの、それとも」

理代子はさらに声を落し、

「私を見てるの？」

ちょっと照れたようにいった。

「さあ……」

と曖昧な口調で答えると、

「ごめん。自惚(うぬぼ)れてた。こんな中年を見てくるはずはないから、あれはやっぱり美咲ちゃんを見てるとしかいいようがない」

理代子は笑いながらいった。

しかし、そんなことがあるはずはないのだ。

自分は合コンでも他の女性の引き立て役で、女にしたら背も高すぎるし、体も男っぽくて頑丈すぎる。オシャレにも縁がないし、身につけているのは、ほとんど作業着だ。そんな自分を見ているとは到底……。

美咲が首を左右に振ると、

「それとも、知り合いなの。以前どこかで会ったことがあるとか」

こんなことを理代子がいった。

理代子にいわれるまでもなく、その可能性は考えてみた。それこそ小学生のころから現在まで、およそ考えられる限りの男の顔と名前を照らし合せてみたけど、答えは否だった。該当する人間はいなかった。

そうなると答えは三つ。

まず最初が、笹川は美咲のことが好きだという場合。二つめが珍しい物を見つけて、それを眺めているという場合。最後が、この後美咲を騙して何がしかの金品にありつくための作戦という場合……。

このどれかということになるのだが、美咲が出した答えは二つめの珍品説だった。それしか考えられなかった。そうだとすれば随分失礼なことになるが、見られているだけで何か被害を受けた訳ではないので何の処置もとれない。

「あなたは、いったいどういうつもりで私を見てるのですか」

と訊く方法もあるが、知らぬ存ぜぬで通されれば恥をかくのは美咲のほうだ。

「美咲ちゃんて今まで、どんな男の人から好きになられたの。あの手のタイプの男の人なの」

唐突に理代子がいった。

「どんな男の人って。私は小学校の五、六年生のころから背がどんどん伸び始めて、その時点で男の子のことを考えるのはやめにしましたから。自分が男の子から好かれるはずはないと思って、そういうことを気にするのをシャットアウトしましたから、まったく見当もつきません」

事実を素直にいった。

「美咲ちゃんって、今まで男の人とつきあったことは、一度もないということなの」

驚いた口調で理代子がいった。

「はいっ……」

蚊の鳴くような声で美咲はいった。

「そんなことに手を出して、惨めな思いをするだけ損だと思って。そんなことなら最初から諦めてたほうがいいと思って」

いっているうちにむしょうに悲しくなってきた。

「そうすると、失礼なようだけど男性体験のほうは」

恐る恐る理代子がいった。

「一度もありません……」

口にしたとたん、涙が頬を伝うのがわかった。歯を食いしばった。こういう思いから逃げるために今まで恋愛感情を押えつけてきたのに、こんなことでは。

「ごめんなさい。いいづらいことを訊いてしまって、本当にごめん」

頭を下げた理代子が、膝の上の美咲の手を握りしめた。暖かい手だった。

「大丈夫です。でも、こんな気持はずっと前に卒業したはずなのに変ですね。ほんの少し痛いところをつかれただけで涙を流すなんて。まだまだ駄目です、私は」

低い声でいって小さく深呼吸した。

そして強い力で腹筋を動かし、鼻から数回空気を吹き出した。これが美咲の涙防止法だった。涙は収まって元の状態に戻った。

「じゃ、飲も」

理代子がいって、二人はコップをぶつけて残っていたビールを一気に飲みほした。

そのとき美咲の隣から声がかかった。

「でかすぎる姉ちゃんでも、人並みに泣くことがあるんだな。けど、どう見たって笑える光景だけどよ」

いつきたのか、派手な格好をして鼻にピアスをつけた目つきの悪い若者が美咲を見て、嫌な笑いを顔に浮べていた。新宿駅界隈を根城にしている、半グレ連中の一人。そんなかんじだった。

「それだけ大きいと、男は誰も相手にしてくれねえだろう。どうだ、俺が相手になって、はめこんでやろうか」

男はすでに酔っているようだったが、満更冗談でもなさそうな口振りでいった。

「けっこうです」

ぴしゃりと美咲はいって揚げ場に目を走らせるが、裏にでも行っているのか諒三の姿はあいにく見えない。

「美咲ちゃん――」

理代子が上ずった声をあげた。

「生意気な口を利いてくれるじゃねえか。だけど本当はやりてえんだろ。もう、乳首がとがってんじゃねえか」

男はいきなり右手を伸ばしてきて、作業着の上から美咲の乳房をつかんだ。強い力でわしづかみにされた。乳房に激痛が走った。それほど強い力だった。

恐怖は湧かなかった。

湧いてきたのは怒りだ。

むしょうに腹が立った。

そして、悲しみがまた美咲の体をつつみこんだ。涙が出るのを必死で我慢して男の右手を左手で下からはね上げた。

「何だ、このアマ。俺に喧嘩を売るつもりなのか。上等じゃねえか。表に出ろよ」

男が喚いた。女性に反撃されたということで逆上しているようだった。顔が真赤に染まっていた。

さっと男が立ちあがった。

美咲の目がちらっと笹川のほうを見た。

笹川も立ちあがっていた。

が、こちらの顔は蒼白だ。どうやら腕に自信はなさそうだ。弱々しかったが、それでも笹川は立ちあがっていた。

「表へ出ろや、クソ女。ぼこぼこにしてやるから、そう思え。デカ女」

男の声にゆっくりと美咲が立ちあがった。

背の高さは男と同じくらい。

体重は男のほうが勝っているようだ。

美咲はまた、ちらりと笹川のほうを見た。

やはり、まだ立っている。両の拳をしっかり握りこんでいる。もしもの事態に陥ったとき、笹川は飛び出してくるような気がした。しかし、そんなことをさせるわけには。

男が引戸に向かって歩き出した。

ついて行こうとする美咲の作業着の袖を理代子が引っ張った。

「もうすぐ、諒さんが帰ってくるはずだから。ここはもう少し待って――」

泣き出しそうな声をあげた。

顔が引きつっている。

「こういうことは、トラックを運転しているときには、たまにあることですから」

理代子の手をやんわりと押えた。

多少だったが、腕にも自信はあった。

「そんなこといっても。あんな、たちの悪い男と……」

理代子の顔からは血の気が失せている。

「おい、何をごちゃごちゃやってんだ。デカ女。くるのかこねえのか。今頃になって泣いて謝っても、もう遅いけどな」

「行くわよ」

凛とした声が出た。

男の後ろに従って美咲は外に出た。

そのあとから、真っ先に表に飛び出してきたのは笹川だ。

美咲の顔を凝視している。

この人は本当に自分のことを……信じられないことだったが美咲はそう思った。もし、そうだとしたら――美咲の体が急に熱くなった。笹川に怪我をさせるわけにはいかなかった。美咲は笹川に向かって顔を横に振った。くるなというように、ゆっくりと。

『いっぱい』の前で、男と美咲は睨み合った。

どれぐらい睨み合っていたのか、男の右拳が美咲の顔面に向かって飛んだ。とっさに両腕で顔をおおった。強い衝撃が両腕に伝わったがそれだけだった。

その瞬間、美咲が動いた。

男の懐に半身になって飛びこんだ。

背中をぶちあてながら、男の左襟を右手がつかんだ。

肩の上に乗せて思いきり投げた。

得意の背負い投げが決まった。

男は弧を描いて路上に落ちた。

どよめきがあがった。

店の前は見物客でいっぱいだ。なかには拍手をする者もいた。どよめきはしばらくやまなかった。

投げられた男が、のろのろと立ちあがった。血走った目で美咲を見た。

「ぶっ殺す」

腹の底から声を出した。

このとき初めて、美咲の全身を恐怖が襲った。男の様子は尋常ではなかった。獣(けもの)の目で美咲を見ていた。手にしているのは大振りのナイフだ。

男が一歩ずつ美咲に近づいた。

「やめろっ」

どこからか野太い声が聞こえた。

声のしたほうを振り向くと、いつきたのか諒三が見物人の前に立っていた。

「大丈夫か、美咲さん。どこにも怪我はないか」

柔らかな声を美咲にかけた。

とたんに美咲は、全身から力が抜けるのを感じた。すがれる人が現れたのだ。膝が震え出し、それは全身に伝わっていった。

「何だ、てめえは」

獣の目が吼えた。

「俺はこの娘の、保護者だ」

ぶつけるように諒三はいった。

「なら、てめえが相手になるのか」

無造作に諒三が男に近づいた。

獣の目を諒三が睨みつけた。

男の様子にひるみが見えた。

あれは怯えだ。

諒三の目は鬼の目だった。

男が後退った。

「てめえ、覚えてろよ」

それだけ叫んで男はさっと背中を向けた。

大歓声があがった。

美咲はその場に崩れ落ちた。

目の端に途方にくれたような笹川の顔が映っていた。

トラックを所定の位置に一発で停め、事務所の扉を開けてなかに入ると、同僚の郁世が飛んできた。

「山ちゃん、ちょっと話があるんだけど」

美咲は腕を引っぱられて、事務所の隅に連れていかれた。

「ねえ、今夜つきあってくれない」

哀願するような口調でいった。

「えっ、でも。今日も私は作業着通勤だから、合コンはやっぱりまずいと思うけど」

いつものセリフを口にして、やんわり断ろうとすると、

「今回は合コンじゃないから、作業着姿でもいいの。だから、私につきあって。お願いだからさ」

郁世は愛想笑いを両頰につくる。

「合コンじゃないって……それじゃあ」

怪訝な表情を顔一杯に浮べると、

「なんていったらいいのかな──つきそいっていったらいいのかな」

妙なことをいい出した。

「つきそいって、私が郁ちゃんにつきそって、どこへ行くの」

「飲み屋──ふらっと入った汚い飲み屋でカッコイイ男の子を見つけてね。その男の子をモノにするには、山ちゃんの力が必要なの」

話がどうにも見えてこないが、落ちついて聞いてみると──。

四日ほど前のこと。会社の帰りに、ふらっと初めて入った飲み屋のカウンターの向こうがわに、郁世好みの可愛い男の子が一人でいたという。

郁世も一人、相手も一人だったが、あいにく飲み屋の席はいっぱいで席を変ることもできず、ただ眺めていただけ。しかし、そのために観察だけはよくでき、その男の子の性格は大体把握(はあく)できたと郁世はいった。

「とにかく、シャイなのよ。隣の男の客が話しかけても、はいとかいいえぐらいしか答えず、体を固くしているだけ。どう見たって内気というか恥ずかしがりやというか」

郁世は大きくうなずき、

「あの分なら彼女もいないだろうし、それならさっさと私がって。きちっと飼い馴らしてアクセサリー代りにね……そんなに裕福そうには見えなかったから結婚相手としては駄目だろうけど、それまでの恋人代りならね」

段々話は見えてはきたが――。

「それで、私にどうしろって」

疑問点を訊いてみた。

「私につきそって、そこに行ってくれるだけでいいから。私一人でその子に声をかければ、あの性格だから必ず警戒して、打ちとけるのは無理。山ちゃんと一緒なら、向こうはそういった警戒をとくはず」

ようやくわかったものの、

「私と一緒だと、どうして警戒をとくの」

気になったことを訊いてみた。

「一人だと危ない女だと見られがちだけど、二人ならそれが薄まるし、第一――」

郁世は美咲の顔をじっと見た。

「山ちゃんなら、どこからどう見ても悪い人間には見えないというか、家庭的というか、人畜無害というか。向こうだって絶対に気を許すはず。だからね」

要するに美咲は、気の弱そうな男をナンパする際の郁世の目くらまし。そういうことになるらしいが、随分といえば随分な話ではある。しかし、ここまで打ち明けられて断ることは……それほどの支障はないにしても、会社内での風当たりは多少強くはなる。

「お願いっ」

天井を見つめて考えていると、いきなり郁世が両手を合せた。

「その子に一目惚(ひとめぼ)れなの、だから」

合せた両手を上下に振って切羽つまった声をあげた。

どうやら、そこそこは本気らしい。こうなったらもう断るわけには。

「いいけど、今夜は約束があるから」

本当だった。今夜は『いっぱい』に顔を出すつもりだった。

「じゃあ、明日の夜」

睨みつけるような目で美咲を見た。

「いいけど……」

ぼそっというと、郁世は合せていた両手をぽんと打った。

「じゃあ、明日の夜、会社が終ってから。合コンじゃないから、その作業着姿で気軽にきてくれれば。問題は、その子がいるかいないかだけで……」

といったところへ、後ろから声がかかった。

「作業着が、どうかしたのか」

専務の星野である。

「あっ、いえ。山ちゃんの作業着姿は、よく似合うなっていう話を」

つくろいの言葉を郁世が慌てて出す。

「そうだな。きちんと仕事をしている人間は仕事着がよく似合う。そういうことだと俺は思うが」

星野は事務の制服を着た郁世の体を上から下まで、じろりと眺める。

「あんまり、似合わんなあ」

笑いながらいい、

「それにな、山ちゃんは学生時代は柔道をやっていた。黒帯だ。そうした根性が作業着を似合わせているといってもいいな」

何度もうなずく。

「あの、黒帯といっても私は初段なので、誉められるほどのことは」

困惑した思いで美咲はいう。

履歴書には書いておいたが、できれば黙っていてほしいことだった。この体で、か

って は柔道をやっていたということが知れ渡れば、また何をいわれるか。

「何をいうか。初段だろうが二段だろうが黒帯は黒帯。何ら恥じることはない。いや、立派なもんだ。山ちゃんは何というか、我が社の宝のようなもんだ」

ぽんと肩を叩いて機嫌よく離れていったが、美咲のことを最初に、山ちゃんと呼んだのも星野だった。

「山ちゃん、上には受けがいいんだね」

ぼそっといって、郁世も美咲の前から離れていった。


その夜、『いっぱい』の古い引戸を開けてなかを覗くと、奥の席に理代子がいた。幸い隣の席が空いていたので、美咲は壁伝いにそこに行く。

簡単な挨拶をして、ゆっくり腰をおろす。

すぐに諒三が前に立つ。

「いつものやつかい、美咲さん」

こくっとうなずいて、

「串揚げでお願いします」

はっきりした口調でいう。

「待ってな。すぐに熱々のやつを持ってくるから」

諒三はそういって揚げ場に向かう。

「相変らず、諒さんには受けがいいね、美咲ちゃんは」

ちょっと羨しそうに理代子がいった。

「この前、あんなことがあったから。気を遣ってくれてるんだと思います」

ぽつりという。

「あれは怖かったね。幸い諒さんが戻ってきてくれたから良かったけど。だけど美咲ちゃんて、けっこう強いのね。学生時代、柔道をやってたということは聞いてたけど、あんなにみごとに投げ飛ばすなんて」

「まぐれです。私もあのときは必死でしたから」

恥ずかしそうに美咲はいう。

「そうね。必死にもなるわよね、あの状況では。でも……」

理代子はぽつりと言葉を切ってから、

「あのとき、笹川さん。いの一番に美咲ちゃんのあとを追って店の外に飛び出したけど、そのあと、すぐにいなくなっちゃったわね」

うなずきながらいった。

半グレを撃退したあと、客は店のなかに戻って美咲と諒三の武勇伝で盛りあがったが、ふと笹川のいた席に目をやると姿がなかった。カウンターの上に千円札が一枚のっているだけで、いなくなっていた。

「本当、どうしていなくなっちゃったんでしょうね」

と美咲がいったとき、カウンターの上にビールの大瓶が置かれた。そして、湯気のあがる、いちまいセットも。

「今夜の野菜は体にいい、赤ピーマン。塩のほうがいいだろうな。熱々だから、気をつけて食えよ」

「わっ！」

諒三の言葉に美咲は歓声をあげる。

「なら、ごゆっくり」

それだけいって諒三は揚げ場に戻る。

美咲はまず、ちりちりと油が跳ねているような串カツのほうに、たっぷりと甘辛の味噌ダレを追加でかけまわす。タレは衣のなかに染みこんで香ばしさが匂い立つ。

次は練り辛子だ。これもたっぷりと小さじですくって串カツの上にのせる。これで準備完了、あとは食べるだけだ。

串を手にして、熱々をそっと口のなかにいれる。ぐっと噛む。味噌ダレと衣の油と肉汁が熱々のエキスになって口のなかで踊りまくる。熱いけれど嬉しい。

「うまっ……」

口をはふはふさせながら美咲がいう。

「はい、どうぞ」

理代子が冷たいビールの入ったコップを美咲の前に置く。いつものやりとりだ。手に取ってごくりと飲む。幸せの味だ。体中の力がすうっと抜けていく。

そんな調子で美咲が串カツを一本食べ終ったとき、

「恥ずかしかったんだって」

嬉しそうな顔で理代子がいった。

最初は何のことかわからなかった。

次に、もしかしたらという気持が湧いた。

「それって、ひょっとして」

上ずった声をあげた。

「そう。笹川さんのこと」

とんでもない名前が出てきた。

「それって、どうして、なんで」

矢継ぎ早に声が出た。

「昨日も私、ここにきたんだけど、そのとき向こうのカウンターの前に笹川さんがいてね。ちょうど隣が空いてたから――」

ニヤニヤしながら、理代子はいった。

「座ったの！」

「そう、座っちゃった。誰かさんのために、笹川さんの情報をしっかり集めといてやろうと思って、お節介を焼いて」

顔中で笑った。

隣に理代子が座りこんだとき、笹川は悪戯が見つかった子供のような顔をしたという。

「ちょっとだけ、話をしてもいい」

柔らかな声で訊くと、

「はい、いいです」

と礼儀正しい声を出したものの、顔は赤くなっていた。

「かなり、内気な性格なんですね」

これも柔らかな声でいうと、

「すみません。知らない人の前だと喋れなくなってしまって……」

掠れた声で笹川は答えた。

「私の名前は中島理代子。ここの常連でよく顔を合せているから、初対面じゃないでしょ。だから、安心して話をしよ。まず笹川何ていうか教えてくれる」

子供を諭すようにいった。

「豊(ゆたか)です……」

といって笹川はこくっとうなずいた。

「もうひとつ、つけ加えると、豊君がよく見つめている山崎美咲ちゃんとは友達同士。こういえば、もっと安心するでしょ」

とたんに笹川の顔が真赤に染まった。

「ところで、先日の大騒動のあとなんだけど、豊君はなぜすぐに帰ってしまったの」

小首を傾げて理代子は訊いた。

「恥ずかしかったんです」

と笹川はいってから、しばらく間をおき、

「最初に表に飛び出したものの、結局、何の助けにもならなかったというか。それに、あのあと店はその話題で大騒動になることは予想できましたし。僕はそういうのが苦手すぎるし……だから消えたほうがと」

うなだれながら、つかえつかえ理代子に話した。

「そういうことだったんだ」

理代子はできるだけ明るい声でいい、

「豊君は何歳で、どこで働いてるの」

さりげない口調で訊いた。

「二十七歳で、今はこの近くの食品会社の配送センターで荷分けの仕事を」

ぼそぼそとした声でいった。

「正社員なの、それとも派遣なの」

「派遣です……大学を出て、いろんな会社を受けたんですけど筆記試験は通っても面接になると……百社近く落ちました」

「百社！」

理代子は悲鳴のような声をあげた。

「でも、まあ、仕方ないか。その性格だと面接試験は。だけど、ちゃんと働き口は見つけたんだから、それでよしとしないとね」

「はい、有難いと思っています」

視線を落して笹川はいった。

「性格直そうとは思わないの。努力すれば、ある程度は直ると思うんだけど」

「小さいころから人見知りがひどくて、ずっと苛められてきたし、こんな性格ですから友達もほとんどできないし。僕は劣等感の塊（かたまり）ですから」

蚊の鳴くような声でいった。

「友達なしの苛められっ子で、劣等感の塊か。けっこう辛いものがあるわよね。だけど」

といって理代子は笹川の顔をじっと見た。

「豊君は、自分がかなりのイケメンだということを知ってるの」

気になっていたことを訊いてみた。

「そういわれることもありますが、特段大したことでもないので、気にしていないというか、どうでもいいというか」

「どうでもいいって……」

理代子は啞然（あぜん）とした面持で、

「でも、女の子からは、もてるんじゃないの」

具体的なことを口にした。

「声をかけられることはありますけど、好きでもない女の子と喋っても時間の無駄になるだけですし。それに、僕と十分ほど話せば誰でも嫌気がさすのはわかっていますから」

浮世離れのした答えが返ってきた。

「女の子を好きになったことはないの」

突っこんだことを訊いた。

「ほとんどないです。どんな方程式を用いても、解が成立しないのは明らかですから。だから女性とつきあったことも一度も」

妙ないい回しで答えてから、

「でも、初めて……」

ぽつりといって口を引き結んだ。

「ひょっとして、美咲ちゃんのこと」

勢いこんで名前を出してみたが、笹川は無言で何も答えない。

沈黙が流れた。こういう性格なんだからと理代子は辛抱強く待った。待てば必ず答えは出る。どれだけでも待つつもりだった。

「はい」

笹川が声をあげたのは、五分以上がたってからだった。長かった。そして、ほっとした。

「美咲ちゃんの、どこが気に入ったの」

「全部——顔も体型も雰囲気も。ひと目見たとき、この人は本物だと直感しましたから。それから忘れられなくなって……休み前の木曜日には、必ずここに顔を出すことに」

今度はすぐに答えが返ってきた。小さな声ではあったけれど。

「なるほど、それで木曜日だったわけね」

理代子は独り言のようにいい、

「美咲ちゃんも豊君のことを気にしていたけれど、好きなのかどうかはわからない。というより、豊君次第だと思う。正直なところ、今のままの性格では……」

思っていたことを、そのまま口にした。

「そうですね。いくら美咲さんが本物でも、僕が偽物では係数が違いすぎますから」

掠れた声でいった。

「係数とか何とかはよくわからないけど、とにかく普通に世渡りができるように努力することと、そうすればね……それに、私とは、けっこうちゃんと話ができたじゃない。大丈夫、何とかなるわよ」

励ましの言葉をかけると、

「おばさんは本物じゃないけれど、本物に近い人だったから。それで、安心して話ができたような気がします」

とんでもない答えが返ってきて、理代子は少し、しょげた。本物ではないといわれたことより、おばさんといわれたことがショックだった。

「とにかく頑張ろ。私も陰ながら応援するつもりだから」

こんな言葉を残して、理代子は笹川の隣の席を離れたという。

「すごい展開ですね、でも私を好きだなんて……」

理代子の話を聞いた美咲の第一声がこれだった。

「これで疑問点はなくなったけど、その代りに今度は問題点がね」

小さな溜息を理代子がもらした。

「内気すぎる性格に、世渡りべたですか」

ぼそっと美咲はいう。

「そう。二つとも毎日の生活の基本だから、ちょっと困るわね。でもね、美咲ちゃん」

ほんの少し理代子が笑みを浮べた。

「これで、笹川さんの気持ははっきりしたわけだから。あとは、この投げられたボールを美咲ちゃんがどう返すか」

「それはそうですけど、いくら笹川さんが私のことを気に入ったといっても、私にしたらちょっと」

曖昧ないい方を美咲はした。

「ちょっと、何？」

「私はこんなに大女で、顔だってこんなもんだし、格好だっていつも男みたいだし。そんな女を気にいったといわれても、とてもすぐには」

「信じられないかもしれないけど、向こうがそれでいいっていうんだから。ひと目見たときに本物だって思ったというんだから。そこは信じてあげないと」

首を振りながら理代子はいう。

「その、本物って何ですか。私にはさっぱりわからないんですけど」

「それは、私にも何といっていいのか」

困惑の表情を理代子が浮べたとき、カウンターの向こうに諒三が立った。

「おっ」

といって美咲の前の皿を覗きこんだ。

「かなり時間がたってるのに、一本食っただけなのか、美咲さん」

首を傾げながらいった。

「あっ、それは私のせい」

すぐに理代子が声を出した。

「さっき諒さんにも報告したじゃない。例の笹川さんのこと。その詳細を美咲ちゃんに話していたから、食べそびれて。だから、それは私のせい」

「笹川さんの話か。それじゃあ仕方がないか。何といっても恋の話だからな。女の子が食うのも忘れて聞き入るのも無理はない」

にまっと笑った。

「それで今も、笹川さんが美咲ちゃんを称していった、本物って何ですかって訊かれて困っていたところ」

「本物か――」

太い腕をくんで考えこんだ。

「そりゃあ、愛だ」

ぽつりといった。

「笹川さんは美咲さんのすべてから、本物の愛を感じとったんだ。この人は本物の愛を持ってる人だというのがわかったんだ」

顔に似合わないことをいう諒三に、

「愛ですか」

低い声で美咲はいった。

「そうさ。ちゃらちゃらした近頃の愛じゃなくて、もっとどっしりとして尊い、本物の愛だよ。美咲さんは、その持主だということだよ」

簡単明瞭に諒三はいい切った。

「どっしりとして、尊いものですか」

「そうさ。悲しいときも辛いときも、苦しいときも貧しいときも。何があろうと投げ出さずに、二人一緒になって、ひたすら前に突き進んでいくのが本物の愛だ」

更に顔に似合わないことを諒三がいった。

呆気にとられたような表情で、理代子が諒三を見ていた。

「つまりは一途っていうことさ。笹川さんは美咲さんのなかにそれを見たんだ。そして、それを見た笹川さんも同じように一途だと俺は思うよ」

諒三はふわっと笑った。

いい顔だと美咲は思った。この顔が鬼の目に変貌するのがわからなかった。そして、この人も一途なんだと、ふと思った。

「それにしても、笹川さんにはもう少し、あの性格を直す努力をしてもらわないとね。一途だけでは世渡りはできないから」

現実的な意見を理代子がいう。

「大丈夫だよ、理代ちゃん」

諒三の目が美咲を見た。

「ここに格好の先生がいるから。笹川さんが負の一途さなら、美咲ちゃんは正の一途さ。相性抜群で、美咲ちゃんが尻を叩けば、どんどん変ると思うよ。何たって、大型トラックを運転して、北海道でも九州でも行ってしまう人だから。あの大きなトラックを自在に操るのは、男だって大変なことなんだから。その大変さを笹川さんにぶつければ」

大きくうなずいた。

「そうか。美咲ちゃんなら、笹川さんを変えるぐらいのことはね。いくら、三流大学出の笹川さんとはいってもね」

理代子もうなずきを繰り返す。

「三流大学出って、笹川さんがいったのか」

怪訝な目を諒三が理代子に向けた。

「笹川さんはいってないけど、百社近くの就職試験に落ちたっていってたから」

今度は理代子が怪訝な目を諒三に向ける。

諒三の顔がくしゃりと崩れた。

とんでもない言葉が口から出た。

「笹川さんは、東大文学部出身の学士様だよ」

「はっ！」

美咲と理代子、二人の口から同時に驚きの声がもれた。

「東大って、あの東大なの」

啞然とした表情で理代子がいった。

「東大っていやあ、あの東大だろ。俺が訊いたら嫌そうな顔で、そう答えてたから」

「でも、私にはそんなこと一言も」

唇をちょっと尖らせる理代子に、

「理代ちゃんは、笹川さんに出身大学を訊いたのか」

柔らかな口調で諒三はいった。

「訊くのも悪いと思って、訊かなかったけど」

「だからだよ。そういう人なんだよ、あの人は。俺にも、たまたま東大に入れたから入っただけと、何でもないことのようにいってたから。十年ほどしたら、小説を書いてみたいとも恥ずかしそうにいってたな」

「小説！　だから、あの変人ぶりだったんだ。ようやくわかったような気がする。やっぱり、純で一途な人なんだ。おまけに頭も凄くいいんだ」

理代子が大きくうなずいた。

「じゃあ、わかったところで、美咲さんのいちまいセットをつくり直してくるか。すっかり冷たくなってるだろうから」

当然というような顔で諒三がいった。

「あっ、いえ。私はこれで充分ですから」

慌てて美咲がいうと、

「遠慮はなしだ、美咲さん。この店で、うまくないものを食ってもらうわけにはな」

こんな言葉を残して諒三は揚げ場に戻った。

理代子の両頰が、ほんの少し膨らむのがわかった。

名古屋に高原野菜を運んで帰ってくると、七時をまわっていた。

事務所の扉を開けると、イライラした様子で郁世が待っていた。化粧ばっちりで戦闘準備は完了だ。

「山ちゃん、遅い。今夜は私の勝負の日なんだから」

おい立てられるように帰り支度をして、会社を出たのが七時半頃だった。美咲は自転車を押しながら郁世と連れ立って歩いた。

「郁ちゃん。私、場所を聞いてなかったけど、その飲み屋ってこの近くなの」

何気なく口に出すと、

「そう。このすぐ近く、もうすぐ着くから。といっても、きてるかどうかは……オヤジとのやりとりから、常連には違いないと思うけど」

不安そうに答える郁世の言葉に、美咲はふいに胸騒ぎのようなものを覚えた。

「その店って、何て名前なの」

「汚い店で名前は『いっぱい』。東京では珍しい味噌ダレの串揚げの店」

胸騒ぎが的中した。

ということは内気なイケメンというのは笹川のことなのか。というより、そうとしか考えられない。不覚だった。名前を確かめるべきだったと悔やむが、もう遅い。今更引き返す訳にもいかない。

ただひとつの救いは、今日が水曜日だということだ。笹川がきまって現れるのは木曜日。今日はきてない公算のほうが強い。

「その、イケメンの名前って、わかってるの」

思いきって訊いてみた。

「名前はわからないけど名字は笹川。店のオヤジがそう呼んでたから、やっぱり常連間違いなし」

あの笹川だ——あとは、きていないことを祈るだけと思ったとき、自分はまだ笹川とつきあうことをはっきりきめていないのに美咲は気がついた。そんなことを、うじうじ考えているうちに『いっぱい』に着いた。

「行くから」

郁世はそう声を出して、古い引戸をゆっくりと開けた。

なかは空いていた。いつもの位置に理代子はまだきていない。反対側のカウンターはと視線を移すと、いた。隅の席で、ビールをちびちび飲んでいた。

「いた、ラッキー」

郁世が小さく叫んだ。

「あの、隅にいるのが笹川さん。どう、かなりのイケメンでしょ」

勝ち誇った口調で郁世はいい、笹川の席に向かって歩き出す。仕方なく美咲も後ろからゆっくりとついていく。

「いらっしゃい」

諒三の声が響いた。

目が合った。

怪訝な表情が強面の顔に浮ぶ。

郁世が笹川の隣にそっと座りこんだ。後ろを振り返って、早くこいというように手招きをした。

「今晩は」

郁世が笹川に声をかけた。

いったい笹川はどんな対応をするのか。案外、郁世の可愛い顔にころりと参ってしまうのでは。そんな思いが美咲の体中をつつみこむ。誰がどう見たって郁世は可愛い。まして自分と較べたら……。

そんな気持で後ろから盗み見るように笹川の様子を窺うが無反応だ。というより、郁世のほうを見ようともしない。郁世の顔を見たときが勝負だ。

無視された郁世は動揺している。その様子が背中からでも伝わった。多分、こんな経験は初めてのはずだ。しかし、自分の顔を見れば男なんて……郁世はこう思っているに違いない。

「今晩は――」

やや大きめの声を郁世はかけた。

ゆっくりと笹川が首を曲げて郁世を見た。

ほんの少し頭を下げたが、それだけだ。

「あの、お一人なんですか」

媚(こび)を含んだ精一杯の声を出す。

笹川はまた、ほんの少し頭を下げる。

「もしよかったら、私たち二人合流したいんですが、いいですか」

小首を傾げながら郁世はいう。

多分、郁世は今、最高の笑顔を笹川に向けているはずだ。

「あっ……」

と小さく笹川が声をもらした。

両の耳たぶが赤くなるのがわかった。

やっぱり郁世の可愛らしさにはと、美咲が思ったとき、笹川の目の焦点が郁世の後ろにあるのがわかった。つまり、自分だ。笹川は郁世を無視して自分を見ているのだ。胸がぎゅっとつまった。

「やった！」

何を勘違いしたのか、郁世がこう叫んで笹川に体を寄せる。

「私の名前は――」

と郁世が自己紹介をしようとしたとき、

「美咲さん」

掠れた声を笹川が出した。

「えっ！」

怪訝な声を郁世があげた。

少しして、笹川の顔と美咲の顔を交互に見た。

「何よ、あんたたち」

怒鳴るような声をあげた。

顔が歪んでいた。

「そういうことならそうと、初めからいえよ。莫迦野郎が」

カウンターを、ばんと叩いて立ちあがった。

「美咲、てめえ、覚えてろよ。大恥かかせやがって」

椅子を蹴ちらして表に出ていった。

郁世がいなくなって、笹川と美咲は向きあう格好になった。

「あの」

といったきり笹川は次の言葉が出てこない。

「はい」

と美咲も答えるが、このあと何をどう喋ったらいいのか。美咲にしても、今まで一度も男とつきあった経験がないのだ。それに、この期におよんでも、美咲は笹川とつきあってもいいのかどうか、きめかねていた。相手は極端に内気な性格で、自分は男のような大女。これで本当にやっていけるものなのか。

ふと向こうのカウンターを見ると、いつきたのか、理代子がいつもの席に座って小さく手を振っていた。

そのとき、入口の戸が乱暴に開けられた。

十人ほどの人相の悪い男たちが、どやどやと店のなかになだれこんできた。

いつかの鼻にピアスをつけた半グレだ。仲間を引きつれて仕返しにきたのだ。

男たちは嫌な笑いを浮べながら、正面のカウンターに、それぞれ腰をおろした。狭い店内は男たちに占拠された状態になった。

「久しぶりだな、おっさん。先日の恨みをたっぷり晴らさせてもらいにきたぜ」

いうなり、カウンターの上に、見せびらかすようにナイフを置いた。あとの男たちも、それぞれナイフやらメリケンサックやら、鉄パイプなどをカウンターの上に置く。

「さあ、どうする。表に出て俺たちと殺し合うか、それともそこに土下座して額を土間にこすりつけて謝るか」

鼻ピアスの男がドスの利いた声でいった。

諒三は厨房の真中に突っ立ったままで身動(みじろ)ぎもしない。

「それから、ちょうどよかった。そこのデカ女。てめえも只(ただ)じゃすまさねえから、そう思え。たっぷりと可愛がってやるからよ」

男たちが嫌な笑い声をあげた。

とたんに笹川が立ちあがった。美咲の後ろから前に動いた。かばうように手を広げた。

「美咲さんは僕が守る。死んでも守る」

内気な笹川が大声をあげた。

「ほうっ。殊勝なことだな、デカ女の彼氏か。てめえはあとで、半殺しにしてやるから待ってるがいい」

鼻ピアスの言葉が終らぬうちに、今度は美咲が笹川の前に出て両手を広げた。

「笹川さんは私が守る。誰にも指一本触れさせない。笹川さんの性格を叩き直して一人前の男にするのは私の役目。だから守るのも私の役目。誰にも指一本触れさせない」

男たちに向かって怒鳴った。

死ぬ気で笹川を守るつもりだった。

そのとき大音声が響いた。

「その二人に手出しをすることは、俺が許さん。そんなやつは俺が、ぶっ殺す」

諒三だった。

ぶっ殺すと諒三はいった。

鬼の目で男たちを睨みつけた。

男たちに動揺が走るのがわかった。

「こけおどしだ。びびるな、こんなことで。びびってるのは、このおっさんだ」

　鼻ピアスが叫んだ。

「その男が、びびっているように見えるか」

　突然、戸口の脇から声が響いた。

　いつきたのか、新藤が壁にもたれて立っていた。

「新藤さん！」

　男たちから声があがった。どうやら半グレたちと新藤は知り合いのようだ。

「てめえたち十人が束になってかかっても、その男にゃかなわねえよ。嘘だと思うならやってみるがいい。俺はその男の暴れようが見たくってしようがねえからよ」

　よく通る声だったが、淡々と新藤はいった。

「俺たち十人が負けるなんて、いくら何でもそんなことは」

　抗議するように鼻ピアスがいうと、

「現にその男は、アメリカのリングで男を一人死に追いやっている。そのためにボクサーをやめ、アメリカの裏社会を這いまわってきたという物騒な経歴の持主だ。てめえたちとは腹の据り方も腕も違う」

　嘲笑うように新藤はいった。

男たちがどよめいた。

「新藤さん。あんた、なんでそんなことを知ってるんだ」

低い声で諒三がいった。

「ようやく思い出したんだ。そして調べた。そういうことだ」

簡単明瞭に新藤は答え、

「あんたがここで二、三人殴り殺しても、正当防衛の証人には俺がなるから、心おきなく暴れてくれ」

かすかに笑った。

「そうかい」

諒三は短く答え、

「表に出てくれ、そこのクズども」

鬼の目で顎をしゃくった。

ゆっくりと、カウンターのなかから外に出る通路に向かった。

男たちが立ちあがった。

我先にと表に転げ出た。

男たちは無言で逃げ去った。

「大丈夫か、美咲さんに笹川さん」

諒三がよく通る声でいった。

うなずく美咲の手を後ろから笹川が握った。暖かい手だった。これから守っていかなければならない手だった。

力一杯握り返した。

幻の右ストレート

どうにも気が乗らない。

カウンターの前に立つ、常連客の明子に新しく入荷した化粧水の説明をしているのだが、出てくる言葉は上滑りするだけで、どんどん消えていく。

「どうかしたの、理代子さん。何だか様子が変だけど」

理代子の顔を覗きこむようにして明子がいった。

「すみません、ぼうっとして。近頃、夕方になると体の調子がおかしくなって。年のせいなんでしょうかね」

真顔で理代子がいうと、

「年って……理代子さん、まだ四十ちょっとじゃない。それで年のせいにされたら、私のようにとうに還暦をこえた、おばあちゃんはどうなってしまうの」

いいながら笑っている。

「そうでした。明子さんに較べたら私はまだまだ若いですけど……でも」

言葉を少し切ってから、

「時々、店を閉めようかなんて、思うこともありますね」

溜息まじりにいった。

「えっ、それだけはやめてよ。この商店街から『中島化粧品』が消えちゃったら、私たち行くところがなくなっちゃう。今更、ハイカラな店に行くには腰が引けるし、これぐらいの店がちょうどいいのに」

これぐらいとは、どれぐらいだと頭のなかで意地の悪い質問をしていると、

「そうだ、一人暮しがいけないのよ。だから、気力がなくなって調子が悪くなるのよ。うちなんか亭主は死んじまったけど、息子夫婦と孫が二人で五人家族だからね」

指を折りながらいった。

「楽しいですか」

声を張りあげると、明子は店の天井に視線をやってから、

「これだけ大勢だと、楽しさよりも窮屈さと不自由さを感じるのは確かだね」

「窮屈さと、不自由さですか」

正直なところを口にした。

独り言のように理代子はいう。

「でも、誰かがそばにいないと、病気になったときや万が一のときにね……だから、

我慢、ひたすら我慢。これに勝る妙薬なしってところかなあ」

明子は仏頂面で一気にいってから、

「中年の体調不良の特効薬を教えてあげようか、理代子さん」

イミシンな笑いを顔に浮べた。

「恋――これ以上の特効薬はまず、見当たらないわね。恋をすれば体調不良なんか一度に解消。現に私なんか、それで」

「明子さん、恋をしてるんですか」

驚きの目を向ける理代子に、

「さあ、どうなんでしょう」

目を糸のようにして笑った。

「とにかく、恋よ。理代子さんなんか一人暮しなんだから、誰に気がねをすることもなく好きなようにできるじゃない」

それからひとしきり、明子は恋の効用を口にしてから何も買わずに帰っていった。

「恋か……」

ぽつりという理代子の脳裏に諒三の強面の顔が浮ぶ。が、諒三はかなり手強い。なかなか本心を表に出さない。それに諒三はワケアリの男だった。

先日、新藤が告げた諒三の過去。

あれで、大体のことは推察できた。それも重量級だ。アメリカに渡ったのは諒三のその体の大きさで、軽量級が中心の日本にいても、大きなチャンスはないと見切りをつけたからだと理代子は思う。

そして、ある試合で諒三は相手の選手を死亡させることになり、リングをおりた。

その結果、諒三はボクシング界に背中を向け、いっときアメリカの裏社会に身を投じることになる。そこで何をやっていたかはわからなかったが、諒三がいちばん荒(すさ)んでいた時期に違いない。

理代子は、さらにその先を考える。

その後の情況は定かではないが、おそらくは紆余曲折のすえ、諒三は突然日本に帰ってきて、西武新宿駅の裏通りで『いっぱい』という味噌ダレを売り物にした串揚げ屋を始めたのだ。

そして今、理代子はその店へ足繁く通っている。『いっぱい』で出される串揚げも好きだったが、それ以上に理代子は諒三が好きだった。

だが、諒三は過去に……。

試合中のこととはいえ、人一人を死に追いやっている。

当事者の諒三自身も苦しみ抜いているだろうが、理代子も大きな衝撃を受けていた。精神的にかなり落ちこんだ。しかし――。

理代子は、やっぱり諒三が好きだった。

何があろうと、諒三は諒三だった。

あれ以来、理代子は『いっぱい』に顔を出してはいなかったが、今日あたり行ってみようと思った。そして明るく振るまうのだ。それが義務のような気がした。

夜の八時すぎ。

理代子は久しぶりに『いっぱい』の古ぼけた硝子戸の前に立った。そろそろと引いた。酒と油と揚げ物のにおいが、わっと顔に押しよせた。懐しいにおいだった。

「いらっしゃい」

いつもの諒三の声が理代子を迎える。

諒三の過去が知れたせいか、店のなかはかなり空いていた。しかしそれも、おいおい戻ってくるはずだ。今夜ここを訪れた理代子のように。

奥の席で誰かが手を振っている。

視線をやると、なんと新藤だ。諒三の過去を明らかにした張本人である。新藤は以前、諒三と諍いをおこした仲だったが、どういう風の吹きまわしか、それ以来この店の常連として、よく顔を見せている。

あまり関わりたくはなかったが、手を振られた以上無視するわけにもいかない。それに新藤には妙に人懐っこい部分があった。仕事はヤクザ。どこかの組の幹部らしい。

「久しぶりだな、綺麗な姉さん」

隣に座ると早速声をかけてきた。

「お久しぶりです。新藤さんのほうは、ここへは？」

ざっくばらんに話をしたほうが、この男は喜ぶ。

「俺はしょっちゅうきてるよ。何たって俺は、ここの大将のファンだからな」

しゃあしゃあといった。

「きてほしい人間はなかなかこないで、きてほしくない人間はしょっちゅうくる」

頭の上で声がした。顔をあげると諒三が強面の顔を崩して笑っていた。

「おいおい、諒さん。そりゃあないだろう。ここへ座っちまえば、素人もヤクザもねえって確か前にいってたはずだが」

おどけた調子で新藤はいう。

「そんなことをいった覚えは、さらさらないよ。どこに座ろうが、素人は素人、ヤクザはヤクザだ。お天道様(てんとさま)の下を大手を振って歩けない人間は、どこに座ろうと小さくなっていてもらわないと困る。むろん、俺もあんたと同類の人間だけどな」

そういってから諒三は視線を理代子に向け、

「久しぶりだな、理代ちゃん。ひょっとしたら、もうこないんじゃないかとも思ってたんだけどな」

そういって手にしていたコップをカウンターにとんと置き、これも手にしていた瓶からビールを注いだ。

「あっ、ありがとう」

理代子はぺこりと頭を下げ、

「ごめん、諒さん」

と両手を合せた。

「私、新藤さんがいった諒さんの過去に、びびってしまって。それで心の整理がつくまで家で悶々(もんもん)としていて、それがやっとふっきれて、ようやく」

正直にありのままをいった。

「無理もないさ。人殺しの上に、数年間はアメリカの裏社会を這いずりまわってたんだからな。理代ちゃんがびびるのは当たり前のことだ。気にすることはないよ」

諒三はほんの少し笑い、

「ならこれで、一件落着――いちまいセットでよかったのかな」

念を押すように訊いた。

「はい、串揚げの、いちまいセット、よろしく」

明るすぎるほどの声を理代子は出した。

了解と諒三は小さくいって揚げ場に戻っていった。大きな背中を見ながら、理代子の口から小さな吐息がもれる。

「よかったな、姉さん」

新藤の言葉に何がよかったのかわからないまま、

「ありがとうございます」

と隣に目をやると皿の上に味噌おでんがのっていた。

「おでんが、好きなんですか」

奇異な思いで口に出す。東京の人間はなかなか味噌おでんには手を出さないのが普通なのに。以前、耳に挟んだ話では、確か新藤は深川(ふかがわ)生まれのはずだった。

「東京の人間が味噌おでんを食わねえのは、見た目がよくねえからだ。そいつを我慢すれば、こんなうまいもんはねえ。つまりは食わず嫌いってことさ」

「そうなんですか？」

「そうさ。特に、この茶色の半平と玉子。これは飯によく合う。味噌がしっかり染みこんでるから、何杯でもお代りができる。東京のおでんだと、そういうわけにはいかねえ。だから俺は時々味噌おでんを頼んで、こいつで飯を食うのを楽しみにしている」

ヤクザの幹部が嬉しそうに、味噌おでんについての薀蓄を語っている。その様子を見ながら、理代子は何となく嬉しくなって両頬を綻ばせた。

「綺麗な姉さん」

とたんに新藤がドスの利いた声を出した。

「俺が無邪気に話してるからって、気を許しちゃ駄目だ。ヤクザってのは金になることなら何でもやる外道だ。たとえば姉さんなら、いくら綺麗だからといっても、その年じゃあ商品価値はゼロ同然だ」

この一言で理代子は、まずしょげるが、新藤の話はさらにつづく。

「じゃあ、どうする——体が駄目なら内臓があるじゃねえか。心臓も腎臓も脾臓も……臓器を切り取って売り飛ばせばけっこうな金になる……だから、いくら俺の当たりが柔らかだといって、決して気を許しちゃいけねえ。そこんところを、はっきりわかってるから、ここの大将は俺に厳しいんだよ」

背筋が少し寒くなった。

「はい、わかりました。私は決して新藤さんのことを信用しません。気も許しませせん」

上ずった声を理代子は出した。

「正直で可愛い姉さんだな、あんたは」

新藤がそういったところへ、諒三が湯気のあがる皿を持ってきた。味噌ダレの串揚げだ。キャベツもたっぷり添えてある。

「今日の野菜は玉葱だから、塩で食べたほうがいいな」

諒三は柔らかな口調でいってから、視線を新藤に向けた。

「新藤さん、理代ちゃんは素人だ。素人をくどいてもらっちゃ困りますよ」

こっちの声は硬質だ。

「俺もいっぱしの筋モンだ。そんな野暮な真似をするはずがねえ。それに、この姉さんをくどいたりしたら、俺はあんたに殺されちまうんじゃねえか。その得意の右ストレートが俺の顔面を粉々に砕いてな」

新藤はわずかに口元を歪め、

「心配しなくっていいよ、諒さん。俺は今、この姉さんに、ヤクザってのはどんな手段を使ってでも欲しい物を手に入れる人種だから、気をつけたほうがいいということを教えていたところなんだからよ」

低すぎるほどの声でいった。

「それならいいが――理代ちゃん、熱いからヤケドをしないようにな」

小さくうなずいて背中を向けた。

さあ、久々のいちまいセットだ。

理代子は串を手にして、まずひとくちかぶりつく。甘辛い味噌と衣の油が口のなかを溶けるように染めていく。そして、そのあとを豚肉のうまみが追いかけてくる。でも熱い。理代子は思わず大きく鼻で息をする。

ひとくちめを堪能したところで、ようやく練り辛子の登場だ。茶色の味噌の上から黄色の辛子をたっぷりとのせる。最初からこれをやればいいのだが、いつもその時間が惜しくて、ひとくちめは、そのままかぶりつくことになる。

理代子は脇目もふらずに、串揚げを食べながら、ビールを飲む。

十五分後、皿の上からは串揚げもキャベツもきれいになくなった。なくなった皿の上を見ながら、理代子は新藤がさっきいった、味噌おでんは見た目がよくないという言葉を思い出す。串揚げの皿も味噌ダレがこびりついて、見た目はあまりよくなかった。食べれば文句なしにおいしいのに……。

「俺が初めて諒さんを見たのは――」

ふいに隣から声が聞こえた。

「二十年ほど前の、ラスベガスだった。所用でラスベガスに行ったとき、ちょうどそこのホールでボクシングの興行をやっていて、格闘技好きの俺は何の躊躇もなく、そのホールに足を踏みいれた」

隣に目をやると、誰に語るともなく、真直ぐ前を見つめて新藤が声を出していた。ラスベガスのヤクザの所用というのは賭博のことだろうかなどと考えながら、理代子は新藤の声に耳を傾ける。

「ちょうど、セミファイナルが始まる直前だった。出てきた選手を見て俺は驚いた。どこからどう見ても日本人だった。がっしりとした体つきの選手だったが、筋肉の質は柔らかめで、強烈なバネを秘めているように見えた。リングアナウンサーは、この選手を指さしてグレート・リョウと紹介した。対戦相手は米国選手で、こっちは筋骨隆々、みごとな逆三角形の体の持主だった。筋肉の質は硬めで、並外れたパワーを秘めているように見えた」

淡々と新藤は話した。

新藤は一目見て、その日本人選手が徒ならぬ力量の持主であることを直感したといった。

ゴングが鳴った。

二人はリングの中央で睨みあった。

米国人選手が飛び跳ねるように動き出した。日本人選手は、ほとんど動かない。相手の正面に、自分の正面がくるように、わずかに動くだけだった。

何発ものジャブを米国人選手が繰り出すが、日本人選手は、それをかわすだけで、ほとんどジャブも出さなかった。

鈍い相手とみてとったのか。

一気に相手が間合をつめて、左右の連打を日本人選手に放った——と思った瞬間、その連打をバックステップでかわした日本人選手がふいに前に出た。

速すぎる動きだった。

そのとき、日本人選手の全身がうねった。右肩がわずかに旋回した。

右足の爪先がリングを蹴った。

右の拳が唸りをあげた。

下方に弧を描いて飛んだ右ストレートが、米国人選手の顔面を襲った。

一発だった。

たった一発の右ストレートで、相手はリングに沈んだ。スローモーション映像を見るように、ゆっくりとリングの上に倒れこんでいった。ぴくりとも動かなかった。リングに担架が運びこまれた。

開始から一分ちょっと。日本人選手の圧勝だった。

「俺はあんなみごとな右ストレートを、一度も見たことがなかった」

話の終りを新藤はこう締めくくった。

「その試合で、相手の選手は……」

理代子は唾を飲みこんだ。

「その選手はそのまま病院に運ばれたが昏睡状態に陥り、数時間後に絶命した」

掠れた声で新藤はいった。

「数時間後に！」

「精密検査では、米国人選手の脳はかなり損傷の激しい状態だったそうだ」

　ごくりと新藤は喉を鳴らした。

「その試合で相手を葬った日本人選手は、ライトヘビー級のランキング入りをしたんだが、彼はそれを拒んで行方をくらました」

　新藤は大きな吐息をもらした。

「それが、現在の諒さんなの？」

「そうだ。それが現在の室井諒三だ。ここに通いつめて、俺はようやくそれを思い出した。そして俺は、あのとき初めて見た、あのみごとな右ストレートをもう一度この目で見たいと死ぬほど願っている」

　揚げ場を見ながら新藤が叫んだ。

　揚げ場の諒三が新藤を見た。

　諒三の目と新藤の目がぶつかった。

　ただ、それだけだったが――。

　諒三の目は、あの鬼の目だった。

　新藤の目は、少年の光を宿していた。

　新藤さんは諒さんの、右ストレートに恋してる！

　理代子は、そう思った。

だから、諒三に何をいわれても、新藤はこの店に通いつめているのだ。その右ストレートを見たいがために。女の理代子には理解しがたいことだったが、そうとしか新藤の行動は辻褄が合わなかった。

「その、諒さんの右ストレートって、そんなに凄いの」

思わず、こんな言葉が飛び出した。

「凄い。体をうねらせ、肩がわずかに回って、下に弧を描きながら相手の体に捩じこんでいくような……あんなパンチを俺は見たことがない」

上ずった声で新藤はいった。

「他のボクシングの選手で、そういうパンチを打つ人はいないの」

「いない。俺の知ってる限り、世界のボクシング界に一人もいない」

絞り出すようにいった。

「一人もいないって……そんなこと」

途方に暮れた声を理代子は出した。

「俺も格闘技好きで、ボクシングを始め、いろんな格闘技をかじってきている。その俺が何とかあの打ち方をマスターしようと、見様見真似で頑張ってみたが無理だった。できなかった。あれはきっと諒さんしかできない、幻の右ストレートだ」

「幻の右ストレート……」

独り言のようにいうと、

「そうだ。諒さんがあの右ストレートを本気で打てば——」

ぷつりと新藤は言葉を切った。

「打てば、どうなるの」

「くらった相手は、多分死ぬことになるだろうな。だが、俺は見たい。何が何でも、もう一度見たいんだ」

キラキラ光る、少年の目で新藤はいった。

「だから、俺はここにくる。どんな手段を用いても誰かを相手に、諒さんにあの右ストレートを打たせてみせる。見るまで俺は、ここに通いつづける」

「誰かを相手にって——その右ストレートを顔面に受けたら死んじゃうんじゃないの」

危惧したことを、ぶつけてみた。

「そうかもしれねえな」

新藤は、ぽつりといって立ちあがった。

「ちょっと喋りすぎた。ここいらで俺は帰ることにする」

懐から財布を抜いて千円札を一枚取り出してカウンターの上に置いた。

「姉さんも諒さんのファンのようだが、俺も諒さんのファンなんだ。もっとも思いの質は違うようだがな」

にまっと笑った。

新藤は諒三のほうを見もしないで、引戸に向かって壁伝いに歩いていった。


家に戻ると十時少し前だった。

奥の茶の間に行き、ストーブに火をつけてから卓袱台の脇に座りこむ。あれから追加のビールを一本飲んで、理代子はホロ酔い気分だった。

「諒さんか……」

と呟いたところで、傍らの電話機が音を立てた。ゆっくりと膝で進みながら、左手を伸ばして受話器を取る。

懐しい声が耳に飛びこんできた。

「もしもし、お母さん。俺、勇人。久しぶり」

なんと、長野の大学に行っている、一人息子の勇人である。電話など、ほとんどしてこない勇人が珍しいことだつた。

「勇人なの、どこからかけてるの。元気でやってるの」

慌(あわ)ただしく聞いてみると、

「もちろん、長野からだよ。ちゃんと元気にやってるよ」

「元気にやってるのに、電話をかけてくるって、あんたにしたら珍しいことじゃない。雪でも降るんじゃないの」

皮肉をこめていってやると、

「こっちの山は、もう雪が降って真白になってるよ。とても綺麗だよ」

能天気なことを勇人はいった。

「私がいったのは、そういうことじゃないんだけどね。つまり、私があんたにいいたかったことは――」

声を張りあげる理代子の言葉にかぶせるように、

「俺、ちょっとお母さんに相談したいことがあってさ。それでまあ、何といったらいいのか、とにかく電話したんだけど」

勇人は回りくどい、いい方をした。

「相談したいことって、どうせろくな話じゃないんでしょ」

「ひょっとしたら、喜ぶ話かもしれないし。もしかしたら、怒り出すような話かもしれないし」

　妙ないい方を勇人はした。

「何よ、その、よく訳のわからない話は。勿体ぶらずに、いいたいことがあったら、さっさといいなさい」

　催促の言葉を理代子は出す。

「実はさあ……」

　といったきり、なかなか勇人は次の言葉を出してこない。

「実は何。あんた、お母さんをからかってるの。いいかげんにしてよ」

「からかってなんかいないから――単刀直入にいえば、実は俺、好きな子ができて、それで」

「それで何。好きな子がどうしたの。何がいいたいの」

　理代子は叫ぶようにいった。

「ごめん――じゃあ、きちっというから」

　勇人はやけに真面目な口調でいい、

「実は俺、結婚しようと思ってるんだ。だからそれを了承してほしいと思って、お母さんに電話してみたんだけど」

理代子は一瞬何をいわれたか、わからなかった。確か結婚という言葉が聞こえたようだが、勇人はまだ大学の二年生、年は十九歳である。そんな勇人が結婚するはずは……しかし確かに今、結婚と……。

「もしもし、勇人。結婚とかいう言葉が聞こえたけど、いったい誰が結婚するの、お母さんの知ってる人なの」

ひときわ声を張りあげた。

「だから、俺だよ。好きな女の子ができて、俺が結婚しようと思ってるんだよ。だから、ちゃんと真面目に聞いてよ」

今度はわかった。わかったけれど理代子は耳を疑った。十九歳の勇人が突然結婚するなど、どう考えても妙な話だ。もし、それが事実なら、勇人は誰かに騙されているに違いない。それとも、ひょっとしたらこれは、オレオレ詐欺(さぎ)の類(たぐ)いの電話ではないのか。理代子はとっさにそう判断して、電話の主に生年月日と高校三年のときの担任の名前をいうように命令口調でいう。

「何だよ、それ」

といいながら、勇人の口から出た数字と人名は合っていた。ということは、これは本物の勇人——その一人息子の勇人が結婚をするというのか。

「もしもし、勇人。順序だてて、お母さんにもちゃんとわかるように、はっきりいいなさい」

受話器に向かって怒鳴りつけるようにいった。

胸の鼓動が速くなった。

勇人の言葉を待ちながら、理代子は受話器を手にしたまま深呼吸を二回した。

理代子はその日、早めにシャッターを降ろして店を出た。

行き先は『いっぱい』だ。一人息子の勇人の結婚の件で、諒三に話を聞いてもらいたかった。誰かにすべてをぶちまけて、意見を聞かせてもらいたかった。そうなると相手は諒三しかいなかった。

理代子は古ぼけた硝子戸の前に立ち、大きく深呼吸をしてから、一気に戸を引いてなかに滑りこんだ。

「いらっしゃい」

いつもの諒三の声を聞きながら店のなかを見回すと、客は五分の入りだ。奥の席で見知った顔が手を振っている。また、新藤だ。

こうなったら隣に行くより仕方がない。理代子はうんざりした思いで、壁伝いに奥の席に向かうが、今夜はいつもとは少し様子が違うような。新藤の隣に見知らぬ若い男がうつむき加減で座っていた。どうやら、新藤の連れのようだ。

理代子は、空いている新藤の手前の席に腰をおろした。

「よく会うな、綺麗な姉さん」

機嫌のいい声でいって、新藤は顔を綻ばせる。何もなければ愛想のいい男なのだ。

「はい、新藤さんも相変らず元気そうで、しょっちゅうここに顔を見せることができて何よりです」

妙な受け答えをしてから、理代子は新藤の向こうの席に座っている、暗い目をした若い男をちらりと眺める。視線を落して微動だにしない。若い男の前には串揚げの皿、新藤の前にはおでんの皿が並んでいた。

「ああ、こいつは須崎といって、俺の舎弟だ。これからこの店にも顔を出すことになるだろうから懇意にしてやってくれ」

新藤の言葉が終らぬうちに須崎と呼ばれた男は立ちあがり、理代子に向かって深々と頭を下げて「須崎です」と低すぎるほどの声でいった。

「暴走族あがりの愛想のない男だが、俺の命令には極めて忠実で、死ねといえばどこででも命を張れる可愛い男だ」

物騒なことをいった。

どう答えたらいいのか、理代子が言葉を探していると揚げ場から諒三がやってきた。

「いらっしゃい、理代ちゃん。いつものいちまいセットでいいか」

低いが柔らかな声でいった。

「はい、それでお願いします」

理代子の言葉にかぶせるように新藤が口を開いた。

「どうだ、諒さん。さっきの話、何とか承知してくれねえか。そうでねえと、俺は落ちついて眠ることもできねえ」

哀願口調でいった。

「駄目だ――」

諒三は一言で片づけて、そのまま揚げ場に戻っていった。新藤の顔に落胆の表情が走るのがわかった。

「あの……」

恐る恐る、理代子は声を出した。

「さっきの話って、いったい」

掠れ声で訊いた。

「例の右ストレートの話だよ。この須崎とやりあって、あの右ストレートを見せてくれという話だよ」

何でもないことのように新藤はいった。

「やりあって——普通の人が諒さんの、そのパンチをまともにくらったら死ぬかもしれないんでしょ」

呆れた声を理代子は出す。

「むろん、やりあうからには、双方とも真剣になってもらわないと困る。だから、須崎には道具を持たせる」

「道具って？」

何のことか理代子にはわからない。

「道具っていうのは得物のことだよ。こいつはナイフ遣いの名人なんだ。こいつが両手にナイフを持てば、なかなか厄介なことになって、いくら諒さんでも本気にならざるを得んだろう。つまり、あの幻の右ストレートが出る公算が、ぐんと高くなるという寸法だ」

ようやくわかった。

そして、あまりに都合のいい話に理代子は腹が立ってきた。やっぱりこの男は、根っからのヤクザ者なのだ。

「それって、むちゃくちゃな話ですよね」

思わず、荒っぽい声が飛び出した。

意外そうな表情で新藤が理代子を見た。

「もし、そこの須崎さんが、まともに諒さんのパンチをくらえば死んでしまうし。須崎さんが死んだら、そのために諒さんは殺人罪で警察に捕まることになるじゃないですか。そんな理不尽な話ってないですよ」

まくしたてるように理代子がいうと、

「警察にゃあ、捕まらねえよ」

ぼそっと新藤はいった。

「そのために須崎は両手にナイフを持ってるんだ。素手の相手を殴り殺せば懲役だが、凶器を持った相手なら正当防衛が成立する。だから懲役に行くことはねえ。それに、いくら右ストレートがきまったとしても、死ぬとは限らねえ」

噛んで含めるように新藤はいった。

「それにしたって、勝手がすぎます。もし死んだとしたら須崎さんは、いい迷惑ですよ。浮ばれませんよ」

そう口に出したとたん、

「須崎は俺の舎弟だ。煮て食おうが焼いて食おうが俺の勝手だ」

ドスの利いた声で新藤はいった。

「そんなこと……」

ごくりと唾を飲みこむ理代子に、

「須崎、てめえ、俺のためなら死ぬことができるな」

新藤はこういって隣の須崎の顔を見た。

「はいっ」

須崎は抑揚のない声で短く答えた。

何の変化も表情には見られない。

理代子の背筋が、すっと寒くなった。

二人とも理代子たちとはまったく違う、異世界の人間。頭がおかしいとしか思えなかった。そっと新藤の顔から視線を外すと、カウンターの前に諒三が立っていた。

「いちまいセット、お待ちどおさん」

カウンターの上に湯気の立つ皿が、そっと置かれる。

「今日の野菜の串揚げは南瓜だから、味噌でも塩でもどっちでも合うと思うよ」

諒三の低いが柔らかな声に、

「あっ、ありがとう、おいしそう」

理代子はほっとした声をあげる。

すぐに理代子の前にコップが置かれ、諒三の手で冷たいビールが注がれる。

そのとき、新藤が口を開いた。

「くどいようだが、諒さん。あんたのその拳で、この須崎を殺してやってくれれば有難いんだがな。こいつも俺のために死ねるんなら、本望だろうからよ。なあ、須崎」

新藤の言葉に「はい」と須崎は低い声をあげて軽く頭を下げた。

「もっとも、あんたのほうが須崎のナイフを体に受けて死んじまうという、シナリオもあるけどな。それならそれでいいじゃねえか。何たってあんたは、人一人をその拳で殺してるんだから、それでオアイコだ」

じろりと諒三を睨んだ。

新藤の言葉を聞きながら、理代子はまた腹が立ってきた。

「何度もいうようだけど、それってちょっと虫がよすぎない。そこの須崎さんにしても諒さんにしても、新藤さんの持ち物じゃないんだから。自分だけ安全地帯にいて、二人をかみ合わせるなんて、自分勝手がすぎるような気が私にはするんだけど」

まくしたてるようにいうと、

「大丈夫だよ、理代ちゃん。俺にはこの兄ちゃんとやり合う気など、毛頭ないから——だから、大丈夫だ」

はっきりした口調で諒三がいった。

「そうよね」

理代子は大きくうなずき、

「大体、やるんなら新藤さん自身が表に立たなきゃ。ヤクザだからって、他人にやらせて、自分は高みの見物なんて筋が通らない。いくら何でも調子がよすぎるわよ、ねえ、諒さん」

諒三に同意を求めた。

「そりゃあ、理代ちゃんのいう通りだ。自分だけ安全地帯では虫がよすぎる。やるんなら、新藤さん自身。それで初めて、筋が通ってくる。これは一本取られたな、新藤さん」

笑いながらいう諒三に、

「きまったな」

ぽつりと新藤はいって顔に笑みを浮べた。

「じゃあ、筋を通して、俺が諒さんとやり合うってことでいいな」

もの凄い目で諒三を睨みつけた。

「ちょっと、何いってるの、新藤さん。今のは仮の話で実際にやり合うなんて諒さんは一言もいってないじゃない」

話が妙な方向にそれて理代子は慌てた。

「仮だろうが何だろうが諒さんは今、やるんなら、俺自身がやって初めて筋が通るといった。男が一度口に出したことを、ひるがえすことは許されねえ。そういうことだ」

諒三を睨みつけたまま、ゆっくりといった。

「そんなこと！」

理代子が悲鳴のような声をあげると、

「むろん、俺は道具を持たせてもらう。そうでなきゃ、いちころだからな」

新藤は上衣の前を広げて何かを見せた。

柄も鞘（さや）も黒塗りの匕首だ。

「こいつが諒さんの体に埋まれば俺の勝ち。その前に右の拳が俺の顔面に炸裂すれば、あの世行き。だが、その前に右の拳の動きと威力だけは、はっきりと確かめることができる」

視線はまだ諒三の顔に張りついたままだ。

「日時は一週間後の、この店の閉店後。場所はこの店の前――それでいいな、諒さん」

新藤はにまっと笑って札入れを抜き出し、二枚の千円札をカウンターの上に置いた。

「それから」

新藤の視線が理代子に移った。

「約束を違えることはねえと思うが――もし、そんなことになったら、いい出しっぺのこの綺麗な姉さんの体を輪姦させてもらう。十人ほどの荒くれどもにな」

理代子の全身に悪寒が走った。

体中が一気に冷えた。

全身が小刻みに震えた。

「一週間後を楽しみにしてるぜ、諒さん」

新藤はゆっくりと立ちあがって、返事を待つ素振りを見せたが、諒三は終始無言で一言も喋らなかった。壁伝いに新藤は出て行き、すぐにその後ろに須崎という若い男が従った。

「諒さん、ごめん。私が余計なことをいったばかりに」

泣き出しそうな声を理代子はあげた。

「どうやら、はめられたようだ。あの男が描いた絵図通りになるように」

それまで無言だった諒三が口を開いた。

「絵図通りって……それじゃあ新藤さんは最初から自分が諒さんと」

理代子は驚きの声を出す。

「そうだな。そして有無をいわせぬ言質をとって、むちゃな結論を引き出した」

「じゃあ、やっぱり私がその引金を――」

両肩を落す理代子に、

「理代ちゃんは何も心配しなくていい。理代ちゃんを酷い目にあわせることなどは、俺がさせないから、心配はいらない」

諒三はゆっくりと首を左右に振った。

「でも、それじゃあ、諒さんが」

「死んだお袋がよくいっていた。この世で起きたことは、全部この世が解決してくれる。何とかはなっていくから大丈夫だって」

強面の顔を崩して少し笑った。

「この世で起きたことは、全部この世が……」

呟くようにいう理代子に、

「だから、冷める前に早く串揚げを食ったほうがいい。何なら、新しいのを持ってこようか」

急かせるように諒三がいった。

「あっ、いいえ。これで充分です」

いうなり理代子は串揚げを頬張った。少し冷めていたが、充分においしかった。噛むのももどかしく、喉の奥に落しこむようにして食べる。ようやく人心地(ひとごこち)がついたような気がした。非現実の世界から現実の世界に呼び戻された。

だが、この時点で理代子は勇人の件を諒三に相談することを諦めた。後日改めてと思ったが、顔合せということで息子の勇人と結婚相手の女性が理代子の家にくるのは明日だった。

理代子は黙々と口を動かした。

時計を見ると四時少し前。

そろそろ、勇人と結婚相手がくるころだ。

相手の女性の名前は、村上遥香。二年前に地元の短大を卒業し、年は勇人より三つ上の二十二歳。長野市内で二百年以上つづいている老舗の和菓子屋の一人娘だと勇人はいっていた。

知り合ったのは一年ほど前の、勇人の通っている大学の学園祭だった。勇人たち山岳部の連中が企画した『山男たちの無礼講茶席』というのに、遥香が注文された和菓子を届けにきて二人は意気投合したという。

それから何度も逢うようになり、勇人と遥香はいつしか恋に落ちた。そして今回勇人の口から出た、結婚という言葉につながっていくのだが。まだ二人共若いのに、なぜそれほど急ぐのか、そこのところがよくわからない。それもまあ、会って話をすれば、わかるはずだった。

四時ぴったりに店先で勇人の声がした。

すぐに理代子は店先に出て、二人を奥の客間に案内する。お茶を出し、型通りの挨拶をしてから、理代子は二人と向きあった。

「こんな、山が好きだから、長野の大学へ行くといって飛び出して行くような、能天気な男がお相手でいいんですか」

まず、こう切り出した。

「好きなことに向かって突き進むというのは、とても素敵なことだと私は思っています。目的意識があるというのは今の時代、称讃に価することだと――」

遥香は山登りを称讃に価することだといった。ただ単に好きなだけで他に何の目的もない、勇人の山登りを。物はいいようだと理代子は思った。

「私はそんな勇人さんの姿勢が大好きで、この人なら一緒にやっていけると確信したんです、お母さん」

はきはきした口調で遥香はいうが、何だかしっかりした性格が前に出すぎて、可愛げがないような――顔のほうは大作りながら、うまく化粧をしてモデル風の雰囲気に拵えてはいるが……。

しかし理代子は化粧のプロである。

遥香の顔から、あれとこれとそれと――そうしたものを全部剝ぎ取って最後に残った顔を想像すると、可もなく不可もなくといった、ごくごく普通の顔が現れてくるはずだ。まあ、普通が一番という言葉もあるくらいだから、それはそれでいいのだが。

「それに、和菓子屋というのは盆暮れや正月といった節目節目は忙しいんですけど、それ以外はけっこう暇なときも多くて、そのときは勇人さんに心おきなく、山に登ってもらうこともできますから」

「ああ、そういうものなんですか」

と口に出したものの、何やら引っかかるものがあるような。そんなことを考えていて、理代子は突然「あっ」と小さく叫んだ。

「ということは、つまり、勇人は、お宅のお店に入るということなんですか。和菓子の家を継ぐという」

声が少し震えるのがわかった。

「はい。そのつもりで、私も勇人さんも動いています。それなら実家の父や母も大喜びですし、八方丸く収まるんじゃないかと思いまして」

八方のうちに自分は入っていないと、理代子は胸の奥で唸り声をあげる。

「つまり、勇人はお宅様の店に婿養子として入る。そういうことなんでしょうか」

胸を騒つかせながら理代子は訊く。

「申しわけありません。有体にいいますと、そういうことに。ですから今日は顔合せも兼ねて、そのご報告とご了承をいただきに参りました」

遥香は深く頭を下げて額を畳にこすりつけた。同じように勇人も遥香に倣った。理代子は小さな溜息をたてつづけについた。あんまりな申し入れだった。

「結婚式は、来年早々ということで」

頭をあげた遥香が理代子の顔を真直ぐ見ていった。

あと二ヵ月ほどしかない。理由はもう、大体想像できた。それしか考えられない。

「赤ちゃんですか……」

ぽつりといった。

「すみません。そろそろ三ヵ月になるものですから、あまり先に延ばすとお腹のほうも隠しようがなくなりますので」

こればかりは恐縮したように、遥香はいった。

「そうですね、なるべく早いほうがいいんでしょうね。そのときになったら、長野のほうへ行けばいいんですね。こちら側の親戚と一緒に」

「今は北陸新幹線も開通していますから、それほど遠くには感じられないはずです、東京からなら」

そうなんだろうと理代子も思う。東京と長野は時間的には近くなった。しかし、心情的にはやはり遠かった。遠かったが、遥香の並べたてる言葉に否やを差し挟む隙は見当たらなかった。

まるでパズルのようだと理代子は思った。次々に所定の位置にピースが埋められていき、そしてそれは、窮屈(きゅうくつ)なほどきっちりとはめこまれて動かなくなった。余裕も遊びの部分もまったくなく、正確さだけを目安にしてパズルは出来あがっていった。

「そういう時代なんだ」

胸の奥で理代子は呟き、

「万事、おまかせします」

と軽く頭を下げた。諦めの気持が理代子の心をおおっていった。

「いずれ近いうちに、父と母も挨拶に参りますので詳しい話はそのときにでも」

遥香がそういったあと、

「初孫だぜ、お母さん」

初めて勇人が口を開いた。

「まだ男なのか女なのかはわからないけど、初孫が抱けるんだぜ、お母さん」

得意げに勇人はいった。

嬉しいことは確かだったが、その初孫は心情的にかなり遠いところにいた。簡単に抱ける場所でもなかったし、単純に喜べることでもなかった。

「男と女。お母さんだったら、どっちがいいと思う」

顔を覗きこむようにして訊いてきた。

「女の子だね」

即座に答えた。今日のことで男の子は当てにならないことがよくわかった。女のほうがいいにきまっていた。

「そうか、女の子か。そうだな、そのほうが可愛いもんなあ」

そんな勇人の言葉を押しやるように、

「そろそろ、食事にでもいきませんか。五時も回ったようですし」

理代子は声を張りあげた。

『いっぱい』へ連れていくつもりだった。古くて汚い店だったが、味は極めつけ。二人に味噌ダレの串揚げを食べさせてやりたかった。そして味噌ダレのおでんも。できるなら、あの店で飾らない話をしたかった。マニュアル通りではない話を。

「えっ。俺たち、そろそろ帰るつもりだから。ホテルも取ってあるし、遥香は夜の東京を見たいっていってるし。だから、これでもう帰ることにするよ」

勇人の言葉に、理代子は一瞬、言葉を失った。今夜は当然、この家に泊っていくものと決めてかかっていた。それがみごとに外れた。まさか、ホテルを取ってあったとは考えもしなかった。

「あまり迷惑をかけるのも、申しわけないと思いまして」

遥香がフォローじみた言葉を出し、それが合図のように二人は立ちあがった。

店先まで二人を送っていくと、ふいに遥香だけが、また店のなかに入ってきた。

「すみません、お母さん。勝手で都合のいいことばかりいって。それは重々わかってはいるんですが、何分——」

遥香は一瞬言葉を切り、

「焦っているんです。すべてに焦っているんです。ですから、こんなことになってしまって。お母さんには本当に申しわけなく思っています」

深々と頭を下げた。

「あっ、いいですよ。焦っているんですよね。お気持はよくわかりますから。それよりも何よりも二人で仲よくね。私にとって、それがいちばん嬉しいことですからね」

そういって理代子は遥香を送り出した。

客間に戻って畳の上にぺたんと座りこんだ。

最後に遥香が頭を下げたことで、多少胸のつかえはおりた。しかし、何に焦っているかはさっぱりわからなかった。わからない分、真に迫っていたともいえた。遥香は頭がいいのかもしれないと、ふと思った。

いずれにしても、何もかもがすんだ。そう、何もかもがすんだのだ。何もかもがすんで、理代子は独りぼっちになった。残ったのは、このちっぽけな化粧品店だけ。

「助けてよ、諒さん」

胸のなかから押し出すようにいった。

のろのろと立ちあがって理代子は洗面所に向かった。灯りをつけて、洗面所の鏡を覗きこんだ。

鏡のなかに老女がいた。

年齢より、うんと老けた女がいた。

「五十歳……」

ぼそっと理代子は呟いて鏡を見つめる。

「六十歳……」

こんな言葉が嗄れ声と一緒に出た。

大粒の涙が頰を伝った。

淋しくて仕方がなかった。

理代子は崩れるように、洗面所の床に座りこんだ。

次の日から三日間、理代子は店を開けなかった。

古ぼけた硝子戸の前に立つと、何となく懐かしさが湧いた。

そっと戸を引いて、なかを覗きこむ。さすがに新藤の姿は見当たらない。客は今夜も五分ほどの入りだ。

「いらっしゃい」

いつもの諒三の声を聞きながら、理代子は壁伝いに奥の席に向かう。すとんと腰をおろして背筋を幾分伸ばしたところへ諒三がやってきた。

「理代ちゃん、久しぶりだな。どこか、よそへでも出かけていたのか」

諒三は理代子の前にコップを置いて、ビールを注ぐ。

「あっ、ありがとう」

注がれたコップを口に運び、こくっと喉の奥に落してから、

「ずっと寝てた」

唇を拭(ぬぐ)っていった。

「ずっと、寝てたのか？」

怪訝そうな諒三の口ぶりに、理代子はこくっとうなずく。

「そう、ひたすら、ごろごろと寝てた」

本当だった。この数日間、理代子は自堕落な格好で終日寝て暮した。頭のなかにあったのは勇人の結婚のことだ。どこをどうとってみても、結局理代子は独りぼっちになるということに変りはなかった。その間、頭のなかをよぎっていたのは諒三のこの言葉だった。

「この世で起きたことは、全部この世が解決してくれる」

そして理代子は、ひとつの結論に達した。それならそれで、いいじゃないか――この言葉を何度も呟いていたら、胸が段々軽くなってきた。

理代子は勇人の結婚のことを諒三に話し、数日間、自堕落に寝て暮した結果、その言葉に行きついたことを話した。

「そうか、そんなことがあったのか」

諒三は柔らかな口調でいい、

「とにかく、まず食わないとな。話はそのあとだ。串揚げの、いちまいセットでよかったのかな」

今度は野太い声でいった。

「はい、それで」

と理代子はうなずき、諒三は揚げ場へ戻っていった。

しばらくして理代子の前に、熱々のいちまいセットが置かれる。

「今日の野菜は、ジャガ芋。塩のほうがいいかもしれないな」

諒三はこういって揚げ場に戻る。理代子は湯気のあがっている味噌ダレの串カツに、まずかぶりつく。熱さにはふはふいいながら、しばらく食べることに専念する。

食べ終ったころに、諒三がやってきて理代子の前に立った。

「それで、理代ちゃんは独りぼっちか」

太い腕をくんでいった。

「そう。当てにしていたものがみんな外れて、とうとう独りぼっち」

残っていたビールを理代子は口に含む。

「で、独りぼっちになった感想は？」

「淋しいね。ただひたすら、淋しい。でも、決してなくなりはしないんだろうけど、淋しさは薄らいでいくんだろうね。薄らいだ分だけ、気楽さが増えていってね」

いったとたん、諒三が唸った。

「すごいな理代ちゃんは――俺はその心境に達するまで、地べたを這いずりまわって数年かかった。それを数日で理代ちゃんは、その心境に達したというんだから、すごい」

「私が達したのは理屈だけ。だから、まだ実際にはその境地には達していない。これから実践が始まるんだと思う」

理代子はここで少し言葉を切ってから、

「でも私には、この店もあるし、諒さんもいる。案外、自然に独りぼっちに慣れていくような気がする」

じっと諒三の顔を見た。

「そりゃあ、有難いな。というより、俺にとっても理代ちゃんのような人間がいるっていうことは、強い味方がいるってことにつながるから——ということは既に独りぼっちじゃないってことか」

諒三には珍しく軽口を叩いた。

「そう。独りぼっちが二人で、二人ぼっち。妙ないい方だけど」

いいながら理代子は、独りぼっちが二人いても二人ぼっちにはなれない。独りぼっちの人間同士が一緒に暮してこそ、二人ぼっちだと胸の奥で文句をいう。が、朴念仁の諒三が相手では仕方がないと諦める。

「ところで、一月挙式ということは学生結婚だろ。となると、勇人君、大学のほうはどうするのかな。その和菓子屋から、大学に通うのかな。それとも思いきって……」

諒三が素朴な疑問を口にするが、正直理代子は、いわれるまでそんなことは気にもしなかった。しかし、もし勇人が大学をやめて和菓子屋に専念する道を選んだとしても、それはそれでいいと思った。不思議だったが、素直にそう思った。勇人には勇人の人生があるのだ。

「そんなことより、諒さん。あの約束の日が明後日に迫ってるけど、腹は決まったの。新藤さんとやり合うの」

心配そうな口ぶりで訊いた。

「やらないと理代ちゃんが大変なことになるから、やらないわけにはいかんだろうな」

理代ちゃんが大変なことになるからと、諒三はいった。正直いって理代子は嬉しかった。しかし、やるとなると――。

「やると、どうなるの。諒さん勝てるの、それとも……」

諒三が負けるということは、死を意味することだった。

「それこそ、あれだな。さっき理代ちゃんがいった、どうなろうと、それならそれでいいじゃないかというやつだな」

煙(けむ)に巻くようなことをいって、諒三はほんの少し笑ってみせた。

約束の日がきた。

おつりの計算を何度も間違えて、そのたびに謝ってばかりいる。こんなことなら、理代子は午後の三時頃店を閉めたが、これといってやることは何もない。何の根拠もなかったが、とりあえず下着を真新しいものに替えた。スカートもやめて、動きやすい、ジーンズにした。あとは時がくるのを待つだけだ。新藤は『いっぱい』の閉店後といった。それなら十一時から十二時ぐらいまでの間になる。

結局このあとも、理代子は落ちつかない時間を過ごすより他はなかった。

夜の八時を過ぎた。家でイライラしていても仕方がないので『いっぱい』に出かけてみることにした。同じイライラなら、諒三の顔を見ていたほうがいい。

古い硝子戸を開けてなかに入ると、いつもと同じ諒三の声が迎えてくれた。客は今夜も半分ほどだ。理代子は自分の定位置ともいえる、奥の席に座りこむ。

「いちまいセットでいいのか」

すぐに諒三がやってきて、心配そうな面持ちで訊いた。どうやら、理代子は顔色がよくないようだ。とんでもないことの直前である。無理もないとはいえるが。

「今夜は食欲ないから、悪いけど何にもいらない」

そういうと「そうか」といって諒三は揚げ場のほうに戻り、少しして理代子の前にやってきた。手に湯気のあがる大振りの湯飲みを持っている。

「これを飲んで、少し落ちつけ」

湯飲みのなかは熱いお茶だった。

理代子はそれを、ちびちびと飲む。

ちびちび飲みながら、理代子はひとつの重大な決心をした。

もし、諒三が生き残ったら、

「一緒になってほしい——」

この言葉をいおうと思った。

女性のほうからこんなことをいうのも妙だったが、何といっても諒三はワケアリの朴念仁だった。こちらからいわなければ、結果はいつまでたっても出てこない。

そしてもし、諒三が承諾してくれたら、自分はこの店にきて諒三と一緒にカウンターのなかに立ちたいと思った。

新藤は諒三が相手を殺しても正当防衛で大丈夫だといっていたが、それも絶対とはいいきれない。もし、諒三が刑務所に行くことになったとしても、理代子は諒三が出所するまでいつまでも待っていようと思った。

そして、二人でここのカウンターのなかに立つのだ。理代子はこう決めた。もし、諒三が生き残ったら……。

時間が九時を回った。

新藤はまだ姿を見せない。

客の数は八人ほどに減っている。

十時を過ぎた。

客はあと数人だけ。

そのとき硝子戸がゆっくりと開いた。

新藤が顔を覗かせた。やってきたのだ。

なかを見回してから、奥にいる理代子の隣にやってきて腰をおろした。今夜も後ろには須崎と呼ばれた若者がつきそっていた。

「何か食べるかね、新藤さん」

カウンターのなかから諒三が声をかける。

「いらねえ。ビールだけくれるか」

低い声で新藤が答える。

すぐに栓の抜かれた瓶ビールとコップが新藤の前に置かれる。須崎がそのビールを新藤のコップに丁寧に注ぐ。一杯になったコップのビールを新藤は一気に飲みほした。

時間がゆるゆると過ぎていく。店に残っている客はあと一人。かなり酔っているようで、その中年男は虚ろな目をして宙の一点をぼんやり見ていて動こうとしない。

新藤が須崎に目顔で合図をした。

すぐに須崎は立ちあがって中年男のそばに行き、耳許で何かをささやく。男の背中がしゃんと伸びた。財布から千円札を数枚取り出してカウンターの上に置き、慌てて外に出ていった。

「何ていったんだ」

諒三が低い声で訊いた。

「出ていかねえと、殺す。それだけです」

これも低い声で須崎が答えた。

「じゃあ、やろうか、諒さん」

やけに明るい声で新藤がいった。

椅子から立ちあがり、さっさと表に出ていった。そのあとを須崎が追う。そして、カウンターのなかから諒三が出てきて、これも表に向かう。いちばん最後が理代子だった。胸の鼓動が早鐘を打つように鳴り響いている。

表に人通りはなかった。

諒三と新藤は三メートルほどの間をとって対峙した。

「遠慮なしで行くからな」

ぼそりと新藤はいい、懐から黒塗りの匕首を抜いて腰を落した。

諒三は右構えのボクシングの自然体だったが、動こうとはしない。じりじりと新藤が諒三に近づく。匕首は腰だめだ。どうやら新藤は、かけひきなしの真向勝負をするつもりらしい。諒三はまったく動かない。

諒三と新藤がぶつかったときが、生死の分れめだ。体ごとぶつかってくる腰だめの匕首をかわすのは、まず無理だった。それを諒三がどう処理するのか……。

新藤が動いた。

つっかけた。

体ごと諒三にぶつかっていった。

須崎があっと叫んだ。

二人の体が密着した。

そのとき諒三がウオーッと吼えた。

全身がうねった。

右肩がわずかに旋回した。

唸りをあげて諒三の右ストレートが、新藤の顔面を襲った。新藤がよろけた。数歩後ろに退って、ゆっくりと崩れ落ちた。

新藤の匕首は諒三の左腕に刺さっていた。諒三は匕首の切っ先を自分の腕で受けとめたのだ。そして、幻の右ストレートを新藤の顔面に放った。

「頭ーっ」

須崎が叫んだ。

叫びながら諒三にぶつかっていった。

悲鳴があがった。

理代子だ。

諒三の脇腹にナイフが突き立っていた。

須崎が諒三を刺した。

諒三はゆっくりと、その場に崩れ落ちた。

そのとき倒れていた新藤の体が動いた。

よろよろと立ちあがった。

「馬鹿が、状況を見極めて動け」

須崎を怒鳴りつけた。

新藤の顔は無傷だった。諒三の右ストレートは新藤の顔の一寸前で動きをとめたのだ。寸どめのパンチだったが、その迫力はすさまじく、新藤は一瞬気が遠くなり、その場に倒れこんだ。それを須崎が勘違いして。

「須崎、救急車だ。この男を死なせるわけにはいかん。早く救急車を呼べ」

新藤が怒鳴った。

須崎は慌ててケータイを取り出して番号を押す。

理代子が倒れた諒三を抱えこんだ。脇腹からは夥しい血が流れ出て、あたりを赤黒く染めている。

「諒さん、しっかりして、諒さん」

理代子は耳許で叫んだ。

「諒さん、目を開けて。私、諒さんにいいたいことがあるの。お願いだから、目を開けて諒さん。私、諒さんに……」

諒三の体を揺するが反応はない。

「諒さん、お願いだから目を開けて」

理代子の声は悲鳴に変っている。

両の目から涙があふれ出した。

泣きながら理代子は叫びつづける。

どこからか、サイレンの音が聞こえてきた。

この作品は「小説現代」二〇一五年六月号〜二〇一七年四月号
に連載された小説を加筆・修正の上、文庫化したものです。

|著者|池永 陽　1950年、愛知県豊橋市生まれ。1998年、『走るジイサン』で第11回小説すばる新人賞を受賞しデビュー。2006年、『雲を斬る』で第12回中山義秀文学賞を受賞。他の著書に『コンビニ・ララバイ』『青い島の教室』『向こうがわの蜂』などの他、『珈琲屋の人々』シリーズ、『下町やぶさか診療所』シリーズ、『おっさんたちの黄昏商店街』シリーズなどがある。

いちまい酒場

池永 陽

講談社文庫
定価はカバーに
表示してあります

2024年5月15日第1刷発行

発行者——森田浩章
発行所——株式会社　講談社
東京都文京区音羽2-12-21　〒112-8001
電話　出版（03）5395-3510
　　　販売（03）5395-5817
　　　業務（03）5395-3615

Printed in Japan

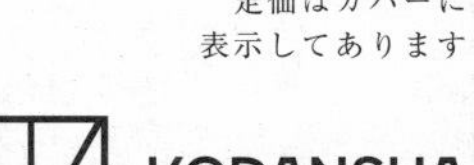

デザイン—菊地信義
本文データ制作—講談社デジタル製作
印刷———株式会社KPSプロダクツ
製本———株式会社国宝社

ISBN978-4-06-535201-4

講談社文庫刊行の辞

二十一世紀の到来を目睫に望みながら、われわれはいま、人類史上かつて例を見ない巨大な転換期をむかえようとしている。

世界も、日本も、激動の予兆に対する期待とおののきを内に蔵して、未知の時代に歩み入ろうとしている。このときにあたり、創業の人野間清治の「ナショナル・エデュケイター」への志を現代に甦らせようと意図して、われわれはここに古今の文芸作品はいうまでもなく、ひろく人文・社会・自然の諸科学から東西の名著を網羅する、新しい綜合文庫の発刊を決意した。

激動の転換期はまた断絶の時代である。われわれは戦後二十五年間の出版文化のありかたへの深い反省をこめて、この断絶の時代にあえて人間的な持続を求めようとする。いたずらに浮薄な商業主義のあだ花を追い求めることなく、長期にわたって良書に生命をあたえようとつとめるところにしか、今後の出版文化の真の繁栄はあり得ないと信じるからである。

同時にわれわれはこの綜合文庫の刊行を通じて、人文・社会・自然の諸科学が、結局人間の学にほかならないことを立証しようと願っている。かつて知識とは、「汝自身を知る」ことにつきていた。現代社会の瑣末な情報の氾濫のなかから、力強い知識の源泉を掘り起し、技術文明のただなかに、生きた人間の姿を復活させること。それこそわれわれの切なる希求である。

われわれは権威に盲従せず、俗流に媚びることなく、渾然一体となって日本の「草の根」をかたちづくる若く新しい世代の人々に、心をこめてこの新しい綜合文庫をおくり届けたい。それは知識の泉であるとともに感受性のふるさとであり、もっとも有機的に組織され、社会に開かれた万人のための大学をめざしている。大方の支援と協力を衷心より切望してやまない。

一九七一年七月

野間省一

講談社文庫　目録

芥川龍之介　藪の中
有吉佐和子　新装版 和宮様御留
阿刀田　高　ナポレオン狂
阿刀田　高　新装版 ブラック・ジョーク大全
安房直子　春の窓〈安房直子ファンタジー〉
相沢忠洋　「岩宿」の発見〈幻の旧石器を求めて〉
赤川次郎　偶像崇拝殺人事件
赤川次郎　人間消失殺人事件
赤川次郎　三姉妹探偵団
赤川次郎　三姉妹探偵団2〈キャンパス篇〉
赤川次郎　三姉妹探偵団3〈珠美・初恋篇〉
赤川次郎　三姉妹探偵団4〈怪奇篇〉
赤川次郎　三姉妹探偵団5〈復讐篇〉
赤川次郎　三姉妹探偵団6〈危機一髪篇〉
赤川次郎　三姉妹探偵団7〈駈け落ち篇〉
赤川次郎　三姉妹探偵団8〈人質篇〉
赤川次郎　三姉妹探偵団9〈青ひげ篇〉
赤川次郎　三姉妹探偵団10〈父恋し篇〉
赤川次郎　死が小径をやってくる〈三姉妹探偵団11〉

赤川次郎　死神のお気に入り〈三姉妹探偵団12〉
赤川次郎　次女と野獣〈三姉妹探偵団13〉
赤川次郎　心地よい悪夢〈三姉妹探偵団14〉
赤川次郎　ふるえて眠れ、三姉妹〈三姉妹探偵団15〉
赤川次郎　三姉妹、呪いの道行〈三姉妹探偵団16〉
赤川次郎　三姉妹、初めてのおつかい〈三姉妹探偵団17〉
赤川次郎　恋の花咲く三姉妹〈三姉妹探偵団18〉
赤川次郎　月もおぼろに三姉妹〈三姉妹探偵団19〉
赤川次郎　三姉妹、ふしぎな旅日記〈三姉妹探偵団20〉
赤川次郎　三姉妹、清く貧しく美しく〈三姉妹探偵団21〉
赤川次郎　三姉妹と忘れじの面影〈三姉妹探偵団22〉
赤川次郎　三姉妹、舞踏会への招待〈三姉妹探偵団23〉
赤川次郎　三人姉妹殺人事件〈三姉妹探偵団24〉
赤川次郎　三姉妹、さびしい入江の歌〈三姉妹探偵団25〉
赤川次郎　三姉妹、恋と罪の峡谷〈三姉妹探偵団26〉
赤川次郎　静かな町の夕暮に
赤川次郎　キネマの天使〈レンズの奥の殺人者〉
新井素子　グリーン・レクイエム〈新装版〉
安能務 訳　封神演義 全三冊

安西水丸　東京美女散歩
綾辻行人　殺人方程式〈切断された死体の問題〉
綾辻行人　鳴風荘事件 殺人方程式II
綾辻行人　十角館の殺人〈新装改訂版〉
綾辻行人　水車館の殺人〈新装改訂版〉
綾辻行人　迷路館の殺人〈新装改訂版〉
綾辻行人　人形館の殺人〈新装改訂版〉
綾辻行人　時計館の殺人〈新装改訂版〉
綾辻行人　黒猫館の殺人〈新装改訂版〉
綾辻行人　暗黒館の殺人 全四冊
綾辻行人　びっくり館の殺人
綾辻行人　奇面館の殺人(上)(下)
綾辻行人　どんどん橋、落ちた〈新装改訂版〉
綾辻行人　緋色の囁き〈新装改訂版〉
綾辻行人　暗闇の囁き〈新装改訂版〉
綾辻行人　黄昏の囁き〈新装改訂版〉
綾辻行人　人間じゃない〈完全版〉
綾辻行人ほか　7人の名探偵
我孫子武丸　探偵映画

講談社文庫　目録

我孫子武丸　新装版8の殺人
我孫子武丸　眠り姫とバンパイア
我孫子武丸　狼と兎のゲーム
我孫子武丸　新装版殺戮にいたる病
我孫子武丸　修羅の家
有栖川有栖　ロシア紅茶の謎
有栖川有栖　スウェーデン館の謎
有栖川有栖　ブラジル蝶の謎
有栖川有栖　英国庭園の謎
有栖川有栖　ペルシャ猫の謎
有栖川有栖　幻想運河
有栖川有栖　マレー鉄道の謎
有栖川有栖　スイス時計の謎
有栖川有栖　モロッコ水晶の謎
有栖川有栖　インド倶楽部の謎
有栖川有栖　カナダ金貨の謎
有栖川有栖　新装版マジックミラー
有栖川有栖　新装版46番目の密室
有栖川有栖　虹果て村の秘密

有栖川有栖　闇の喇叭
有栖川有栖　真夜中の探偵
有栖川有栖　論理爆弾
有栖川有栖　名探偵傑作短篇集　火村英生篇
浅田次郎　勇気凜凜ルリの色
浅田次郎　霞町物語
浅田次郎　ひとは情熱がなければ生きていけない〈勇気凜凜ルリの色〉
浅田次郎　シェエラザード(上)(下)
浅田次郎　歩兵の本領
浅田次郎　蒼穹の昴　全四巻
浅田次郎　珍妃の井戸
浅田次郎　中原の虹　全四巻
浅田次郎　マンチュリアン・リポート
浅田次郎　天子蒙塵　全四巻
浅田次郎　天国までの百マイル
浅田次郎　地下鉄に乗って〈新装版〉
浅田次郎　おもかげ
浅田次郎　日輪の遺産〈新装版〉
青木玉　小石川の家

天樹征丸　画・さとうふみや　金田一少年の事件簿　小説版〈オペラ座館・新たなる殺人〉
天樹征丸　画・さとうふみや　金田一少年の事件簿　小説版〈雷祭殺人事件〉
阿部和重　アメリカの夜
阿部和重　グランド・フィナーレ
阿部和重　ABC〈阿部和重初期作品集〉
阿部和重　ミステリアスセッティング
阿部和重　IP/NN　阿部和重傑作集
阿部和重　シンセミア(上)(下)
阿部和重　ピストルズ(上)(下)
阿部和重　アメリカの夜　インディヴィジュアル・プロジェクション〈阿部和重初期代表作Ⅰ〉
阿部和重　無情の世界　ニッポニアニッポン〈阿部和重初期代表作Ⅱ〉
甘糟りり子　産む、産まない、産めない
甘糟りり子　産まなくても、産めなくても
甘糟りり子　私、産まなくていいですか
赤井三尋　翳りゆく夏
あさのあつこ　NO.6〔ナンバーシックス〕#1
あさのあつこ　NO.6〔ナンバーシックス〕#2
あさのあつこ　NO.6〔ナンバーシックス〕#3
あさのあつこ　NO.6〔ナンバーシックス〕#4

講談社文庫　目録

あさのあつこ　NO.6〔ナンバーシックス〕#5
あさのあつこ　NO.6〔ナンバーシックス〕#6
あさのあつこ　NO.6〔ナンバーシックス〕#7
あさのあつこ　NO.6〔ナンバーシックス〕#8
あさのあつこ　NO.6〔ナンバーシックス〕#9
あさのあつこ　NO.6beyond〔ナンバーシックス・ビヨンド〕
あさのあつこ　待ってる〈橘屋草子〉
あさのあつこ　さいとう市立さいとう高校野球部（上）（下）
あさのあつこ　甲子園でエースしちゃいました〈さいとう市立さいとう高校野球部〉
あさのあつこ　おれが先輩？〈さいとう市立さいとう高校野球部〉
阿部夏丸　泣けない魚たち
朝倉かすみ　肝、焼ける
朝倉かすみ　好かれようとしない
朝倉かすみ　ともしびマーケット
朝倉かすみ　感応連鎖
朝倉かすみ　たそがれどきに見つけたもの
朝比奈あすか　憂鬱なハスビーン
朝比奈あすか　あの子が欲しい
天野作市　気高き昼寝

天野作市　みんなの旅行
青柳碧人　浜村渚の計算ノート
青柳碧人　浜村渚の計算ノート　2さつめ〈ふしぎの国の期末テスト〉
青柳碧人　浜村渚の計算ノート　3さつめ〈水色コンパスと恋する幾何学〉
青柳碧人　浜村渚の計算ノート　3と1/2さつめ〈ふえるま島の最終定理〉
青柳碧人　浜村渚の計算ノート　4さつめ〈方程式は歌声に乗って〉
青柳碧人　浜村渚の計算ノート　5さつめ〈鳴くよウグイス、平面上〉
青柳碧人　浜村渚の計算ノート　6さつめ〈パピルスよ、永遠に〉
青柳碧人　浜村渚の計算ノート　7さつめ〈悪魔とポタージュスープ〉
青柳碧人　浜村渚の計算ノート　8さつめ〈虚数じかけの夏みかん〉
青柳碧人　浜村渚の計算ノート　8と2分の1さつめ〈つるかめ家の一族〉
青柳碧人　浜村渚の計算ノート　9さつめ〈恋人たちの必勝法〉
青柳碧人　浜村渚の計算ノート　10さつめ〈ラ・ラ・ラ・ラマヌジャン〉
青柳碧人　霊視刑事夕雨子1〈誰かがそこにいる〉
青柳碧人　霊視刑事夕雨子2〈雨空の鎮魂歌〉
朝井まかて　花競べ〈向嶋なずな屋繁盛記〉
朝井まかて　ちゃんちゃら
朝井まかて　すかたん
朝井まかて　ぬけまいる

朝井まかて　恋歌
朝井まかて　阿蘭陀西鶴
朝井まかて　藪医　ふらここ堂
朝井まかて　福袋
朝井まかて　草々不一
歩りえこ　ブラを捨て旅に出よう〈貧乏乙女の"世界一周"旅行記〉
安藤祐介　営業零課接待班
安藤祐介　被取締役新入社員
安藤祐介　おい！山田〈大翔製菓広報宣伝部〉
安藤祐介　宝くじが当たったら
安藤祐介　一〇〇〇ヘクトパスカル
安藤祐介　テノヒラ幕府株式会社
安藤祐介　本のエンドロール
青木理　絞首刑
麻見和史　石の繭〈警視庁殺人分析班〉
麻見和史　蟻の階段〈警視庁殺人分析班〉
麻見和史　水晶の鼓動〈警視庁殺人分析班〉
麻見和史　虚空の糸〈警視庁殺人分析班〉
麻見和史　聖者の凶数〈警視庁殺人分析班〉

相沢沙呼　invert 城塚翡翠倒叙集
新井見枝香　本屋の新井
碧野　圭　凜として弓を引く
碧野　圭　凜として弓を引く〈青雲篇〉
碧野　圭　凜として弓を引く〈初陣篇〉
赤松利市　東京棄民
五木寛之　ソフィアの秋
五木寛之　狼のブルース
五木寛之　海峡物語
五木寛之　風花のひと
五木寛之　鳥の歌(上)(下)
五木寛之　燃える秋
五木寛之　真夜中の望遠鏡〈流されゆく日々'78〉
五木寛之　ナホトカ青春航路〈流されゆく日々'79〉
五木寛之　旅の幻燈
五木寛之　他力
五木寛之　こころの天気図
五木寛之　新装版 恋歌
五木寛之　百寺巡礼 第一巻 奈良

五木寛之　百寺巡礼 第二巻 北陸
五木寛之　百寺巡礼 第三巻 京都Ⅰ
五木寛之　百寺巡礼 第四巻 滋賀・東海
五木寛之　百寺巡礼 第五巻 関東・信州
五木寛之　百寺巡礼 第六巻 関西
五木寛之　百寺巡礼 第七巻 東北
五木寛之　百寺巡礼 第八巻 山陰・山陽
五木寛之　百寺巡礼 第九巻 京都Ⅱ
五木寛之　百寺巡礼 第十巻 四国・九州
五木寛之　海外版 百寺巡礼 インド1
五木寛之　海外版 百寺巡礼 インド2
五木寛之　海外版 百寺巡礼 朝鮮半島
五木寛之　海外版 百寺巡礼 中　国
五木寛之　海外版 百寺巡礼 ブータン
五木寛之　海外版 百寺巡礼 日本・アメリカ
五木寛之　青春の門 第七部 挑戦篇
五木寛之　青春の門 第八部 風雲篇
五木寛之　青春の門 第九部 漂流篇
五木寛之　親鸞 青春篇(上)(下)

五木寛之　親鸞 激動篇(上)(下)
五木寛之　親鸞 完結篇(上)(下)
五木寛之　五木寛之の金沢さんぽ
五木寛之　海を見ていたジョニー 新装版
井上ひさし　モッキンポット師の後始末
井上ひさし　ナ　イ　ン
井上ひさし　四千万歩の男 全五冊
井上ひさし　四千万歩の男 忠敬の生き方
井上ひさし 司馬遼太郎　新装版 国家・宗教・日本人
池波正太郎　私の歳月
池波正太郎　よい匂いのする一夜
池波正太郎　梅安料理ごよみ
池波正太郎　わが家の夕めし
池波正太郎　新装版 緑のオリンピア
池波正太郎　新装版 殺しの四人〈仕掛人・藤枝梅安(一)〉
池波正太郎　新装版 梅安蟻地獄〈仕掛人・藤枝梅安(二)〉
池波正太郎　新装版 梅安最合傘〈仕掛人・藤枝梅安(三)〉
池波正太郎　新装版 梅安針供養〈仕掛人・藤枝梅安(四)〉
池波正太郎　新装版 梅安乱れ雲〈仕掛人・藤枝梅安(五)〉

講談社文庫　目録

池井戸 潤　空飛ぶタイヤ(上)(下)
池井戸 潤　鉄の骨
池井戸 潤　新装版 銀行総務特命
池井戸 潤　新装版 不祥事
池井戸 潤　ルーズヴェルト・ゲーム
池井戸 潤　半沢直樹 1〈オレたちバブル入行組〉
池井戸 潤　半沢直樹 2〈オレたち花のバブル組〉
池井戸 潤　半沢直樹 3〈ロスジェネの逆襲〉
池井戸 潤　半沢直樹 4〈銀翼のイカロス〉
池井戸 潤　半沢直樹 アルルカンと道化師
池井戸 潤　花咲舞が黙ってない〈新装増補版〉
池井戸 潤　ノーサイド・ゲーム
池井戸 潤　新装版 BT'63(上)(下)
石田衣良　LAST[ラスト]
石田衣良　東京DOLL
石田衣良　てのひらの迷路
石田衣良　40 翼ふたたび
石田衣良　s e x
石田衣良　逆島断雄〈進駐官養成高校の決闘編1〉
石田衣良　逆島断雄〈進駐官養成高校の決闘編2〉
石田衣良　逆島断雄〈本土最終防衛決戦編1〉
石田衣良　逆島断雄〈本土最終防衛決戦編2〉
石田衣良　初めて彼を買った日
井上荒野　ひどい感じ―父・井上光晴
稲葉 稔　椋鳥の影〈八丁堀手控え帖〉
いしいしんじ　プラネタリウムのふたご
いしいしんじ　げんじものがたり
伊坂幸太郎　チルドレン
伊坂幸太郎　サブマリン
伊坂幸太郎　魔王〈新装版〉
伊坂幸太郎　モダンタイムス(上)(下)〈新装版〉
伊坂幸太郎　P K〈新装版〉
絲山秋子　袋小路の男
絲山秋子　御社のチャラ男
石黒 耀　死都日本
石黒 耀　忠臣蔵異聞〈家老 大野九郎兵衛の長い仇討ち〉
犬飼六岐　筋違い半介
犬飼六岐　吉岡清三郎貸腕帳
石川大我　ボクの彼氏はどこにいる?
石松宏章　マジでガチなボランティア
伊東 潤　国を蹴った男
伊東 潤　峠越え
伊東 潤　黎明に起つ
伊東 潤　池田屋乱刃
石飛幸三　「平穏死」のすすめ〈口から食べられなくなったらどうしますか〉
伊藤理佐　女のはしょり道
伊藤理佐　また！ 女のはしょり道
伊藤理佐　みたび！ 女のはしょり道
石黒正数　外天楼
伊与原 新　ルカの方舟
伊与原 新　コンタミ 科学汚染
稲葉圭昭　恥さらし〈北海道警 悪徳刑事の告白〉
稲葉博一　忍者烈伝
稲葉博一　忍者烈伝ノ続
稲葉博一　忍者烈伝ノ乱〈天之巻〉〈地之巻〉
伊岡 瞬　桜の花が散る前に
石川智健　エウレカの確率〈経済学捜査と殺人の効用〉

2024年3月15日現在